사랑에 관한
짧은 이야기

사랑에 관한
짧은 이야기

THE SHORT STORIES OF F. SCOTT FITZGERALD: LOVE COLLECTION

F. SCOTT FITZGERALD

사랑에 관한 짧은 이야기

F. 스콧 피츠제럴드

정지현 옮김

There are all kinds of love in this world, but never the same love twice.

세상에는 수많은 사랑이 있지만,
그 어떤 사랑도 두 번 다시는
같은 얼굴로 찾아 오지 않는다.

— 〈분별 있는 일〉

She remembered one long moonlight affair of her youth. It was astonishing to think that life had once been the sum of her current love-affairs.

젊은 시절 달빛 아래에서 나눈
연애를 떠올렸다. 한때는
그 순간의 연애가 인생의
전부였다는 사실이, 지금
생각하면 놀라울 따름이었다.
-〈컷글라스 그릇〉

It was strange that nei-
ther when it was over
nor a long time after-
ward did he regret that
night.

이상한 일이었다. 모든 것이
끝났을 때도, 오랜 시간이
흐른 뒤에도, 그는 그 밤을
후회하지 않았다.
— 〈겨울 꿈〉

I want to go places and see people. I want my mind to grow. I want to live where things hap-
pen on a big scale.

난 새로운 곳에 가보고 싶고,
새로운 사람들을 만나고 싶어.
견문을 넓히고 싶어. 큰일이
벌어지는 곳에서 살고 싶어.
― 〈얼음 궁전〉

넌 예전에 참 사랑스러운
아이였어. 그런데 지금도 이렇게
아름답다니 좀 놀랐는걸.
— 〈비행기를 갈아타기 전 세 시간〉

**You always were a
lovely person. But
I'm a little shocked to
find you as beautiful as
you are.**

**A 20-year-old Ginevra King on the July 1918 cover of
Town & Country magazine**

차례

F. 스콧 피츠제럴드Francis Scott Key Fitzgerald, 1896-1940는 1896년 9월 24일, 미국 미네소타 주 세인트폴에서 태어났다. 학창 시절부터 글쓰기에 재능을 보이며 열네 살에 첫 단편 작품인 〈레이먼드 모기지의 미스터리〉를《세인트폴 아카데미 현재와 과거》에 발표한다. 1913년 프린스턴 대학교에 입학, 이듬해 피츠제럴드의 영원한 뮤즈가 될 열여섯의 소녀 지네브라 킹Ginevra King을 만나 사귀게 되는데, 가난하다는 이유로 지네브라의 가족에게 받아들여지지 못하고 거절당한다. 이때의 경험은 피츠제럴드 작품에 중요한 모티프가 된다.

1917년 피츠제럴드는 대학을 졸업하지 못하고 군에 입대하게 되는데, 복무 중 몽고메리에서 새로운 연인이자 삶의 동반자가 될 젤다 세이어Zelda Sayre를 만나 사랑에 빠진다. 제대 후에는 뉴욕의 광고 회사에서 취직하지만 미래가 불안하다는 이유로 젤다에게 파혼 당하고, 세인트폴로 돌아와 장편소설《낙원의 이쪽》을 집필한다. 1920년 출간과 동시에 상업적 성공을 거두며 문단에 데뷔하게 되고, 파혼 당한 젤다를 다시 만나 결혼한 뒤에는 미국 동부와 프랑스를 오가며 화려한 사교계 생활에 빠져든다.《새터데이 이브닝 포스트》,《리버티》,《에스콰이어》등 잇따라 다양한 잡지에 단편 소설을 발표하며 시대에 호응하는 작품을 꾸준히 썼고,《말괄량이와 철학자들》(1920),《재즈 시대의 이야기》(1922) 등의 소설집으로 묶어 출간했다.

1925년에는 20세기 미국 문학의 걸작 중 하나인《위대한 개츠비》를 출간하며 T. S. 엘리엇으로부터 "헨리 제임스 이후 미국 소설이 내딛는 첫걸음"이라는 찬사를 받는다. 그러나 상업적 판매로 이어지진 못해 경제적으로 어려움을 겪게 되고, 할리우드에서 시나리오 작업에 의존하게 된다. 비슷한 시기에 알코올 중독과 빚 독촉에 시달렸고, 젤다가 정신병원에 입원하는 등 불행한 시기를 겪었다. 1934년 장편소설《밤은 부드러워》를 출간했고,《마지막 거물》집필 중에 1940년 심장마비로 사망했다.

이 책《사랑에 관한 짧은 이야기The Short Stories of F. Scott Fitzgerald: Love Collection》은 피츠제럴드 인생에서 가장 많은 단편 소설을 발표한 1920대에 작가가 끊임없이 반복한 '사랑'과 '기억'을 테마로 한 작품 여섯 편과 말년에 같은 주제로 쓰인 한 편을 엮었다.

스콧 피츠제럴드는《위대한 개츠비》(1925)로 우리에게 잘 알려져 있지만, 실제로 해당 작품은 발표 당시에는 평가가 갈렸고, 사후인 1940년 대에 이르러 문학 평론가들에 의해 재평가 받으며 빛을 발하기 시작했다.

생전에 피츠제럴드가 명성을 떨친 건 단편 소설이었다. 피츠제럴드는 살아있는 동안 160여 편의 단편 작품을 발표했다. 특히《위대한 개츠비》(1925)의 출간 시기인 1920년대에 64편, 1930년 대에 58편을 발표해 이십 년 동안 가장 많은 편의 소설을 썼다. 이 시기 미국은 1차 세계대전 이후 방황하는 젊은 세대, 사교 클럽과 파티, 사랑에 대한 환상을 지닌 재즈 시대로 대표된다.

책에 수록된 일곱 편의 작품 중 〈겨울 꿈〉(1922)은《위대한 개츠비》의 '초안'으로 평가되며, 〈분별 있는 일〉(1924)은 이상과 현실적 판단 사이에서 주인공이 겪는 좌절에 있어 개츠비의 내면과 유사하다고 보이는 작품이다. 〈버니스, 단발로 자르다〉(1920)는 미국 상류층 사회의 허상, 여성상, 자아 혼란이라는 주제에 있어《위대한 개츠비》의 비공식적 외전처럼 읽힌다.

〈벤저민 버튼의 기이한 사건〉(1922), 〈컷글라스 그릇〉 (1920), 〈얼음 궁전〉(1920)은 일종의 환상 소설로 각각 '시간 (시계)', '유리그릇', '눈과 얼음'이라는 상징을 통해 감정을 전달하는 특징적인 작품이며, 〈비행기를 갈아타기 전 세 시간〉 (1941)은 사후 발표된 유작으로 짧은 만남을 소재로 한 이야기이지만 피츠제럴드가 말년에도 첫사랑, 기억, 재회를 주요 테마 혹은 모티프로 가져갔음을 보여준다.

"당신은 무언가를 말하고 싶어서 글을 쓰는 게 아니다.
말해야 할 무언가가 있기 때문에 쓰는 것이다."
— F. 스콧 피츠제럴드,
〈무너져 내리다〉,《에스콰이어》(1936)

비행기를 갈아타기 전 세 시간

Three Hours Between Planes

비행기를 갈아타기 전 세 시간

《에스콰이어》 1941년 7월 호에 발표되었으며 사후 발표된 유작 중 한 편이다. 피츠제럴드의 말년 무렵, 삶과 사랑, 기억의 허무와 복합성을 탐색하는 경향이 잘 드러난 작품으로 짧은 만남 또는 재회에 대한 기대와 실망, 애틋함과 거리감이 동시에 공존한다.

별다른 가능성 없는 무모한 시도였지만, 도널드는 그러고
싶은 마음이 들었다. 그는 몸도 건강했고, 마침 심심하기도 했
으며, 귀찮은 의무를 끝냈다는 생각에 잠겨 있었다. 지금 그는
자신에게 작은 보상을 주는 것이나 마찬가지였다.

비행기가 착륙하자 그는 중서부의 여름밤 속으로 걸어 나
와 외딴 푸에블로 공항으로 향했다. 낡고 붉은 철도역처럼 꾸
며진 곳이었다. 그녀가 살아는 있는지, 아직 이곳에 살고 있
는지, 현재 이름이 무엇인지조차 알지 못했다. 그럼에도 커져
가는 기대감에 그는, 20년이 흐르는 동안 세상을 떠났을지도
모르는 그녀 아버지의 이름을 떠올리며 전화번호부를 뒤적
였다.

그녀의 아버지는 아직 살아 있었다. 하먼 홈스 판사. 힐사이
드 Hillside 3194번.

그가 낸시 홈스를 찾는다고 하자, 전화를 받은 여자가 흥미롭다는 듯이 말했다.

"낸시는 이제 월터 기퍼드 씨 부인이에요. 누구시죠?"

하지만 도널드는 아무 대답도 하지 않고 전화를 끊었다. 이제 알고 싶었던 건 다 알았다. 그에게 남은 시간은 세 시간뿐이었다. 월터 기퍼드라는 이름은 전혀 기억에 없었다. 그는 전화번호부를 뒤지며, 혹시 그녀가 다른 도시에 사는 사람과 결혼했을지도 모른다는 생각에 잠시 머뭇거렸다.

아니었다. 월터 기퍼드. 힐사이드 1191번. 긴장이 풀리며 굳어 있던 손끝에 다시 생기가 돌았다.

"여보세요?"

"여보세요. 기퍼드 부인 계신가요? 예전 친구입니다."

"제가 기퍼드 부인이에요."

그는 그 목소리에서 묘하게 마법 같은 느낌을 떠올렸다. 아니, 그렇게 믿고 싶었다.

"나 도널드 플랜트야. 열두 살 이후로 못 봤는데."

"아아!" 몹시 놀란 듯한, 아주 정중한 반응이었다. 하지만 그는 그 안에서 기쁨이나 자신을 알아봤다는 확신은 느낄 수 없었다.

"…도널드!" 목소리가 다시 들렸다. 이번에는 기억해 내려고 애쓰는 기색 너머에, 무언가 조금 더 담겨 있었다.

"…언제 돌아왔어?" 그리고는 다정하게 덧붙였다. "지금 어디야?"

"공항이야. 몇 시간밖에 없지만."

"그럼 잠깐 들러. 얼굴 좀 보자."

"좋지. 자려던 거 아니었어?"

"세상에, 아니야!" 그녀가 외쳤다. "그냥 혼자 하이볼 한잔하고 있었어. 택시 기사한테 말해. 여기 주소가…"

가는 길에 도널드는 아까 전화로 나눈 대화를 곱씹어 보았다. '공항에 있다'는 말만으로도, 자신이 여전히 상류 중산층이라는 인상을 줄 수 있었다. 낸시가 집에 혼자 있다는 사실은, 혹시 그녀가 친구도 없고 그저 나이만 들어버린 매력 없는 여자가 된 것은 아닐까 하는 생각이 들게끔 했다. 남편은 집을 비웠거나 이미 잠들었을지도 모른다. 그의 기억 속 낸시는 늘 열 살이었기에, 그녀가 하이볼을 마신다는 말에 잠시 충격을 받았다. 하지만 곧 미소를 지으며 머리를 저었다. 그녀도 이제 서른에 가까운 나이였으니.

구불구불한 진입로 끝, 불이 켜진 문을 등지고 선 검은 머리의 자그맣고 아리따운 여인이 눈에 들어왔다. 손에는 유리잔을 들고 있었다. 눈앞에 실제로 나타난 그녀의 모습에 순간 당황한 도널드는 택시에서 내리며 말했다.

"기퍼드 부인?"

그녀는 바깥 현관 불을 켜고 그를 바라보았다. 눈을 크게 뜨고 잠시 머뭇거리는 모습이었다. 그러다 이내 당황스러운 표정 사이로 미소가 번졌다.

"도널드, 정말 너구나. 우리 둘 다 많이 변했네. 정말 반가워!"

두 사람은 안으로 들어가며 밝은 목소리로 이야기를 주고받았다. '오랜 세월'이라는 말도 오갔다. 도널드는 가슴이 철렁 내려앉는 기분을 느꼈다. 그 이유는 마지막 만남의 기억 때문이기도 했다. 자전거를 타고 가던 그녀가 그를 못 본 척하며 휙 지나쳤던 장면이 떠올랐다. 또 한편으로는, 혹시 서로 할 이야기가 없을지도 모른다는 두려움 때문이기도 했다. 마치 대학 동창회에 온 것 같았다. 실제로 그런 자리라면, 소란한 분위기 덕분에 혹시라도 예전 기억이 나지 않아도 무난히 넘어갈 수 있었을 것이다. 하지만 지금 이 시간은 길고도 공허할지도 모른다는 생각에 도널드는 은근히 겁이 났다. 그는 필사적으로 말을 꺼냈다.

"넌 예전에 참 사랑스러운 아이였어. 그런데 지금도 이렇게 아름답다니 좀 놀랐는걸."

통했다. 지금 서로의 변한 모습을 바로 인정하는 이 과감한 칭찬 덕분에, 두 사람은 어색한 어린 시절 친구가 아니라 흥미로운 타인으로 바뀌었다.

"하이볼 마실래?" 그녀가 물었다. "안돼? 날 술꾼이라고 생각하진 말아줘. 그냥 좀 울적한 밤이라서 그래. 남편이 오늘 올 줄 알았는데, 이틀 더 늦어진다고 전보가 왔거든. 도널드, 남편은 정말 좋은 사람이야 아주 매력적이고, 너랑 분위기도 비슷해. 생김새도 닮았고." 그녀는 잠시 머뭇거리다가 덧붙였다. "뉴욕에 남편이 관심 있어 하는 여자가 있는 것 같아. 잘 모르겠어."

"그건 말도 안 되는 얘기 같은데? 이렇게 널 보니까 알겠는데." 그가 다정하게 말했다. "나도 6년 동안 결혼생활을 했는데, 한때는 그런 식으로 스스로를 괴롭힌 적이 있어. 그런데 어느 날, 질투라는 감정을 내 삶에서 완전히 지워버렸지. 정말 잘한 결정이었어. 특히 아내가 세상을 떠난 뒤엔 더 그런 생각이 들었고. 덕분에 흠집 나거나 망가지거나 떠올리기 괴로운 기억 없이, 좋은 추억만 남았으니까."

그가 말하는 동안, 그녀는 그를 주의 깊게 바라보다가 이해심 가득한 눈빛을 보냈다.

"힘든 일이 있었구나." 그녀가 말했다. 적당한 침묵이 흐른 뒤에 덧붙였다. "많이 달라졌네. 고개 좀 돌려봐. 예전에 아버지가 너를 보고 그러셨거든. '저 녀석은 머리가 좋아'라고."

"넌 아마 반박했겠지."

"아니, 인상 깊었어. 그때까지만 해도 세상 모든 사람이 다 머리가 좋은 줄 알았거든. 그래서 아직도 기억에 남아."

"다른 기억은 없어?"

그가 웃으며 물었다.

갑자기 낸시는 자리에서 벌떡 일어나 몇 걸음 멀어졌다.

"아, 그건…" 그녀가 나무라듯 말했다. "그건 반칙이야! 내가 좀 되바라진 애였나 봐."

"아니야." 그가 단호하게 말했다. "나 하이볼 마실래."

그녀가 고개를 돌린 채 술을 따르는 동안, 그는 이야기를 이어갔다.

"어릴 때 키스해 본 여자애가 너 하나뿐이라고 생각해?"

"그 얘기가 마음에 들어?" 그녀가 따지듯 물었다. 하지만 순간의 짜증은 금세 사라졌고, 곧 웃으며 말했다.

"뭐 어때! 우리 즐거웠잖아. 그 노래처럼."

"썰매 타던 날."

"맞아. 그리고 누구네 피크닉이었지? 아, 트루디 제임스. 그리고 프롱트낵에서 보낸 여름도."

도널드가 가장 선명하게 기억하는 건 썰매 타던 날이었다. 그는 짚이 깔린 썰매 구석에 앉아, 차가운 하얀 별을 올려다보며 웃는 그녀의 차가운 뺨에 입을 맞췄다. 옆에 앉은 다른 커플은 등을 돌리고 있었고, 그는 그녀의 앙증맞은 목과 귓불에도 입을 맞췄지만 입술에는 닿지 못했다.

"그리고 맥네 파티 기억나? 키스 게임했는데, 나는 볼거리 때문에 가지도 못했어."

"그건 기억 안 나."

"넌 그 파티에 갔어. 그리고 누군가한테 키스를 받았지. 난 질투가 나서 미쳐버릴 것만 같았어. 그렇게 심하게 질투해 본 건 그때가 처음이었어."

"이상하다. 왜 기억이 안 날까. 아마 잊어버리고 싶은 일이었나 봐."

"그런데 왜?" 그가 장난스럽게 말했다. "우리 둘 다 정말 순수했잖아. 낸시, 난 아내에게 옛날이야기를 할 때마다, 너를 아내만큼 사랑했다고 말했어. 사실 똑같이 사랑했던 것 같아. 이 동네를 떠나 다른 곳으로 이사할 때, 널 대포알처럼 가슴에 품고 떠났다고."

"그 정도로 힘들었어?"

"당연하지! 난…" 그는 문득, 두 사람이 불과 두 걸음도 안 되는 거리에 있다는 걸 깨달았다. 그리고 자신이 지금도 그녀를 사랑하는 것처럼 이야기하고 있다는 사실도. 그녀 역시 입술을 반쯤 벌리고, 설명하기 힘든 눈빛으로 자신을 올려다보고 있었다.

"계속 말해줘." 그녀가 말했다. "부끄럽지만… 기분이 좋아. 네가 그때 그렇게 힘들어했는지 몰랐어. 난 내가 더 힘든 줄 알았거든."

"네가?" 그가 외쳤다. "약국에서 나 찼던 거 기억 안 나? 혀까지 내밀면서 약 올렸잖아." 그는 웃음을 터뜨렸다.

"전혀 기억 안 나. 내 기억엔 네가 나를 찼던 것 같은데." 그녀의 손이 위로라도 하듯 가볍게 그의 팔에 닿았다. "위층에 오랫동안 꺼내보지 않은 사진 앨범이 있어. 가져올게."

도널드는 오 분 동안 가만히 앉아 두 가지 생각에 잠겼다. 하나는, 같은 일을 두고도 사람마다 기억이 이렇게 다를 수 있고 그 다른 기억을 맞춰보려는 시도가 절망적일 정도로 불가능하다는 것이었다. 또 하나는, 놀랍게도 낸시가 성인이 된 지금도 어린 시절처럼 여전히 자신의 마음을 뒤흔든다는 사실이었다. 그녀를 만난 지 이제 겨우 삼십 분밖에 지나지 않았지만, 그는 아내가 세상을 떠난 뒤로는 한 번도 느껴보지 못했고, 다시는 느낄 수 있으리라고 생각하지도 않았던 감정이 되

살아난 것을 느꼈다.

그들은 소파에 나란히 앉아 무릎 위에 사진첩을 펼쳤다. 낸시는 그를 바라보았다. 미소 짓는 얼굴이 무척 행복해 보였다.

"아, 정말 즐거워." 그녀가 말했다. "네가 이렇게 다정하게, 또 날 그렇게… 예쁘게 기억해 줘서 너무 좋아. 그때 네 진심을 알았더라면 얼마나 좋았을까! 네가 이사 간 뒤로 한동안 널 미워했거든."

"안타깝네." 그가 부드럽게 말했다.

"하지만 지금은 아니야." 그녀가 그를 안심시키듯 말하고는 충동적으로 덧붙였다.

"화해의 키스, 어때? 아, 그건 좋은 아내가 할 짓은 아니지." 잠시 후 그녀가 말했다. "결혼한 뒤로 남편 말고 다른 남자에게 키스한 건 한 번도 없었던 것 같아."

그는 설렘을 느꼈지만, 혼란스러운 감정이 더 컸다. 그가 방금 키스한 건 정말 낸시일까? 아니면 과거의 기억일까? 아니면 지금 이 순간, 사진첩을 넘기며 살짝 시선을 피하는, 사랑스럽지만 낯선 여자일까?

"잠깐만!" 그가 말했다. "몇 초 동안은 사진이 눈에 안 들어올 것 같아."

"다시 하진 말자. 나도 지금 별로 차분한 상태가 아니거든."

　도널드는 너무 많은 의미가 담긴, 하지만 겉보기에는 사소해 보이는 말을 꺼냈다.

"우리가 다시 사랑에 빠지기라도 하면 큰일 날까?"

"그만해!" 그녀가 웃음을 터뜨리면서도 숨을 거칠게 내쉬었다. "이미 끝난 일이야. 그냥 한순간이었어. 잊어야 하고."

"남편한테 말하지 마."

"왜? 난 뭐든 다 말하는데."

"상처받을 거야. 이런 건 남자한테 말하는 거 아니야."

"알겠어, 말 안 할게."

"한 번만 더 키스해 줘." 앞뒤가 맞지 않는 말이라는 걸 알면서도 그는 말했다. 그러나 낸시는 이미 사진첩을 넘기고 한 장의 사진을 가리키며 들뜬 목소리로 외쳤다.

"여기 너 있다! 여기!"

그는 사진을 보았다. 부두 뒤편에 돛단배가 떠 있고, 반바지를 입은 작은 소년이 서 있었다.

"기억나!" 그녀가 의기양양하게 웃으며 말했다. "이 사진 찍던 날. 키티가 찍은 사진인데, 내가 몰래 가져왔었거든."

　처음에 도널드는 사진 속 소년이 자신임을 알아보지 못했다. 몸을 숙여 더 가까이 들여다보아도, 도무지 알 수 없었다.

"저건 내가 아닌데." 그가 말했다.

"너 맞아. 프롱트낵에서 찍은 거야. 우리… 동굴에 자주 갔 던 그해 여름에."

"무슨 동굴? 난 프롱트낵에 사흘밖에 안 있었는데." 그는 다시 눈을 가늘게 뜨고, 약간 누렇게 바랜 사진을 들여다보 았다. "이건 내가 아니라 도널드 바워스야. 우리가 꽤 닮긴 했 었지."

이번엔 그녀가 그를 뚫어지게 바라보았다. 뭔가에서 벗어 나려는 듯 몸을 뒤로 젖혔다.

"네가 도널드 바워스잖아!" 그녀가 소리쳤다. 목소리가 다 소 높아졌다. "아니야. 난… 도널드 플랜트야."

"전화로 말했잖아."

그녀는 벌떡 일어났다. 얼굴엔 당혹감과 공포가 엇갈려 나 타났다.

"플랜트! 바워스! 내가 미쳤나 봐. 술 때문인가? 처음에 널 봤을 때부터 좀 헷갈렸어. 잠깐만, 내가 너한테 무슨 말을 했지?"

그는 수도승처럼 침착한 척하며 사진첩을 한 장 넘겼다.

"아무 말도 안 했어." 그가 말했다. 자신이 들어가 있지 않 은 장면들이 눈앞에서 형체를 이뤘다가 흩어지고, 또다시 떠 올랐다. 프롱트낵, 동굴, 도널드 바워스, '날 찬 건 너잖아!'라는 말…

냇시는 방 건너편에서 말했다.

"이 얘긴 절대 입 밖에 내지 마. 이런 이야기는 어떻게든 소문이 나는 법이니까."

"할 얘기랄 것도 없어." 그가 머뭇거렸다. 하지만 속으로는 이렇게 생각했다. 냇시는 역시, 되바라진 아이가 맞았구나.

갑자기 그의 가슴속에서 어린 도널드 바워스에 대한 맹렬한 질투가 끓어올랐다. 질투라는 감정을 영영 삶에서 지워버렸다고 생각했던 그였는데. 그는 방을 가로질러 다섯 걸음을 내디디며 이십 년이라는 세월과 월터 기퍼드라는 존재를 짓밟았다.

"다시 한번 키스해 줘, 냇시." 그는 그녀가 앉은 의자 옆에 무릎을 꿇고 앉아 그녀의 어깨에 손을 얹었다. 하지만 냇시는 몸을 뒤로 빼며 그의 손길을 피했다.

"비행기 타야 한다고 했잖아."

"괜찮아. 놓쳐도 돼. 하나도 중요하지 않아."

"그만 가줘." 그녀가 차가운 목소리로 말했다. "내 기분이 어떨지… 생각해 봐."

"너… 날 기억하지 못하는 것처럼 행동하고 있어!" 그가 소리쳤다. "도널드 플랜트는 기억나지 않는 것처럼!"

"아니, 기억해. 너도 기억나… 하지만 다 오래전 일이야."
그녀의 목소리는 다시 차가워졌다.

"택시 번호는 크레스트우드Crestwood 8484번이야."

공항으로 가는 길, 도널드는 고개를 가로저었다. 이제야 완전히 제정신으로 돌아왔지만, 방금 겪은 일을 도무지 이해할 수가 없었다. 비행기가 어두운 하늘을 향해 굉음을 내며 날아오르고, 그 안에 있는 사람들이 잠시나마 지상 세계와 동떨어진 존재가 되는 그 순간, 그는 자신이 방금 겪은 일 역시 현실 바깥의 일로 여겨도 괜찮겠다는 생각이 들었다. 황홀했던 5분 동안 그는 미친 사람처럼 동시에 두 개의 세계를 살았다. 열두 살 소년이었고, 서른두 살의 남자였으며, 그 둘은 떼려야 뗄 수 없이, 어쩔 수 없이 뒤엉켜 있었다.

도널드 역시 비행기를 갈아타기 전의 몇 시간 동안 많은 것을 잃었다. 하지만 인생의 후반부란 결국, 불필요한 것들을 하나씩 버려가는 긴 여정이라는 점에서 본다면, 그 경험도 그리 대수롭지 않은 일일지도 모른다.

겨울 꿈

Winter Dreams

겨울 꿈

Winter Dreams

《메트로폴리탄 매거진》 1922년 12월호에 처음 발표되었고, 이후 《슬픈 남자들 All the Sad Young Men (1926)》에 수록되었다. 피츠제럴드가 세 번째 장편인 《위대한 개츠비》를 구상하던 시기에 집필한 이 작품은, 이른바 '개츠비 계열'에 속하는 단편들 중에서도 가장 완성도가 높다고 평가된다. 《위대한 개츠비》와 마찬가지로, 이 단편 역시 한 소년이 이기적인 부잣집 소녀에게 자신의 야망을 투영하게 되는 이야기를 그린다. 실제로 피츠제럴드는 잡지에 실린 이 단편에서, 덱스터 그린이 주디 존스의 집을 처음 보는 장면을 삭제하고, 이 부분을 《위대한 개츠비》로 가져가 제이 개츠비가 데이지 페이의 집을 보고 느끼는 장면으로 활용했다.

1

    캐디들 중에는 말도 못 하게 가난해, 앞마당에 신경쇠약에 걸린 젖소 한 마리를 둔 단칸방 집에 사는 이들도 있었다. 하지만 덱스터 그린의 아버지는 블랙 베어에서 두 번째로 잘 되는 식료품점을 운영했다—가장 장사가 잘되는 가게는 셰리 아일랜드의 부유층이 애용하는 '더 허브'였다—. 덱스터가 캐디 일을 시작한 건 그저 용돈을 벌기 위해서였다.

    가을로 접어들면서 기온이 떨어지고 세상이 회색빛으로 바뀌고, 길고 긴 미네소타의 겨울이 하얀 상자 뚜껑처럼 세상을 덮어버리면, 덱스터는 눈 쌓인 골프장 페어웨이를 스키를 타고 가로지르곤 했다. 그런 계절이면 이 시골 풍경은 어김없이 그에게 깊은 우울감을 안겨주었다. 골프장은 잠든 듯 정적

에 잠기고, 누덕한 참새들만이 긴 겨우내 어슬렁거리는 풍경
이 그는 못마땅했다. 한때 여름의 화려한 색채가 펄럭이던 티
잉 구역은 이제 무릎 높이까지 언 단단한 얼음 속에 파묻힌 씁
쓸한 모래 상자로 변해 있었다. 언덕을 넘을 때면 바람은 살을
에는 듯 차갑게 스며들었고 해가 떠 있을 때는 형체 없는 강렬
한 눈부심에 찡그린 얼굴로 터벅터벅 걸어야 했다.

그러다 4월이 되면 겨울은 맥없이 끝났다. 눈은 머뭇거릴
새도 없이 녹아 블랙 베어 호수로 흘러들었고, 시즌을 조금이
라도 일찍 시작하려는 골퍼들이 빨간 공이며 검은 공을 꺼내
들 틈도 없었다. 들뜬 기쁨도, 축축한 환희의 순간도 없이, 추
위는 사라졌다.

덱스터는 이 북쪽 지방의 봄이 어딘가 쓸쓸하다는 것을 알
고 있었다. 마치 가을에 묘한 황홀함이 깃들어 있다는 걸 알
고 있었던 것처럼. 가을이면 그는 주먹을 불끈 쥐고 몸을 떨
며, 멍청한 문장을 혼잣말로 중얼거리곤 했다. 때로는 상상의
청중 앞에 서 있거나, 군대에서 명령을 내리는 것처럼 빠르고
단호한 몸짓을 해보았다. 10월은 그를 희망으로 가득 채웠고,
11월이 되면 그 희망은 황홀한 승리감으로 치솟았다. 그런 기
분에 사로잡힌 덱스터에게, 셰리 아일랜드에서 보낸 여름날
의 눈부신 기억들은 그의 상상력을 돌리는 맷돌에 넣기 딱 좋

은 재료였다. 그는 상상 속 페어웨이를 수백 번 오가며, 멋진 경기를 펼쳤고 마침내 T. A. 헤드릭 씨를 꺾고 골프 챔피언이 되었다. 덱스터는 그 모든 장면을 작은 부분 하나하나까지 지치지도 않고 바꿔가며 떠올렸다. 어떤 날에는 우습도록 쉽게 이기고, 또 어떤 날에는 뒤처졌다가 감동적인 역전승을 거두기도 했다. 또 다른 상상 속에서 그는 모티머 존스 씨처럼 피어스 애로 지동차에서 내리자마자 냉담한 표정으로 셰리 아일랜드 골프클럽의 라운지 안으로 걸어갔다. 혹은 감탄의 눈길을 보내는 군중에 둘러싸인 채, 클럽 뗏목의 스프링보드에서 화려한 다이빙 시범을 선보이기도 했다. 입을 벌리고 그 모습을 지켜보던 구경꾼들 사이에는 모티머 존스 씨도 있었다.

그러던 어느 날, 모티머 존스 씨가 ― 유령이 아니라 진짜 모티머 존스 씨가 ― 눈물을 글썽이며 덱스터에게 다가왔다. 그는 덱스터가 클럽 최고의 캐디라며, 제발 그만두지 말고 계속 일해 달라고 했다. 그만한 보람이 있도록 자신이 충분히 보상하겠다고도 덧붙였다. 다른 캐디들은 매 홀마다 공을 꼭 하나씩 잃어버린다는 것이었다. 하나같이 빠짐없이 말이다.

"아니요, 안 하겠습니다." 덱스터는 단호하게 말했다. "저는 캐디 일을 더 하고 싶지 않아요." 그리고 잠시 머뭇거리다, 덧붙였다. "이젠 나이가 너무 많아요."

“너 아직 열네 살밖에 안 됐잖아. 도대체 무슨 이유로 오늘 아침 갑자기 그만두겠다고 결심한 거냐? 다음 주에 나랑 주 대회 나가기로 약속도 했잖아.”

“나이가 너무 많은 것 같아서요.”

덱스터는 ‘A 클래스’ 배지를 반납하고, 캐디 책임자에게서 받아야 할 돈을 정산한 뒤 블랙 베어 마을에 있는 집으로 걸어 갔다.

그날 오후, 모티머 존스 씨는 술잔을 기울이며 이렇게 외쳤 다. “단연코 내가 본 캐디 중 최고였어! 공 한 번 잃어버린 적 없지! 성실하지! 똑똑하지! 조용하지! 고마움도 아는 그런 애 였어.”

덱스터를 그만두게 만든 소녀는 열한 살이었다. 앞으로 몇 해가 지나면 형언할 수 없이 아름다워져 수많은 남자들에게 끝없는 고통을 안기게 될 여자아이들처럼, 지금은 묘하게 못 생긴 얼굴을 하고 있었다. 하지만 불꽃만큼은 분명히 보였다. 웃을 때 입꼬리가 아래로 비틀리는 그 표정에는 어딘지 불온 한 기운이 감돌았고—신이시여, 도와 주소서!—그 눈빛에는 이미 열정의 기색이 엿보였다. 그런 여자들은 일찍부터 생기 를 띤다. 그녀의 마른 몸에서 그 생동감은 환한 빛처럼 뚜렷하 게 흘러나오고 있었다.

아침 아홉 시가 되자, 그녀는 들뜬 얼굴로 리넨 유니폼 차림의 유모와 함께 골프장에 나타났다. 유모는 다섯 개의 작은 새 골프채가 담긴 새하얀 캔버스 가방을 들고 있었다. 덱스터가 처음 그녀를 보았을 때 그녀는 캐디 하우스 근처에 서 있었다. 어딘가 불편해 보였고, 그 기색을 감추려는 듯 유모와 어색한 대화를 나누고 있었다. 그러는 동안 그녀는 놀란 듯한 표정, 상황과 전혀 어울리지 않는 엉뚱한 표정을 지어 보였다.

"오늘 날씨 참 좋네요, 힐다." 덱스터는 그녀가 그렇게 말하는 것을 들었다. 그녀는 입꼬리를 아래로 내리며 웃었고, 슬쩍 주위를 둘러보다가 시선을 잠시 덱스터에게 두었다.

그러고는 유모에게 말했다.

"오늘 아침엔 사람 별로 없는 것 같네요. 그렇죠?"

그녀는 다시 한번 웃었다. 눈부시게 환한, 노골적으로 꾸며 낸 웃음이었지만, 묘하게 설득력이 있었다.

"이제 어떻게 해야 하는 건지 모르겠네." 유모가 시선을 특별히 어디로 향하지도 않은 채 중얼거렸다.

"아, 괜찮아요. 내가 알아서 할게요."

덱스터는 입을 살짝 벌린 채 꼼짝 않고 서 있었다. 앞으로 한 발만 내디뎌도 그녀의 시야에 들어가게 되고, 뒤로 물러서면 그녀의 얼굴을 온전히 볼 수 없게 될 터였다. 처음에 그는 그녀가 얼마나 어린지 실감하지 못했다. 그러다 문득, 작년에 몇 차례 블루머*를 입은 그녀를 본 기억이 떠올랐다.

그는 불쑥 웃음을 터뜨렸다. 짧고 툭 끊기는 웃음이었다. 본인도 모르게 터져 나온 웃음에 놀란 그는 몸을 돌려 빠르게 걸음을 옮기기 시작했다.

"애!"

덱스터가 멈춰 섰다.

"거기 너!"

그를 부른 게 틀림없었다. 하지만 그것만이 아니었다. 그는 그 터무니없는 웃음을 마주해야 했다. 훗날 적어도 열두 명의 남자가, 중년이 될 때까지 잊지 못하게 될 바로 그 웃음을.

"애, 골프 강사 어디 있는지 아니?"

"지금 레슨 중이에요."

"그래? 그럼 캐디 책임자는?"

"아직 안 왔어요."

"아." 그녀는 잠시 어쩔 줄 몰라 하며, 한쪽 발에서 다른 쪽 발로 무게를 옮겨가며 섰다.

"우린 캐디가 필요해." 유모가 말했다. "모티머 존스 부인이

---

*   19~20세기 초 여성들이 스포츠할 때 입던 바지 형태의 의복.

골프 치고 오라고 하셔서 나왔는데, 캐디 없이는 어쩔 줄 모르겠네.”

순간 존스 양이 불길한 눈초리로 그녀를 흘겨보며 제지했고, 곧 그 웃음이 다시 떠올랐다.

“여기엔 저 말고는 캐디가 없어요.” 덱스터가 유모에게 말했다. “저는 캐디 책임자가 올 때까지 자리를 지켜야 해요.”

“아.”

존스 양과 유모는 조금 떨어진 곳으로 물러나더니 곧 격렬한 말다툼을 벌이기 시작했다. 실랑이는 존스 양이 골프채 하나를 집어 들어 땅에 세차게 내리치면서 끝났다. 분이 풀리지 않은 듯, 그녀는 다시 골프채를 들더니 이번엔 유모의 가슴팍을 향해 힘껏 내리치려 했다. 하지만 유모가 재빨리 골프채를 낚아채며 그녀의 손에서 비틀어 빼앗았다.

“이 못돼먹은 할망구 같으니!” 존스 양이 미친 듯이 소리쳤다.

또다시 말다툼이 벌어졌다. 덱스터는 이 광경이 어딘지 익살스럽고 우스꽝스럽다는 걸 깨닫고는, 몇 번이나 웃음이 터져 나오려는 걸 가까스로 삼켰다. 말도 안 된다는 걸 알면서도, 그는 저 꼬마가 정말로 유모에게 한 방 날릴지도 모른다는 확신을 떨칠 수 없었다.

마침내 캐디 책임자가 우연히 모습을 드러낸 덕분에 상황은 정리되었다. 유모는 즉시 그에게 다가가 도움을 청했다.

"존스 양이 어린 캐디를 써야겠다는데, 저 아이가 안 된다고 하네요."

"맥켄나 씨가 캐디 책임자님이 오실 때까지 저더러 여기 있으라고 하셨어요." 덱스터가 재빨리 말했다.

"됐네요, 이제 오셨잖아요." 존스 양은 캐디 책임자에게 상냥한 미소를 지어 보였다. 그러고는 골프 가방을 내려놓고, 거만한 종종걸음으로 첫 번째 티잉 그라운드를 향해 걸어갔다.

"뭐해?" 캐디 책임자가 덱스터를 돌아보며 말했다. "멍청하게 서 있지 말고 아가씨 클럽 챙겨."

"오늘은 안 나갈래요." 덱스터가 말했다.

"뭐라고?"

"일 그만두려고요."

그 말의 무게에 덱스터 자신도 놀랐다. 그는 인기 있는 캐디였고, 여름 내내 이 호숫가 어디에서도 벌 수 없는 한 달 삼십 달러를 벌고 있었으니까. 하지만 그는 감정적으로 큰 충격을 받았고, 그 혼란은 거칠고 즉각적인 출구를 필요로 했다.

하지만 단순히 그런 이유만은 아니었다. 훗날에도 자주 그러했듯이, 덱스터는 무의식중에 자신이 품고 있던 겨울 꿈에 휘둘리고 있었던 것이다.

2

물론 이 '겨울 꿈'의 양상과 시의성은 때때로 달라졌지만, 그 본질은 변함이 없었다. 이 꿈들은 몇 년 뒤, 덱스터로 하여금 주립대학의 상과 과정을 포기하게 만들었다. 그 무렵, 부유해진 그의 아버지는 기꺼이 학비를 대줄 준비가 되어 있었지만, 덱스터는 불확실하지만 더 매력적인 기회를 좇아, 동부의 유서 깊고 명망 있는 대학에 진학했다. 그곳에서 그는 빠듯한 생활비 때문에 늘 고생해야만 했다. 하지만 그의 겨울 꿈이 처음엔 그저 부유한 사람들에 대한 공상으로 시작되었다고 해서, 그를 속물적인 소년이라 오해해서는 안 된다. 그는 반짝이는 것들이나 반짝이는 사람들과 엮이는 것을 원하는 게 아니었다. 그는 그 반짝임 그 자체를 원했다. 그는 왜 그런지도 모른 채, 언제나 가장 좋은 것을 잡으려 손을 뻗었고, 그 길목마다 마치 인생이 장난이라도 치듯, 이해할 수 없는 거절과 금지의 벽에 가로막히곤 했다. 이 이야기는 그의 인생 전체에 관한 것이 아니다. 그런 거절들 중 하나에 관한 이야기다.

덱스터는 많은 돈을 벌었다. 꽤 놀라운 일이었다. 대학을 졸업한 뒤, 그는 블랙 베어 호수를 찾던 부유한 사람들이 사는 도시로 향했다. 스물세 살, 그곳에 머문 지 채 2년도 안 됐을 무렵, 사람들 사이에서는 이런 말이 돌기 시작했다. "저 친구 말이야…크게 될 재목이야." 주변의 부잣집 아들들은 죄다 불안정하게 채권을 팔거나 유산을 투자하거나,《조지 워싱턴 상업 강좌》전 24권을 붙들고 씨름하고 있었다. 하지만 덱스터는 대학 학위와 자신감 넘치는 말솜씨를 담보 삼아 천 달러를 빌려 세탁소 지분을 사들였다.

처음에 그 세탁소는 작은 가게에 불과했다. 하지만 덱스터는 영국식 고급 울 골프 양말을 줄어들지 않게 세탁하는 법을 전문으로 내세웠고, 1년도 채 되지 않아 니커 바지를 입는 손님들이 찾는 세탁소로 자리 잡았다. 남자들은 셰틀랜드산 양말이며 스웨터까지 꼭 그의 세탁소에 맡겨야 한다고 고집했다. 예전엔 골프공을 잘 찾는 캐디를 고집했듯이. 얼마 지나지 않아 그 남자들의 아내들 속옷까지 맡기기 시작했고, 그는 도시 곳곳에 다섯 개의 지점을 운영하게 되었다. 스물일곱이 되기 전, 덱스터는 그 주에서 가장 큰 세탁소 체인을 소유하게 되었다. 그리고 그 시점에 모든 사업을 정리하고 뉴욕으로 떠났다. 하지만 지금 하고자 하는 이야기는 그가 처음으로 큰 성공을 거두었던 바로 그 시절로 거슬러 올라간다.

스물셋이 되던 해, "저 친구 크게 될 재목이야"라며 말하길 좋아하던 백발의 신사들 중 한 사람인 하트 씨가, 그에게 셰리 아일랜드 골프 클럽의 주말 이용 초대권을 건넸다. 그래서 어느 날, 덱스터는 회원 명부에 이름을 올렸고, 그날 오후 하트 씨, 샌드우드 씨, 그리고 T. A. 헤드릭 씨와 함께 네 명이서 골프를 쳤다. 그는 한때 이 골프장에서 하트 씨의 골프가방을 메고 다닌 적이 있었고, 눈을 감고도 코스의 모든 벙커와 골짜기를 훤히 그릴 수 있을 정도였지만 굳이 말할 필요가 없다고 생각했다. 하지만 그럼에도, 네 명의 캐디들을 흘끗 바라보며, 예전 자신의 그림자를 비추는 듯한 어떤 몸짓이나 표정을 찾으려 애썼다.

그날은 묘하게도, 낯익은 인상들이 불쑥불쑥 날카롭게 스치는 이상한 하루였다. 덱스터는 어떤 순간엔 자신이 이 자리에 있을 자격이 없는 침입자처럼 느껴지다가도, 다음 순간엔 T. A. 헤드릭 씨에 대한 자기 우월감에 스스로 압도되었다. 그는 지루하기만 할 뿐 아니라, 이젠 골프 실력마저 한물간 상태였다.

그러던 중 열다섯 번째 그린 근처에서, 하트 씨가 공 하나를 잃어버린 탓에 뜻밖의 일이 벌어졌다. 그들이 러프의 뻣뻣한 풀 사이를 헤매며 공을 찾고 있을 때, 뒤쪽 언덕 너머에서 맑고 또렷한 외침이 들려왔다. "공 가요!" 그 순간, 네 남자는 일제히 공 찾기를 멈추고 고개를 돌렸다. 언덕 너머에서 갑자기 날아든 새하얀 공에 T. A. 헤드릭 씨의 배가 정통으로 맞았다.

"세상에, 맙소사!" T. A. 헤드릭 씨가 소리쳤다. "저런 정신 나간 여자들은 당장 골프장에서 쫓아내야 해! 도가 지나쳐도 한참 지나쳐."

언덕 너머에서 머리 하나가 불쑥 모습을 드러냈고, 곧 목소리도 따라왔다.

"지나가도 될까요?"

"당신, 내 배를 맞췄잖아!" 헤드릭 씨가 격앙된 목소리로 외쳤다.

"정말요?" 여자가 남자들 쪽으로 다가오며 말했다. "죄송해요. '공 가요!'라고 외치긴 했는데요."

그녀는 무심한 눈길로 남자들 하나하나를 훑어보더니, 곧 페어웨이 쪽으로 시선을 돌려 자신의 공을 찾기 시작했다.

"공이 러프로 튄 건가요?"

이 질문이 순진한 건지, 아니면 악의적인 건지는 판단하기 어려웠다. 하지만 곧 그녀는 그 모든 의문을 단번에 지워버렸다. 그녀의 파트너가 언덕 너머에서 올라오자, 그녀는 명랑한 목소리로 외쳤다.

"여기 있어요! 원래는 그린까지 갔을 텐데, 뭐에 부딪쳤나 봐요."

그녀가 짧은 매시 샷을 준비하며 자세를 잡는 순간, 덱스터는 그녀를 유심히 바라보았다. 그녀는 파란 깅엄 체크 원피스를 입고 있었고, 목과 어깨를 따라 흰색 테두리가 둘러져 있어 햇볕에 그을린 피부를 한층 돋보이게 했다. 열한 살 때만 해도 지나치게 도드라진 얼굴선 탓에 정열적인 눈매와 아래로 처진 입술이 어딘가 어울리지 않아 우스꽝스러워 보였지만, 이제 그런 느낌은 온데간데없었다. 그녀는 눈에 띄게 아름다웠다. 그녀의 뺨에 감도는 색은 마치 그림 속 색채처럼, 한곳에 고르게 자리 잡고 있었다. '붉게 달아오른' 혈색은 아니었지만, 불안정하게 일렁이며 들뜬 듯한 열기를 머금은 따스함이 었다. 언제라도 스르르 사라져 버릴 것만 같은, 여리고 섬세한 색이었다. 그 여린 홍조와 끊임없이 움직이는 입술에서는, 끊임없이 변화하는 생기와 강렬한 삶의 기운, 열정적인 활력이 느껴졌다. 다만 그녀의 눈에 어른거리는 사치스럽고 서늘한 슬픔이 그것을 겨우 눌러주고 있을 뿐이었다.

그녀는 짜증 섞인 태도로 무심하게 매시 클럽을 휘둘렀고,

공은 그린 건너편 모래 벙커로 굴러 들어갔다. 짧고 성의 없는 미소를 지으며, 아무 일도 없었다는 듯 "고마워요!" 하고 말한 뒤, 그녀는 태연하게 공 쪽으로 걸어갔다.

"그 주디 존스 말이야!" 다음 티잉 그라운드에서 그녀가 먼저 공을 치고 나가기를 기다리며, 헤드릭 씨가 말했다. "저런 여자는 딱 반년쯤 정신 번쩍 들게 매 맞고, 고지식한 기병대 대위한테 시집가야 돼. 그래야 사람이 되지."

"와, 예쁘긴 정말 예쁘네요." 서른을 갓 넘긴 샌드우드 씨가 감탄하듯 말했다.

"예쁘다고?" 헤드릭 씨가 비웃듯 쏘아붙였다. "맨날 누가 자기한테 키스 해 주길 바라는 얼굴이잖아! 동네 송아지 같은 젊은 남자들만 보면 그 커다란 소 같은 눈으로 쳐다보질 않나!"

물론, 헤드릭 씨가 그런 말을 하며 모성 본능을 염두에 뒀다고 보긴 어려웠다.

"진지하게만 하면 골프도 꽤 잘 칠 텐데." 샌드우드 씨가 말했다.

"폼이 안 돼." 헤드릭 씨가 근엄하게 응수했다.

"몸매는 좋잖아요." 샌드우드 씨가 덧붙였다.

"공을 좀만 세게 쳤어도 정말 큰일 날 뻔했지." 하트 씨가 덱스터를 향해 윙크하며 말했다.

그날 늦은 오후, 태양은 금빛과 온갖 푸른빛, 선홍빛이 어우러진 화려한 소용돌이를 남기며 저물고, 그 자리에 건조하고 바삭거리는 서부의 여름밤이 이어졌다. 덱스터는 골프 클럽 베란다에 앉아 있었다. 가을 보름달 아래, 선선한 바람에 은빛 당밀처럼 평평하게 겹쳐지는 호수의 물결을 바라보았다. 달은 마치 입술에 손가락을 대고 '쉿' 하듯 고요해졌고, 호수도 맑고 잔잔한 수면으로 바뀌었다. 덱스터는 수영복으로 갈아입은 뒤, 호수에서 가장 멀리 떠 있는 뗏목까지 헤엄쳐 갔다. 그리고 그 위의 스프링보드에 올라, 물이 뚝뚝 떨어지는 몸을 캔버스 위에 쭉 뻗고 누웠다.

물고기 한 마리가 물 위로 튀어 오르고, 별 하나가 반짝이며, 호숫가의 불빛들이 은은히 빛나고 있었다. 어둑한 반도 너머에서 피아노 소리가 흘러나왔다. 지난여름, 그리고 그보다도 더 먼 여름날의 노래들이었다. 〈친친〉, 〈룩셈부르크 백작〉, 〈초콜릿 군인〉 같은 곡들이었다. 물 건너 들려오는 피아노 소리는 언제나 아름다워서, 덱스터는 가만히 누운 채 미동도 없이 귀를 기울였다.

그 순간 흘러나온 피아노 선율은 덱스터가 대학 2학년이던, 다섯 해 전에는 한창 유쾌하고 신선한 음악이었다. 한 번은 무도회에서 그 곡이 연주된 적이 있었지만, 덱스터는 당시 무도회에 참석할 여유가 없어 체육관 바깥에 서서 음악을 들은 일이 있었다. 그 선율은 그에게 일종의 황홀감을 안겨주었고, 바로 그 감정 속에서 그는 지금 자신에게 일어나고 있는 일을 바라보았다. 살아 있다는 사실이 분명하게 느껴졌다. 그건 인생 전체와 완벽하게 조화를 이루고 있다는 경이로운 감각이었다. 자신을 둘러싼 모든 것이 찬란히 빛나는, 다시 오지 않을지도 모를 황홀한 순간이었다.

섬의 어둠 속에서 낮고 창백한 직사각형 실루엣 하나가 불쑥 떠오르더니, 레이싱 모터보트의 굉음을 내뿜었다. 보트 뒤로는 하얗게 갈라진 두 줄기의 물살이 길게 이어졌고, 곧이어 보트는 그가 있는 곳 가까이 다가와 물보라의 웅웅거림으로 피아노 소리를 삼켜버렸다. 두 팔로 몸을 일으킨 덱스터는 조타기 앞에 선 사람을 알아보았다. 점점 멀어지는 수면 너머에서, 어둠 속 눈 두 개가 자신을 응시하고 있었다. 이내 보트는 그의 곁을 스쳐 지나 호수 한가운데서 커다란, 그러나 무의미한 물보라의 원을 그리며 맴돌기 시작했다. 그러다 원 중 하나가 기묘하게 납작해지더니, 다시 뗏목 쪽을 향해 돌진해 왔다.

"거기 누구예요?" 그녀가 모터를 끄며 외쳤다. 이제 너무 가까워져서, 덱스터는 그녀가 분홍색 롬퍼처럼 생긴 수영복을 입고 있다는 걸 알아볼 수 있었다.

보트의 뱃머리가 뗏목에 부딪치자, 뗏목이 한쪽으로 기울며 덱스터는 중심을 잃고 그녀 쪽으로 몸이 쏠렸다. 두 사람은 서로를 알아보았지만, 관심의 깊이는 분명 달랐다.

"오늘 오후에 우리가 먼저 치고 지나갔던 남자들 중 한 분 아니세요?" 그녀가 물었다.

낮는 말이있다.

"모터보트 운전할 줄 아세요? 할 줄 알면 이 보트 좀 몰아줄래요? 제가 뒤에서 서프보드를 타고 싶거든요. 내 이름은 주디 존스예요." 그녀는 우스꽝스럽게 웃어 보였다. 아니, 웃음을 일부러 우스꽝스럽게 지어 보이려 했지만, 아무리 입꼬리를 비틀어도 전혀 기괴하지 않았고, 그저 아름다울 뿐이었다.

"섬 저쪽에 있는 집에 살아요. 지금 그 집엔 저를 기다리는 남자가 있죠. 그가 문 앞까지 차를 몰고 왔길래, 저는 그냥 부두에서 보트를 몰고 나와버렸어요. 내가 자기 이상형이래요."

호수에 물고기 한 마리가 튀어 오르고, 하늘에는 별 하나가 반짝였으며, 호숫가의 불빛들이 잔잔히 빛나고 있었다. 덱스터는 주디 존스 옆에 앉았고, 그녀는 그에게 보트 조종법을 설명해 주었다. 곧 그녀는 물속으로 들어가 유연한 크롤 동작으로 떠 있는 서프보드까지 헤엄쳐 갔다. 그녀는 자연스럽게 시선을 끌었다. 그녀에게 눈길이 가는 건, 흔들리는 나뭇가지나 날아오르는 갈매기를 바라보는 것처럼 당연한 일이었다. 잘 익은 버터넛 호박처럼 그을린 그녀의 팔이 칙칙한 백금 빛 잔물결 사이에서 부드럽게 움직였다. 먼저 팔꿈치가 물 위로 올라오고, 이어 팔뚝이 물소리처럼 일정한 리듬을 타며 뒤로 젖혀졌다. 그러고 나서 팔이 앞으로 뻗으며 아래로 내려가, 물속을 찌르듯 밀어내며 나아갔다.

그들은 점점 호수 안쪽으로 들어갔다. 고개를 돌리자, 덱스터는 그녀가 높이 떠오른 서프보드의 낮은 뒷부분에 무릎을 꿇고 있는 모습을 보았다.

"더 빨리요!" 그녀가 외쳤다. "최대한 빨리!"

덱스터는 순순히 조종간을 앞으로 밀어붙였고, 뱃머리에서는 하얀 물보라가 솟구쳤다. 다시 뒤를 돌아보니, 여자는 쏜살같이 내달리는 보드 위에 두 팔을 벌린 채 서 있었다. 눈은 달을 향해 있었다.

"엄청 춥네요!" 그녀가 소리쳤다. "그쪽 이름이 뭐예요?"

덱스터는 자신의 이름을 말했다.

"음, 내일 저녁 먹으러 오지 않을래요?"

그의 가슴이 보트의 플라이휠처럼 뒤집혔다. 또다시, 그녀의 아무렇지 않은 변덕이 그의 삶의 방향을 바꾸어 놓았다.

3

다음 날 저녁, 그녀가 아래층으로 내려오기를 기다리며, 덱스터는 부드럽고 깊은 여름의 기운이 감도는 방과 햇살이 가득한 그 방의 베란다를 바라보았다. 그리고 한때 주디 존스를 사랑했던 남자들이 그곳에 앉아 있는 모습을 머릿속에 그려 보았다. 그는 그들이 어떤 부류인지 잘 알고 있었다. 대학 시절 보았던, 명문 사립학교를 거쳐 들어온 남자들, 세련된 옷차림에 여름 햇살 아래 그을린 건강한 구릿빛 피부를 지닌 이들이었다. 덱스터는 어떤 면에서는 자신이 그들보다 더 나은 사람이라는 걸 알고 있었다. 그는 그들보다 새롭고, 더 강했다. 하지만 자기 자식들이 그들처럼 되기를 바란다는 사실을 인정하는 순간, 그는 결국 자신이 바로 그런 상류층 남자들을 낳는 투박하고 강한 밑바탕임을 받아들이고 있었던 것이다.

멋진 옷을 입어야 할 때가 왔을 때, 그는 이미 미국에서 가장 훌륭한 재단사가 누구인지 알고 있었고, 그날 저녁, 그가 입은 양복은 미국에서 가장 훌륭한 그 재단사의 작품이었다. 그는 자신이 다녔던 대학 특유의 절제된 태도를 몸에 익혔고, 그것은 다른 대학들과 그 학교를 구별 짓는 특징이었다. 그는 그런 태도가 자신에게 유리하다는 사실을 일찌감치 알아채고 자연스럽게 받아들였다. 옷차림이나 말투에 무심한 듯 보이려면, 오히려 세심하게 꾸미는 것보다 더 큰 자신감이 필요하다는 것도 그는 잘 알고 있었다. 하지만 이런 무관심은 언젠가 태어날 자식들에게나 가능할 일이었다. 그의 어머니 이름은 크림슬리히였다. 보헤미아 출신의 농민 계급 여성이었고, 세상을 떠날 때까지 어눌한 영어를 사용했다. 그런 여인의 아들이었기에, 그는 상류 사회의 규범을 더욱더 철저히, 그리고 의식적으로 따라야만 했다.

일곱 시를 조금 넘긴 시각, 주디 존스가 아래층으로 내려왔다. 푸른빛 실크 애프터눈 드레스를 입은 그녀를 본 덱스터는, 처음엔 기대에 못 미치는 수수한 차림에 어딘가 아쉬운 마음이 들었다. 그 감정은 그녀가 간단히 인사를 건네고는 식료품 저장실로 다가가 문을 밀어 열며 "저녁 내와도 돼요, 마사." 라고 말했을 때 더욱 짙어졌다. 그는 집사가 식사 준비가 끝났다고 알리러 오고, 칵테일쯤은 먼저 내올 거라고 생각했던 것이다. 그러나 나란히 긴 소파에 앉아 그녀와 얼굴을 마주 보는 순간, 그런 생각은 말끔히 사라져 버렸다

"아버지와 어머니는 집에 안 계세요." 그녀가 생각에 잠긴 듯 말했다.

덱스터는 예전에 그녀의 아버지를 마지막으로 보았던 일

을 떠올리며, 오늘 밤 그녀의 부모가 집에 없다는 사실에 은근한 안도감을 느꼈다. 그들은 분명 덱스터가 누구인지 궁금해했을 것이다. 그는 미네소타 북쪽으로 약 80킬로미터쯤 떨어진 키블이라는 마을에서 태어났고, 언제나 블랙 베어 빌리지가 아니라 키블을 고향이라 말해왔다. 시골 마을 출신이라는 건 그다지 문제 될 게 없었다. 단, 너무 눈에 띄지 않고, 세련된 도시 멋쟁이들의 호숫가 휴양지로 전락하지 않은 시골이라면 말이다.

그들은 덱스터가 다녔던 대학에 관한 이야기를 나누었다. 그녀는 지난 2년 동안 그곳을 자주 찾았다고 했다. 또 이곳 셰리 아일랜드에 손님을 보내주는 인근 도시 이야기도 나눴다. 덱스터는 바로 그 도시에 자리한 자신의 잘나가는 세탁업체로 다음 날 돌아갈 예정이었다.

저녁 식사 도중 그녀는 줄곧 침울해 보였고, 덱스터는 덩달아 불안해졌다. 그녀가 목소리에 투정을 실어 내뱉는 말 한마디 한마디가 그를 신경 쓰이게 했다. 그녀가 미소를 지을 때도, 그 대상이 그건, 닭이건, 아니면 별것 아니건 그 미소에서 진심 어린 즐거움은커녕 가벼운 재미조차 느껴지지 않아 불편하기만 했다. 그녀의 붉은 입술 양쪽 끝이 아래로 살짝 휘어질 때면, 그것은 미소라기보다는 키스를 유도하는 신호처럼 보였다.

저녁 식사를 마친 뒤, 그녀는 그를 어둠이 깔린 유리 벽의 베란다로 데리고 나가더니 의도적으로 분위기를 바꾸었다.

"잠깐 울어도 될까요?" 그녀가 물었다.

"혹시 내가 지루하게 하는 건 아닌지 걱정이군요." 그가 재빨리 대꾸했다.

"아뇨, 그런 건 아니에요. 난 당신이 마음에 들어요. 실은 오늘 오후가 정말 끔찍했어요. 마음을 두고 있던 남자가 있었는데, 갑자기 자기가 완전히 빈털터리라고 하더라고요. 그동안 그런 기색은 전혀 없었는데. 혹시 이 얘기, 너무 시시하게 들리나요?"

"말할 용기가 없었던 거 아닐까요?"

"그럴지도 모르죠." 그녀가 말했다. "하지만 시작부터 잘못됐어요. 그 사람이 가난하다는 걸 처음부터 알고 시작했더라면 문제없었을 거예요. 사실 난 가난한 남자에게 반한 적도 많고, 진지하게 결혼까지 생각했으니까요. 하지만 이번엔 달랐어요. 가난한 남자라는 걸 처음부터 알고 시작한 게 아니었으니까요. 이제 와서 진실을 알았지만, 그 충격을 견딜 만큼 내가 그 사람에게 깊이 빠진 건 아니었어요. 여자가 약혼자에게 아무렇지도 않게 사실은 과부라고 털어놓는 것과 비슷해요.

약혼자가 과부라는 사실 자체는 문제가 아닐지 몰라도, 그걸 그동안 숨겨왔다는 건…"

그녀는 말하다 말고 갑자기 화제를 돌렸다. "우린 처음부터 제대로 시작해요. 당신은 누구죠?"

덱스터는 잠시 머뭇거리다 말했다.

"별 볼 일 없는 사람입니다. 내 인생은 앞으로의 가능성에 달려 있죠."

"가난한가요?"

"아니요." 그는 솔직하게 말했다. "아마 이 북서부 지역에서 내 또래 남자들 중에 내가 가장 돈을 많이 벌 겁니다. 건방지게 들릴 수도 있다는 건 알지만, 처음부터 솔직하게 하자고 한 건 당신이니까요."

잠시 침묵이 흘렀다. 그러다 그녀가 미소를 지었다. 그녀의 입가가 부드럽게 아래로 처졌고, 아주 미세한 몸짓으로 그에게 조금 더 가까이 다가왔다. 그녀는 고개를 들어 그의 눈을 올려다보았다. 덱스터는 목이 메었다. 숨조차 쉴 수 없는 채, 두 사람의 입술이라는 요소가 어떤 예측할 수 없는 결합을 만들어낼 그 실험의 순간을 기다렸다. 그는 깨달았다. 그녀는 자신의 흥분을 아낌없이, 깊이 그에게 전하고 있었다. 그 키스는 약속이 아니라 완성이었다. 그것은 채워지지 않는 갈증이 아니라 넘칠 듯한 포만감을 주었고, 그 포만감은 다시 더 큰 충만함을 갈망하게 했다. 마치 자선을 베풀듯, 아무것도 아끼지 않고 모두 내어줌으로써 오히려 결핍을 만드는 키스였다.

그가 그것을 깨닫는 데는 몇 시간도 걸리지 않았다. 자신이 오만함과 갈망으로 가득했던 어린 시절부터 줄곧 주디 존스를 원해왔다는 사실을.

4

처음은 그렇게 시작되었고, 강약의 차이는 있었지만 처음의 분위기가 마지막까지 이어졌다. 덱스터는 지금껏 만나본 사람 중 가장 직설적이고 거리낌 없는 성격을 가진 이에게 자신의 일부를 내주었다. 주디는 원하는 것이 있으면 자신의 매력을 아낌없이 발휘해 반드시 손에 넣었다. 연애에서 그녀의 방식은 언제나 한결같았다. 밀고 당기기를 하거나 상대의 반응을 미리 계산하는 법이 없었다. 그녀가 맺는 어떤 관계에도 이성적 판단이나 내면의 깊은 고민이 개입하는 일은 거의 없었다. 그저 남자들이 자신의 육체적 아름다움을 극도로 의식하게 만들 뿐이었다. 덱스터는 그런 그녀를 바꾸고 싶다는 생각조차 하지 않았다. 그녀의 단점들은 타오르는 듯한 뜨거운 에너지와 뒤섞여 모든 걸 초월하고 정당화했다.

그 첫날밤, 주디가 덱스터의 어깨에 머리를 기대고 "내가 왜 이러는지 모르겠어요. 어젯밤만 해도 다른 남자를 사랑한다고 생각했는데, 오늘 밤엔 당신을 사랑하는 것 같아…." 속삭일 때, 그녀의 말은 참으로 아름답고 낭만적으로 들려왔다. 그 순간 덱스터는 극도로 예민하고 격렬하고 감정 기복이 심한 그녀를 자신이 지배하고 소유하는 것처럼 느껴졌다. 하지만 일주일 뒤, 그는 그녀의 그 기질을 전혀 다른 시선으로 바라보게 되었다. 그녀는 로드스터를 몰고 덱스터를 야외에서 열린 저녁 모임에 데려갔지만, 식사가 끝난 뒤에는 그 차를 몰고 다른 남자와 함께 사라져 버렸다. 덱스터는 심하게 동요했다. 그는 그 자리에 있던 사람들에게 제대로 예의를 갖추기 어려울 만큼 감정을 추스르지 못했다. 나중에 그녀가 다른 남자와 키스하지 않았다고 단언했을 때, 그는 거짓말이라는 걸 알면서도 자신에게 굳이 거짓말을 해주려 애쓴다는 사실이 오히려 기뻤다.

그해 여름이 끝나기 전에 그는 깨달았다. 자신은 그녀 주변을 맴도는 열두 남자 중 한 명에 불과하다는 사실을. 그들 각자에게는 한때 다른 누구보다 주디의 총애를 받았던 시기가 있었고, 그중 절반가량은 지금도 가끔씩 찾아오는 짧고 강렬한 재회의 순간에 위안을 얻고 있었다. 누군가가 오랜 방치 끝에 떨어져 나갈 듯한 기색을 보이면, 그녀는 그 남자에게 달콤한 시간을 내어주었다. 그 남자는 그 단 한 시간에 기대어 다시 일 년쯤 그녀의 주변을 맴돌았다. 주디는 자신 앞에서 무장 해제된 남자들에게 아무런 악의 없이 다가갔다. 자신의 행동이 잘못이라는 인식조차 없었다.

마을에 새로운 남자가 나타나기라도 하면 기존의 남자들은 자연스레 뒷전으로 밀려났고, 예정된 약속들도 모두 취소되었다.

그는 어떻게든 해보려 애썼지만, 결국 모든 주도권이 그녀에게 있다는 사실 앞에서 무력감을 느낄 수밖에 없었다. 그녀는 노력으로 '쟁취'할 수 있는 여자가 아니었다. 재치에도, 매력에도 눈 하나 깜빡이지 않았다. 누군가가 그런 것들을 지나치게 앞세우며 다가오면, 그녀는 곧바로 관계를 육체적인 차원으로 전환시켰다. 그러면 그녀의 눈부신 육체적 아름다움이 마법처럼 작용해, 강한 사람도, 똑똑한 사람도 결국 그녀의 방식대로 끌려가게 되었다. 그녀가 흥미를 느끼는 건 오직 자신의 욕망이 충족되는 순간, 그리고 자신의 매력을 직접 발휘하는 일뿐이었다. 어쩌면 수많은 연애 속에서 너무 많은 남자들과 얽히는 동안, 그녀는 스스로를 지키기 위해 자신 안에서만 만족을 찾는 사람이 되었는지도 몰랐다.

덱스터가 처음 느꼈던 황홀함이 지나가자, 그 자리를 안절부절못함과 불만이 채웠다. 그녀에게 빠져 자기 자신을 잃는 그 무력한 도취는 강장제라기보다는 차라리 아편에 가까웠다. 다행히 겨울 동안엔 그런 도취의 순간이 드물었고, 그의 사업을 생각하면 오히려 다행스러운 일이었다. 두 사람이 처음 알게 되었을 무렵엔, 한동안 둘 사이에 깊고 자연스러운 끌림이 있는 듯 보였다. 이를테면 첫해 8월, 사흘 동안 그녀의 집 어스름한 베란다에서 긴 저녁을 함께했고, 늦은 오후 내내 정원의 그늘진 구석이나 덩굴이 드리워진 아치형 트렐리스 뒤에서 묘하고 희미한 입맞춤을 나누었다. 아침에 만날 때면 그녀는 너무도 싱그러웠고, 막 떠오른 햇살 아래에서는 어쩐지 수줍어 보이기까지 했다.

두 사람이 함께한 시간에는 마치 약혼한 사이인 듯한 황홀함이 깃들어 있었다. 하지만 그 감정은 실제로는 약혼한 사이가 아니라는 사실을 자각할수록 더 날카롭고 아프게 다가왔다. 바로 그 사흘 동안, 그는 처음으로 그녀에게 청혼했다. 그녀는 "어쩌면 언젠가는요."라고 말했고, "키스해 줘요."라고 말했으며, "당신과 결혼하고 싶어요."라고도 했다. "사랑해요.”라고 말했는가 하면… 아무 말도 하지 않기도 했다.

그 사흘은 뉴욕에서 온 한 남자의 방문으로 갑작스럽게 중단되었다. 남자는 9월 중순까지 그녀의 집에 머물렀고, 덱스터를 괴롭게 한 것은 두 사람이 약혼했다는 소문이었다. 그 남자는 대형 신탁회사의 사장 아들이었다. 하지만 한 달쯤 지나자, 주디가 벌써 하품을 하고 있다는 이야기가 들려왔다. 어느 날 밤 무도회에서 그녀는 저녁 내내 동네 청년과 함께 모터보트에 앉아 시간을 보냈고, 그 사이 뉴욕에서 온 남자는 그녀를 찾아 클럽 안을 미친 듯이 헤매고 다녔다. 그녀는 동네 청년에게 자기 집에 머물고 있는 손님이 지겹다고 말했다. 이틀 뒤, 그는 떠났고, 그와 함께 기차역에 있는 그녀의 모습이 목격되었다. 사람들은 남자가 무척 침울해 보였다고 전했다.

그렇게 그해 여름은 막을 내렸다. 덱스터는 스물네 살이었고, 하고 싶은 일이라면 무엇이든 마음껏 할 수 있는 처지에 점점 가까워지고 있었다. 그는 시내 클럽 두 곳에 가입했고, 그중 한곳에 머물며 생활했다. 무도회장에서 짝 없이 남자들끼리 어울려 다니는 부류는 아니었지만, 주디 존스가 나타날 법한 무도회에는 어김없이 모습을 드러냈다. 원하기만 하면 언제든지 사교계에서 활발하게 활동할 수 있었고, 이제 그는 결혼 상대로도 손색없는 젊은 남자였으며, 시내 유지들에게도 평판이 좋았다. 주디 존스에게 헌신적인 태도를 숨기지 않았던 것이 오히려 그의 입지를 더 단단히 해주었다. 하지만 그는 사교계 자체에 특별한 욕심이 없었다. 목요일이나 토요일 파티에 불려 다니며, 젊은 기혼자들의 저녁 모임에 머릿수를 채워주는 남자들을 오히려 경멸했다. 이미 마음은 동부, 뉴욕으로 떠날 생각으로 가 있었고, 그곳에 주디 존스를 데려가고 싶었다. 비록 그녀가 자라온 세계에는 환멸을 느꼈지만, 그녀의 매력에 대한 그의 환상만큼은 결코 깨지지 않았다.

이 점을 기억해 두어야 한다. 그래야만, 그가 그녀를 위해 감수한 일이 온전히 이해될 테니까.

주디 존스를 처음 만난 지 십팔 개월쯤 지난 어느 날, 덱스터는 다른 여자와 약혼했다. 그녀의 이름은 아이린 시러였고, 그녀의 아버지는 줄곧 덱스터를 믿어준 사람 중 한 명이었다. 아이린은 금발에 상냥했고, 인품이 단정했으며 약간 통통한 편이었다. 그녀에게는 두 명의 구혼자가 있었지만, 덱스터가 정식으로 청혼하자 기꺼이 그들을 물러나게 했다.

여름, 가을, 겨울, 봄, 또 한 번의 여름, 또 한 번의 가을. 덱스터는 자신의 활기찬 인생에서 너무 많은 시간을 주디 존스의 거부할 수 없는 입술에 바쳐버렸다. 그녀는 그에게 관심을 보이며 기대를 품게 하다가도, 어느 순간 악의적이고 무관심해졌으며 때로는 서슴없이 경멸까지 드러냈다. 그녀는 그런 관계에서 할 수 있는 온갖 사소한 무시와 굴욕을 셀 수 없이 그에게 안겼다. 마치 한때나마 그를 좋아했던 자신을 벌주기라도 하듯이. 그녀는 그를 손짓해 불러놓고는 하품을 했고, 다시 또 손짓해 불렀다. 그는 그런 그녀를 바라보며 눈을 가늘게 뜨고, 쌉쌀한 표정을 지었다. 그녀는 그에게 황홀한 기쁨과 참기 힘든 고통을 안겨주었다. 말로 다 표현할 수 없는 불편과 적잖은 고생을 겪게 했고, 모욕을 주며 짓밟기까지 했다. 또 순전히 재미로, 자신에게 끌리는 그의 마음을 일에 대한 열정과 싸우게 만들었다. 그녀는 그에게 할 수 있는 모든 짓을 다 했지만, 단 한 번도 그를 비난하지는 않았다. 그가 보기엔, 그녀가 자신을 나무라지 않은 이유는 그녀가 드러낸 완벽한 무관심, 그리고 실제로도 진심처럼 보였던 그 무관심이 조금이라도 옅어지는 걸 원치 않았기 때문이었다.

가을이 다시 왔다가 지나가자, 덱스터는 문득 깨달았다. 주디 존스를 가질 수는 없다는 사실을. 그는 이 사실을 억지로 되새기며 마침내 받아들였다. 한동안 밤마다 잠 못 이루고 누운 채, 머릿속에서 끝없는 실랑이를 벌였다. 그녀가 안겨준 고통과 괴로움을 떠올렸고, 아내로서 그녀가 지닌 분명한 결점들을 하나하나 되짚어보았다. 그러곤 마음속으로 중얼거렸다.

그래도 나는 그녀를 사랑한다고. 그렇게 해야만 겨우 잠들 수 있었다. 혹시라도 전화 너머로 들려올 그녀의 허스키한 목소리가 떠오를까, 점심 자리에서 마주 앉은 그녀의 눈빛이 떠오를까 두려워, 그는 일주일 내내 늦게까지 사무실에 남아 일에 몰두했다. 밤이 되면 다시 사무실로 돌아가 미래의 삶을 조목조목 계획했다.

그리고 일주일쯤 지난 어느 날, 그는 무도회에 갔다. 한 번 끼어들어 그녀와 춤을 췄다. 처음 만난 이후 거의 처음으로, 그는 더 이상 그녀에게 춤을 멈추고 함께 앉자고도 하지 않았고, 그녀가 아름답다고 말하지도 않았다. 그녀가 그런 말 한마디조차 그리워하지 않는다는 사실이 그를 아프게 했다. 그게 전부였다. 그날 밤, 그녀 곁에 새로운 남자가 있는 모습을 봐도 그는 질투하지 않았다. 질투라는 감정은 이미 오래전에 그의 마음에서 사라져 버렸다.

그는 무도회가 끝날 때까지 자리를 지켰다. 아이린 시러와는 한 시간 남짓 나란히 앉아 책과 음악에 대해 이야기를 나누었다. 사실 그는 그 주제들에 대해 아는 것이 거의 없었다. 하지만 이제 점점 시간을 뜻대로 쓸 수 있게 되었고, 젊은 나이에 이미 놀라운 성공을 거둔 덱스터 그린이라면 그런 것들에도 박식해져야 한다는, 다소 고지식한 생각이 자리 잡기 시작했다.

그해 10월, 덱스터는 스물다섯이었다. 이듬해 1월, 그는 아이린과 약혼했고, 공식 발표는 6월, 결혼식은 그로부터 석 달 뒤로 예정되어 있었다.

미네소타의 겨울은 좀처럼 끝날 줄 몰랐다. 포근한 바람이 불고, 얼어붙었던 눈이 마침내 녹아 블랙 베어 호수로 흘러든 것은 5월이 다 되어서였다. 거의 1년 만에 덱스터는 마음의 평온을 되찾고 있었다. 주디 존스는 플로리다에 머물렀다가 핫스프링스로 갔고, 어딘가에서 약혼을 했다가 또 다른 어딘가에서는 그 약혼을 깨버린 모양이었다. 처음 덱스터가 주디를 완전히 포기했을 무렵까지만 해도, 여전히 사람들 입에 둘의 이름이 함께 오르내렸고, 그녀의 소식을 묻는 말이 그를 아프게 했다. 하지만 만찬 자리에서 아이린 시러 곁에 앉기 시작한 뒤로는, 더 이상 아무도 주디에 대해 그에게 묻지 않았다. 대신, 그들은 그녀의 소식을 그에게 들려주었다. 이제 그는 그녀를 가장 잘 아는 사람이 아니었다.

마침내 5월이 되었다. 덱스터는 밤마다 거리를 걸었다. 밤공기에는 비 온 뒤처럼 습기가 감돌았다. 이토록 아무 일도 없이, 이렇게 빨리, 그렇게 많았던 황홀함이 사라지다니. 그저 놀라울 따름이었다. 1년 전의 5월이 지금도 선명했다. 가슴 아프고, 도저히 용서할 수 없었지만 끝내 용서하고 말았던 격정의 시간이었다. 그때는 그녀가 자신을 조금이나마 아끼게 된 것 같다고 느꼈던, 특별한 순간 중 하나였다. 그는 그 한 푼짜리 행복을 지금의 만족감 한 바구니와 맞바꾼 셈이었다. 그는 알고 있었다. 아이린은 결국 자신 뒤에 드리운 커튼에 지나지 않으리라는 것을. 반짝이는 찻잔 사이로 오가는 손, 아이들을 부르는 목소리일 뿐이라는 것을. 열정도, 아름다움도, 밤의 마법 같은 매혹도, 시간과 계절의 변화가 가져다주던 설렘도 모두 사라졌다. 살짝 아래로 기울며 그의 입술에 내려앉고, 그를 눈부신 눈동자의 천국으로 데려가던 그 가느다란 입술도… 모든 것은 그의 가슴에 너무 깊이 새겨져 있었다. 그는 그런 기억들이 가볍게 사라질 수 있을 만큼 나약하지 않았다.

5월 중순, 한여름으로 이어지는 가느다란 다리 위에 아슬하게 걸쳐 있는 듯한 날씨가 며칠째 이어지던 어느 밤, 그는 아이린의 집으로 향했다. 약혼 발표까지는 이제 일주일 남짓밖에 남지 않았고, 이제 그 소식을 듣고 놀랄 사람은 없을 터였다. 그날 밤, 두 사람은 유니버시티 클럽의 라운지에 나란히 앉아 한 시간가량 무도회를 지켜볼 예정이었다. 그녀와 함께 그런 자리에 간다는 사실은 덱스터에게 묘한 안정감을 주었다. 그녀는 대단히 인기 있었고, 말 그대로 '엄청난' 여자였다.

그는 브라운스톤 주택의 계단을 올라 문안으로 들어섰다.

"아이린." 그가 그녀를 불렀다.

시러 부인이 거실에서 나와 그를 맞았다.

"덱스터, 아이린이 두통이 심해서 위층으로 올라갔네. 자네랑 같이 가고 싶어 했는데, 내가 그냥 쉬라고 했어."

"심한 건 아니죠? 저는…"

"아니야. 내일 아침 자네랑 골프 치기로 했잖아. 하룻저녁쯤은 봐줄 수 있지, 덱스터?"

시러 부인은 다정한 미소를 지었다. 그녀와 덱스터는 서로에게 좋은 인상을 갖고 있었다. 덱스터는 거실에 잠시 앉아 이야기를 나눈 뒤, 인사를 하고 일어섰다.

그는 유니버시티 클럽으로 돌아와, 자신이 묵는 방으로 향하기 전 문간에 잠시 멈춰 섰다. 무도장 안의 사람들을 바라보다가, 문기둥에 기대어 몇몇 남자들에게 고개를 끄덕여 인사하고는 하품을 했다.

"안녕, 자기."

익숙한 목소리가 팔꿈치 옆에서 들려와 그를 깜짝 놀라게 했다. 주디 존스였다. 그녀는 함께 있던 남자를 남겨둔 채 방을 가로질러 다가왔다. 황금빛 천을 두른, 법랑으로 빚은 날씬한 인형 같았다. 머리에는 금빛 띠를 두르고 있었고, 드레스 자락 끝에서는 두 개의 황금빛 슬리퍼 앞코가 반짝였다. 그녀가 그를 향해 미소 지을 때, 얼굴에 감돌던 연약한 빛이 꽃처럼 환하게 피어올랐다. 그 순간, 따뜻하고 밝은 기운이 산들바람처럼 방 안을 휘감았고, 디너 재킷 주머니 속 그의 손에는 저도 모르게 힘이 들어갔다. 갑작스러운 흥분이 그를 휘감았다.

"언제 돌아왔어?" 그는 아무렇지 않은 척 물었다.

"같이 나가요, 얘기해 줄게요."

그녀가 돌아섰고, 그는 그 뒤를 따라나섰다. 멀리 떠나 있었던 그녀가 돌아왔다는 사실이 믿기지 않을 만큼 놀라웠고, 왠지 눈물이 나올 것만 같은 벅찬 기분에 휩싸였다. 그녀는 마법에 걸린 거리들을 지나며, 유혹적인 음악처럼 사람들의 마음을 흔들다 돌아온 것이었다. 신비로운 일들과 새롭고 생기를 불어넣는 희망들이 그녀와 함께 떠났고, 이제 그녀와 함께 다시 돌아온 것이었다.

그녀가 문간에서 돌아보며 말했다.

"차 가져왔어요? 안 가져왔으면 내가 가져왔어요."

"쿠페 가져왔어."

그녀는 황금빛 옷자락을 바스락거리며 차에 올랐다. 그는 문을 힘껏 닫았다. 그녀는 지금까지 수없이 많은 차에 이렇게 올라탔을 것이다. 등은 가죽 시트에 기대고, 팔꿈치는 문에 걸친 채, 다른 누군가를 기다리며. 만약 그녀를 더럽힐 무언가가 있었다면, 이미 오래전에 그렇게 되었을 것이다. 하지만 그녀를 더럽힐 수 있는 건 오직 그녀 자신뿐이었다. 지금 이 순간, 이 모습은 그녀 안에서 자연스럽게 흘러나온 본연의 모습이었다.

그는 애써 마음을 다잡고 시동을 걸었다. 아무 일도 아니다, 그렇게 되뇌어야 했다. 그녀는 예전에도 늘 이런 식이었다. 그는 이미 그녀를 마음에서 지워버렸다고 자신을 다독였다. 마치 장부에서 회복 불가능한 불량 거래를 깨끗이 지우듯이.

그는 무심한 표정으로 천천히 시내로 차를 몰았다. 인적 드문 상업 지구의 거리마다 간간이 사람들이 눈에 띄었다. 영화가 끝나고 극장에서 쏟아져 나오는 무리들, 당구장 앞에 기대선, 폐병 환자처럼 창백하거나, 권투 선수처럼 다부진 젊은이들. 반투명 유리와 탁한 노란 불빛에 싸인, 회랑 같은 술집 안에서는 유리잔 부딪히는 소리, 바를 손바닥으로 탁 치는 소리가 흘러나왔다.

그녀가 그를 유심히 바라보았고, 어색한 침묵이 흘렀다. 팽팽한 긴장 속에서, 그는 이 특별한 분위기를 깨뜨릴 만한 가벼운 말 한마디조차 떠올릴 수 없었다. 적당한 지점에서 그는 방향을 틀어, 유니버시티 클럽 쪽으로 지그재그로 되돌아가기 시작했다.

"내가 그리웠나요?" 그녀가 불쑥 물었다.

"다들 그리워했지."

그는 그녀가 아이린 시러의 존재를 알고 있는지 궁금했다. 그녀가 돌아온 지는 아직 하루밖에 되지 않았다. 그녀가 자리를 비운 동안 그는 약혼을 했고, 그 시기는 거의 정확히 그녀의 부재와 겹쳐 있었다.

"어머나, 그런 말을!"

주디가 슬픈 듯 웃었지만, 그 웃음엔 진짜 슬픔이 담겨 있지 않았다. 그녀는 그를 탐색하듯 바라보았고, 그는 계기판으로 시선을 돌려 그녀의 시선을 피했다.

"예전보다 더 잘생겨졌네요." 그녀가 곱씹듯 말했다. "덱스터, 당신 눈은 누구라도 잊을 수 없을 거예요."

그는 웃어넘길 수도 있었지만 웃지 않았다. 그런 말은 대학교 2학년쯤 되는 남학생에게나 건넬 법한 칭찬이었다. 그런데도 묘하게 그의 가슴을 찔렀다.

"난 모든 게 너무 지겨워요, 자기." 그녀는 누구에게나 '자기'라고 불렀고, 그 무심한 애칭에는 듣는 이를 특별하게 만드는 친근함이 담겨 있었다. "당신이 나랑 결혼해 줬으면 좋겠어요."

직설적인 말에 그는 순간 당황했다. 다른 여자와 곧 결혼할 예정이라고 말해야 했지만, 그 말이 도저히 입 밖으로 나오지 않았다. 차라리 그녀를 한 번도 사랑한 적 없었다고 말하는 편이 쉬웠을지 모른다.

"우리, 잘 맞을 것 같아요." 그녀는 여전히 담담한 어조로 말을 이었다. "당신이 날 잊고 다른 여자와 사랑에 빠진 게 아니라면 말이에요."

그녀의 자신감은 놀라울 정도였다. 그런 일은 애초에 일어날 리 없으며, 설령 있었다 해도 그저 허세나 철없는 치기로 저지른 일에 불과하다는 뉘앙스가 분명했다. 대수롭지 않은 일이니 너그럽게 넘어가 주겠다는 뜻이었다.

"물론 당신은 나 말고 다른 여자는 사랑할 수 없죠." 그녀가 말을 이었다. "난 당신의 사랑이 좋아요. 오, 덱스터, 작년 일을 잊은 건 아니겠죠?"

"아니, 잊지 않았어."

"나도 마찬가지예요!"

그녀는 지금 진심 어린 감정에 북받쳐 그런 말을 하는 걸까, 아니면 스스로 만들어낸 연기에 휩쓸린 걸까?

"우리, 다시 그때로 돌아갔으면 좋겠어요." 그녀가 말했다. 그는 억지로 말을 짜내듯 대답했다.

"그럴 수는 없을 거야."

"그렇겠죠…… 듣자 하니, 요즘 아이린 시러에게 열렬히 구애하고 있다면서요?"

그녀는 그 이름을 아무렇지 않은 듯 입에 올렸지만, 덱스터는 문득 부끄러움을 느꼈다.

"아, 집에 데려다줘요." 주디가 느닷없이 외쳤다. "어린애들이 바글거리는 바보 같은 무도회장엔 돌아가기 싫어요."

그가 차를 돌려 주택가로 접어들자, 주디는 갑자기 울기 시작했다. 그녀가 우는 모습을 그는 처음 보았다. 어둠에 잠겨 있던 거리가 밝아지면서, 그들 주위로 부유층 저택들이 하나둘 모습을 드러냈다. 그는 커다랗고 희뿌연 덩어리처럼 우뚝 서 있는 모티머 존스의 집 앞에 차를 세웠다. 그 집은 졸린 듯 고요하고 화려했으며, 축축한 달빛에 잠겨 있었다. 그 단단한 존재감에 그의 가슴이 덜컥 내려앉았다. 견고한 벽과 철제 대들보, 압도적인 너비와 높이, 위풍당당한 기세. 모든 것이 그의 곁에 앉은 젊고 아름다운 여인과 극적인 대조를 이루기 위해 존재하는 듯했다. 그 견고함은 오히려 그녀의 연약함을 더 돋보이게 했고, 나비의 날갯짓 하나가 얼마나 큰 파문을 일으킬 수 있는지를 보여주는 것만 같았다.

그는 꼼짝도 하지 않고 가만히 앉아 있었다. 가슴이 거칠게 요동쳤고, 조금이라도 몸을 움직였다가는 끝내 거부하지 못하고 우는 그녀를 안아주게 될까 두려웠다. 두 줄기 눈물이 그녀의 젖은 얼굴을 타고 흘러내려 윗입술 위에서 떨고 있었다.

"난 누구보다도 아름다운데…" 그녀가 갈라진 목소리로 말했다. "왜 행복할 수 없는 걸까?" 눈물에 젖은 그녀의 눈빛이 그의 평정심을 뒤흔들었다. 입술은 천천히 아래로 처지며 아련한 슬픔을 그렸다. "당신이 날 받아준다면, 당신과 결혼하고 싶어요, 덱스터. 당신은 내가 그럴 가치도 없다고 생각하겠지만… 나 당신을 위해 누구보다 아름다워질게, 덱스터."

수많은 말들이 입술 끝에서 맴돌았다. 분노, 자존심, 열정, 증오, 연민. 그러다 완벽한 감정의 파도가 그를 삼켜버렸고, 지혜와 관습, 의심과 체면 같은 것들은 모두 쓸려나갔다. 지금 저렇게 말하는 여자는 그의 여자였다. 그의 아름다움이자, 그의 자랑이었다.

"들어오지 않을래요?" 그는 그녀가 숨을 가쁘게 들이쉬는 소리를 들었다.

그녀가 그의 답을 기다리고 있었다.

"그래." 그의 목소리는 떨리고 있었다. "들어갈게."

5

이상한 일이었다. 모든 것이 끝났을 때도, 오랜 시간이 흐른 뒤에도, 그는 그 밤을 후회하지 않았다. 십 년이 지나 돌아보았을 때, 주디가 자신에게 불꽃처럼 끌린 시간이 고작 한 달에 불과했다는 사실은 별로 중요하지 않았다. 그 순간 흔들린 대가로 결국 더 큰 고통을 겪게 되었고, 아이린 시러와 그녀의 부모에게까지 큰 상처를 남겼지만, 그것조차 별 의미가 없었다. 아이린의 슬픔은 그의 기억에 그림처럼 오래 남을 만큼 강렬하지 않았다.

덱스터는 본질적으로 냉정한 사람이었다. 그의 행동에 대한 그 도시 사람들의 반응도 그에게는 아무 의미가 없었다. 곧 그곳을 떠날 예정이었기 때문만은 아니었다. 외부의 시선이 그 상황을 너무 피상적으로만 바라보는 것처럼 느껴졌기 때문이었다. 남들이 어떻게 생각하든 그는 조금도 개의치 않았다. 그리고 결국 자신에게는 주디 존스를 완전히 바꾸거나 붙잡아둘 힘이 없다는 걸 깨달았을 때조차, 그녀에게 아무런 원망도 품지 않았다. 그는 그녀를 사랑했고, 더는 사랑할 힘조차 남지 않을 때까지 사랑할 테지만, 그녀를 가질 수는 없었다. 그래서 그는 오직 강한 자만이 겪을 수 있는 깊은 고통을 맛보게 되었다. 잠시나마 깊은 행복을 맛본 것처럼. 주디가 약혼을 깨면서 내세운, 아이린에게서 그를 '빼앗고' 싶지 않다는 이유가 터무니없는 거짓이었고, 그녀가 그 어떤 것도 바라지 않았다는 사실조차도, 그에게 혐오감을 남기지 않았다. 그는 이미 혐오감이나 허탈함 같은 감정을 느낄 수 있는 상태를 지나 있었다.

그는 2월에 동부로 돌아갔다. 원래는 세탁업을 정리하고 뉴욕에 정착할 생각이었지만, 3월에 미국이 전쟁에 참전하면서 계획이 바뀌었다. 그는 다시 서부로 돌아가 사업 운영을 동업자에게 맡긴 뒤, 4월 말 장교 훈련소에 입소했다. 복잡하게 뒤엉킨 감정의 그물에서 벗어날 수 있다는 해방감에, 그는 전쟁을 오히려 안도하며 받아들인 수많은 젊은이 중 한 사람이었다.

6

젊었을 적 덱스터의 꿈과는 아무런 관련 없는 것들이 슬그머니 끼어들긴 했지만, 밝혔듯이 이 이야기는 그의 전기가 아니다. 이제 그 꿈 이야기도 거의 막바지에 이르렀다. 남은 이야기는 단 하나뿐이며, 사건은 그로부터 7년 뒤에 일어난다.

장소는 뉴욕이었다. 그는 그곳에서 큰 성공을 거두었고, 이제 그에게 너무 높아 넘지 못할 장벽 따위는 없었다. 서른두 살이 된 그는, 전쟁 직후 딱 한 번 짧게 다녀온 것을 제외하면 지난 7년 동안 서부를 방문하지 않았다. 디트로이트에서 온 데블린이라는 남자가 업무차 그의 사무실을 찾았고, 바로 그 자리에서 그 사건이 벌어졌다. 말하자면, 인생의 한 장이 이 사건으로 완전히 막을 내린 것이다.

"중서부 출신이시군요." 데블린이라는 남자가 대수롭지 않게 물었다. "재밌네요. 난 당신 같은 사람은 당연히 월스트리트에서 태어나고 자란 줄 알았거든요. 아, 디트로이트에 사는 친한 친구의 아내가 당신과 같은 도시 출신이에요. 내가 그 결혼식에서 안내를 맡았었죠."

덱스터는 곧이어 무슨 말이 나올지 아무런 생각 없이 잠자코 듣고 있었다.

"주디 심스요." 데블린이 별다른 감흥 없이 말했다. "원래 이름은 주디 존스였죠."

"아, 나도 그 여자를 알아요." 덱스터의 마음속에 묵직한 불편함이 퍼졌다. 그녀가 결혼했다는 소식은 들었지만, 아마도 의도적으로 그 이후의 이야기는 듣지 않으려 했는지도 몰랐다.

"참 괜찮은 여자였는데." 데블린이 별 뜻 없는 어조로 중얼거렸다. "왠지 안됐다 싶어요."

"왜요?"

덱스터 안에서 무언가가 즉각 반응했고, 그는 온 신경을 곤두세웠다.

"아, 러드 심스가 좀 망가졌거든요. 그렇다고 아내를 함부로 대한다는 건 아니고, 술도 많이 마시고 여자들이랑 시시덕거리고 그래요."

"그 여자는 안 그래요?"

"아니요. 아이들이랑 집에만 있어요."

"그렇군요."

"그 여자 나이가 좀 많은 편이죠." 데블린이 말했다.

"나이가 많다고요?" 덱스터가 소리쳤다. "아니, 겨우 스물일곱인데."

덱스터는 당장이라도 밖으로 뛰쳐나가 디트로이트행 열차에 몸을 싣고 싶은 충동에 사로잡혔다. 그는 자리에서 벌떡 일어섰다.

"바쁘신가 보군요." 데블린이 재빨리 사과했다. "제가 미처…"

“아니, 안 바쁩니다.” 덱스터가 애써 침착하게 말했다. “전혀 안 바쁩니다. 전혀요. 방금… 그녀가 스물일곱이라고 했죠? 아니, 내가 그렇게 말했군요. 내가 스물일곱이라고 했지.”

“네, 맞아요,” 데블린이 무덤덤하게 맞장구쳤다.

“계속하세요. 계속해 보세요.”

“뭘 말이죠?”

“주디 존스에 대해시요.”

데블린이 난감한 표정으로 그를 바라보았다.

“아, 그게 다예요. 그가 그녀한테 정말 못되게 굴어요. 뭐, 이혼할 거라든가 그런 건 아니고요. 그가 심하게 굴어도 그녀가 결국은 다 용서하더라고요. 내 생각엔 그 여자가 그 친구를 사랑하는 것 같아요. 디트로이트에 처음 왔을 땐 예뻤어요.”

예뻤다고! 그 말이 덱스터에겐 터무니없게 들렸다.

“그럼 이제… 예쁘지 않나요?”

“아, 그럭저럭 괜찮죠.”

“잠깐만요.” 덱스터가 갑자기 자리에 앉으며 말했다. “이해가 안 되는데요. ‘예뻤다’고 해놓고, 지금은 ‘그럭저럭 괜찮다’고 하셨잖아요. 무슨 뜻인지 모르겠네요. 주디 존스는 그냥 예쁜 게 아니었어요. 대단한 미인이었죠. 난 그녀를 알아요. 잘 아는 사이였어요. 그녀는…”

데블린은 유쾌하게 웃었다.

"싸우고 싶은 마음은 없습니다." 데블린이 말했다. "난 주디가 괜찮은 여자라고 생각하고 좋아해요. 다만 러드 심스 같은 남자가 어떻게 그렇게까지 그녀에게 빠졌는지는 이해가 안 갈 뿐이죠." 그는 이렇게 덧붙였다. "여자들은 대부분 그녀를 좋아하더군요."

덱스터는 데블린을 뚫어지게 바라보았다. 이 남자의 말에 뭔가 이유가 있을 것만 같았다. 지나치게 둔감한 건지, 아니면 어딘가 은근한 악의를 품고 있는 건지 분간이 되지 않았다.

"여자들은 그렇게 순식간에 시들어 버리기도 하잖아요." 데블린이 손가락을 튕기며 말했다. "당신도 아마 그런 경우를 본 적 있을 거예요. 어쩌면 내가, 그녀가 결혼식 때 얼마나 예뻤는지 잊어버린 걸지도 모르죠. 그 이후로 계속 봐와서 그런가 봐요. 눈은 예뻐요."

덱스터의 마음속에 어떤 무감각함 같은 것이 내려앉았다. 그는 생애 처음으로 진탕 취하고 싶은 충동을 느꼈다. 자신이 방금 데블린의 말에 크게 웃고 있다는 건 알았지만, 무엇 때문에 웃는지, 왜 그것이 우스운지조차 알 수 없었다. 몇 분 뒤 데블린이 떠나고, 덱스터는 소파에 누운 채 창밖을 바라보았다. 뉴욕의 스카이라인 위로 해가 저물며, 흐릿한 분홍빛과 금빛으로 아름답게 물들고 있었다.

이제는 더 잃을 것도 없으니 상처받지 않을 거라 믿었었다. 하지만 그는 방금 또다시 무언가를 잃었다는 것을 분명히 느낄 수 있었다. 마치 주디 존스와 결혼해서, 그녀가 눈앞에서 서서히 시들어가는 모습을 지켜본 것처럼.

이제 꿈은 사라졌다. 그의 삶에서 무언가가 없어져 버렸다. 덱스터는 마치 공황에 빠진 사람처럼 두 손바닥으로 눈을 세게 누르며, 잃어버린 것들을 애써 떠올리려 했다. 셰리 섬 호숫가를 부드럽게 두드리던 물결, 달빛이 비치던 베란다, 골프장 위의 깅엄 체크 드레스, 바싹 마른 햇살, 그녀 목덜미에 난 황금빛 부드러운 솜털. 그의 입맞춤에 촉촉이 젖던 그녀의 입술이며 근심 어린 슬픔이 깃든 눈동자, 새하얀 리넨처럼 깨끗하고 상쾌했던 아침의 그녀. 이제 그런 것들은 더 이상 이 세상에 존재하지 않았다! 분명히 존재했던 것들이, 모두 사라져 버리고 없었다.

수년 만에 처음으로 눈물이 그의 얼굴을 타고 흘러내렸다. 이번에는 자신을 위한 눈물이었다. 입술도, 눈빛도, 움직이던 손길도 더는 중요하지 않았다. 그것들을 다시 소중히 여기고 싶었지만, 마음이 따라주지 않았다. 그는 너무 멀리 와버렸고, 이제는 다시 돌아갈 수 없었다. 문은 닫혔고, 해는 저물었다.

남은 아름다움은 세월을 견뎌 내는 강철의 잿빛 아름다움, 그
것뿐이었다. 그가 감당할 수 있었던 슬픔조차, 환상의 땅, 젊
음의 땅, 삶의 풍요로움이 넘치던 땅, 겨울 꿈이 피어났던 그
땅에 남겨진 채였다.

"오래전에는…" 그가 말했다. "오래전에는 내 안에 무언가
있었는데, 이제는 사라지고 없구나. 이제 그건 없어. 사라졌
어. 나는 울 수 없어. 마음을 쏟을 수 없어. 그건 다시는 돌아오
지 않아."

분별 있는 일

The Sensible Thing

분별 있는 일

The Sensible Thing

1924년 7월 15일 자 잡지 《리버티》에 발표, 이후 《슬픈 남자들 All the Sad Young Men》에 수록되었다. 사랑과 상실을 다룬 이 작품은, 매우 뛰어난 '개츠비' 계열의 단편으로 평가받는다. 〈겨울 꿈〉을 비롯한 피츠제럴드의 여러 단편과 마찬가지로, 〈분별 있는 일〉 역시 급격한 운명의 반전을 이야기의 중심 축으로 삼는다. 이러한 특징은, 피츠제럴드가 1919년과 1920년에 직접 겪었던 경험, 즉 처음으로 성공을 맛보고 사랑하는 여인을 되찾았던 경험을 반영한 것이다.

1

미국인의 점심시간 진풍경 속에서, 젊은 조지 오켈리는 일부러 천천히 책상을 정리하며 일에 집중하는 척했다. 자신이 서두르고 있다는 사실을 사무실 사람들에게 들켜서는 안 됐다. 성공이란 결국 분위기의 문제이기에, 마음이 일에서 한참 멀어져 있다는 기색을 드러내는 건 결코 좋을 리 없었다.

하지만 건물 밖을 나서자 그는 이를 악물고 전속력으로 달리기 시작했다. 가끔 고개를 돌려, 밝은 초봄의 기운으로 가득한 타임스 스퀘어를 바라보았다. 햇살은 사람들 머리 위, 불과 스무 걸음도 채 안 되는 높이에서 빙글빙글 맴돌고 있었다. 사람들은 고개를 약간 들고 3월의 공기를 깊이 들이마셨다. 눈부신 햇살 때문에 서로는 제대로 보지 못하고 하늘 위에 비친 자기 모습만 바라보았다.

마음이 1,100킬로미터 너머에 가 있는 조지 오켈리에게 바깥세상은 그저 끔찍하게만 느껴졌다. 그는 서둘러 지하철에 올라탔고, 95블록을 달리는 내내 광고판만 뚫어지게 바라보았다. 광고에는 앞으로 십 년 동안 치아를 온전히 보존할 확률이 겨우 오분의 일에 불과하다는 경고가 담겨 있었다. 137번가에 이르러 그는 상업 미술에 대한 연구를 멈추고 지하철에서 내렸고, 다시 달리기 시작했다. 지치지도 않는 불안한 걸음으로 달려 마침내 도착한 곳은, 황량한 곳 한가운데 세워진 끔찍한 고층 아파트의 방 한 칸이었다.

서랍장 위에는 편지가 놓여 있었다. 축복받은 종이에 신성한 잉크로 쓰인 편지였다. 만약 도시 전체가 귀를 기울였다면, 조지 오켈리의 심장 뛰는 소리가 들렸을지도 모른다. 그는 문장 부호부터 잉크 번짐, 여백에 묻은 엄지 자국까지, 하나도 빠뜨리지 않고 꼼꼼히 읽었다. 그러고는 절망한 채 침대 위로 몸을 던졌다.

그는 엉망진창이었다. 가난한 이들에게는 흔한 일상처럼 닥치는 끔찍한 상황에 처해 있었다. 그런 일들은 맹금처럼 가난을 따라다닌다. 가난한 사람들은 무너지든, 성공하든, 잘못된 길로 빠지든, 어떻게든 살아간다. 하지만 이제 막 가난을 겪기 시작한 조지 오켈리에게, 누군가 "너만 그런 게 아니야"
라고 말했다면 그는 몹시 놀랐을 것이다. 그는 이 비극이 오직
자기에게만 일어난 특별한 일이라 믿고 있었다.

불과 2년 전 그는 매사추세츠 공과대학을 우등으로 졸업하
고, 테네시 남부의 한 건설 엔지니어링 회사에 취직했다. 그의
삶은 터널과 마천루, 육중한 댐, 그리고 마치 서로 손을 잡고
있는 무용수들처럼, 도시만큼이나 높다란 머리와 케이블 치
맛자락을 가진 세 개의 거대한 주탑이 나란히 늘어선 다리들
에 둘러싸여 있었다. 조지 오켈리에게는, 생명이 한 번도 뿌리
내리지 못한 낡고 척박한 땅에 삶이 움트도록 강의 흐름과 산
의 형세를 바꾸는 일이 낭만적으로 느껴졌다. 그는 강철을 사
랑했다. 그의 꿈속에는 언제나 강철이 있었다. 쇳물, 철근, 강
철 블록, 철재, 그리고 아직 형태를 갖추지 못한 유연한 덩어
리까지, 모두 그의 손끝을 기다리는 물감과 캔버스 같았다. 무
한한 강철이 그의 상상력의 불길 속에서 아름답고 절제된 형
태로 다시 태어났다.

하지만 지금 그는 주급 사십 달러를 받는 보험회사 사무직
원이었다. 꿈은 빠르게 멀어지고 있었다. 이 끔찍하고도 견딜
수 없는 상황을 만든 장본인, 까무잡잡한 피부에 체구가 작은
소녀는 여전히 테네시의 어느 소도시에서 그가 불러주기만을

기다리고 있었다.

15분쯤 지나, 그에게 방 한 칸을 세놓은 집의 원래 방주인 여자가 문을 두드렸다. 집에 있는 김에 점심을 먹지 않겠느냐고, 지나칠 정도로 친절하게 물었다. 그는 고개를 내저으며 거절했지만, 그 방해로 정신이 깨어 침대에서 일어나 전보를 썼다.

"편지 읽고 많이 낙담했어. 불안한 거야? 넌 지금 바보처럼 괜한 걱정에 파혼까지 생각하고 있는 거야. 왜 지금 당장 결혼하겠다고 하지 않는 거야? 우린 잘 해낼 수 있어…"

그는 초조함 속에 잠시 망설이다가, 거의 자기 글씨라고 알아볼 수 없을 만큼 흐트러진 필체로 한 문장을 덧붙였다.

"어쨌든 나는 내일 여섯 시에 도착할 거야."

글을 다 쓰고 나서 그는 지하철역 근처 전신국으로 달려갔다. 전 재산이 백 달러도 채 되지 않았지만, 편지에서 그녀가 '불안하다'고 썼기에 달리 방법이 없었다. 그는 '불안하다'는 말이 무엇을 뜻하는지 잘 알고 있었다. 결혼하면 가난하고 고단한 삶이 기다리고 있다는 걸 알기에, 감정적으로 지치고 사랑을 감당하기 어려워졌다는 뜻이었다.

조지 오켈리는 늘 그렇듯 달려서 회사에 도착했다. 어느새 몸에 밴 이 달리기는, 지금 그의 삶이 얼마나 팽팽한 긴장 속에 놓여 있는지를 가장 잘 보여주는 방식 같았다. 그는 곧장 지점장 사무실로 향했다.

"잠깐 말씀드릴 게 있습니다, 체임버스 씨." 그는 숨을 헐떡이며 말했다.

"무슨 일인가?" 겨울 창문처럼 냉담한 두 눈이 무심하게 그를 바라보았다.

"나흘간 휴가를 내고 싶습니다."

"뭐라고? 자네 이 주 전에도 휴가를 썼잖아!" 체임버스 씨가 놀란 듯 말했다.

"네, 맞습니다." 젊은이는 불안하게 고개를 끄덕였다. "하지만 또 휴가를 내야겠습니다."

"지난번엔 어디 다녀왔지? 고향에 다녀온 건가?"

"아니요, 테네시에 좀… 다녀왔습니다."

"그래서 이번엔 어디를 가겠다는 건가?"

"이번에도 테네시에 좀… 다녀올 데가 있어서요."

"적어도 일관성은 있군." 지점장은 퉁명스럽게 말했다. "하지만 자네가 외근 영업사원으로 고용된 건 아닐 텐데."

"압니다. 하지만 꼭 다녀와야 합니다." 조지가 절박하게 말했다.

"그렇게 하게. 하지만 다시 돌아올 필요는 없어. 그러니 돌아오지 말게!”

“안 돌아올 겁니다.” 조지의 얼굴이 기쁨으로 붉게 물들었다. 체임버스 씨만큼이나 그 자신도 놀랐다. 그는 기분이 좋았다. 가슴이 뛰었다. 여섯 달 만에 처음으로 완전히 자유로웠다. 감사의 눈물이 고였고, 조지는 체임버스 씨의 손을 덥석 잡았다.

“정말 감사드립니다.” 조지는 감정이 복받친 목소리로 말했다. “정말 다시 돌아오고 싶지 않았어요. 만약 돌아와도 된다고 하셨다면, 전 아마 미쳐버렸을 겁니다. 제가 스스로 그만둘 용기는 없었거든요. 저 대신 그만두게 해주셔서… 정말 고맙습니다.”

조지는 너그럽게 손을 내저으며 소리쳤다. “사흘 치 월급도 받아야 하지만 그냥 가지세요!” 그렇게 말하며 그는 사무실을 뛰쳐나갔다. 체임버스 씨는 벨을 눌러 속기사를 불러 요즘 오켈리가 이상한 낌새를 보인 적이 있었는지 물었다. 그는 지금까지 수없이 많은 사람을 해고해 왔고 사람마다 반응도 제각각이었지만, 해고당하고 감사 인사를 건넨 사람은 단 한 명도 없었다.

2

그녀의 이름은 존퀼 캐리였다. 기차역 플랫폼에서 조지 오켈리를 향해 달려오는 그녀만큼 상큼하면서도 창백하게 빛나는 얼굴은 세상에 없었다. 그녀는 두 팔을 들어 올리고, 입술을 반쯤 벌린 채 그의 입맞춤을 기다렸다. 하지만 이내 그를 살짝 밀어내더니, 다소 난처한 표정으로 주위를 둘러보았다. 조지보다 조금 더 어려 보이는 청년 두 명이 뒤쪽에 서 있었다.

"여기는 크래독 씨랑 홀트 씨야." 그녀가 발랄하게 말했다. "전에 왔을 때 만난 적 있잖아."

입맞춤이 소개로 바뀌자 조지는 순간 당황했다. 혹시 거기에 다른 의미가 있는 건 아닌지 의심스러웠다. 게다가 존퀼의 집까지 데려다줄 자동차가 그 두 청년 중 한 사람의 차라는 걸 알고 나니 혼란은 더 커졌다. 자신이 뭔가 불리한 입장에 놓인 듯한 기분이었다. 가는 내내 존퀼은 앞좌석과 뒷좌석 사이에서 쉴 새 없이 이야기를 이어갔다. 조지가 해가 지고 어스름해진 틈을 타 그녀의 어깨에 팔을 두르려 하자, 그녀는 재빠르게 손을 내밀어 그가 손만 잡게 만들었다.

"네 집으로 가는 길 맞아?" 그가 속삭였다. "이 길이 아닌 것 같은데."

"새로 생긴 도로야. 제리가 오늘 이 차를 샀거든. 우리 집에 데려다주기 전에 나한테 이 길을 보여주고 싶었대."

20분쯤 뒤, 존퀼의 집에 도착했을 때 조지는 기차역에서 처음 그녀를 만났을 때 분명히 느꼈던 재회의 기쁨이, 그 어정쩡한 드라이브 때문에 온데간데없이 사라져 버렸다는 생각이 들었다. 오래도록 기대해 온 순간이 너무도 허무하게 흩어져 버린 것 같았다. 그는 그런 생각에 잠긴 채로 두 청년에게 어색하게 작별 인사를 건넸다. 하지만 곧 언짢은 기분은 눈 녹듯이 사라졌다. 존퀼이 희미한 현관 불빛 아래에서 그를 꼭 끌어안고, 말로는 물론이고 말로 다 할 수 없는 방식으로 그를 얼마나 그리워했는지 전했기 때문이다. 그녀의 감정은 조지를 안심시켰고, 불안했던 그의 마음에 앞으로 모든 것이 괜찮을 거라는 믿음을 심어주었다.

소파에 나란히 앉은 두 사람은, 함께 있다는 사실만으로도 가슴이 벅차서, 몇 마디 다정한 말을 띄엄띄엄 주고받는 것 외에는 아무것도 할 수 없었다. 저녁 시간이 되자 존퀼의 아버지와 어머니가 모습을 드러냈고, 조지를 반갑게 맞았다. 그들은 조지를 좋아했다. 1년 전 그가 테네시에 처음 왔을 때도 그의 토목공학 경력에 큰 관심을 보였었다. 그가 그 일을 그만두고,

조금이라도 더 벌이가 나은 일자리를 찾아 뉴욕으로 떠났을 때는 안타까워했다. 그의 경력이 중단된 것이 못내 아쉬웠지만, 그래도 조지를 이해했고 두 사람의 약혼도 기꺼이 허락할 준비가 되어 있었다. 저녁 식사 자리에서, 그들은 조지에게 뉴욕에서 어떻게 지내는지 물었다.

"모든 게 잘되고 있어요." 조지는 애써 밝게 대답했다. "승진도 했고, 급여도 올랐어요."

그 말을 하면서 속으로는 참담했지만, 모두들 진심으로 기뻐하는 눈치였다.

"회사에서 자네를 꽤 마음에 들어 하나 봐." 캐리 부인이 말했다. "그렇지 않으면 이렇게 3주 사이에 두 번씩이나 여기 내려오게 두진 않았을 테니까."

"제가 허락을 받아냈죠." 조지가 급히 설명했다. "만약 허락하지 않으면 회사를 그만두겠다고 했거든요."

"그래도 돈을 좀 아껴야지." 캐리 부인이 부드럽게 말했다. "왔다 갔다 하는 데 돈이 많이 들잖아."

저녁 식사가 끝나고 그와 존퀼 둘만 남았다. 그녀는 다시 그의 품에 안겼다.

"와줘서 정말 기뻐." 그녀가 길게 숨을 내쉬며 말했다. "다시는 떠나지 않았으면 좋겠어, 자기야."

"나 보고 싶었어?"

"당연하지. 정말 많이."

"혹시… 다른 남자들도 자주 찾아와? 아까 그 두 명처럼?"

그의 질문에 존퀼은 놀란 기색을 보였다. 부드러운 짙은 눈동자가 조지를 바라보았다.

"당연하지. 항상 와. 편지에도 썼잖아, 자기야."

사실이었다. 조지가 처음 이 도시에 왔을 때도 이미 그녀 주변에는 많은 남자들이 있었다. 그녀의 연약하고 인형 같은 외모에 반해 그녀를 숭배하는 미성숙한 이들도 있었고, 그녀의 아름다운 눈동자에 담긴 지성과 친절함을 알아보는 이들도 있었다.

"내가 아무 데도 안 가고…" 존퀼은 소파 쿠션에 몸을 기대며 말을 이었다. 그녀는 마치 아주 멀리서 그를 바라보는 것처럼 보였다. "두 손 모으고 가만히 앉아서 영원히 기다리기만 하길 바라는 거야?"

"그게 무슨 말이야? 설마 내가 평생 너랑 결혼할 만큼 돈을 못 벌 거라고 생각하는 거야?" 당황한 조지의 입에서 튀어나온 말이었다.

"아, 조지, 너무 성급하게 단정 짓지 마."

"단정 짓는 거 아니야. 네가 그렇게 말했잖아."

순간 조지는 자신이 위태로운 상황에 놓였다는 걸 깨달았다. 오늘 밤만큼은 절대 망치지 않으리라 다짐했건만. 그는 다시 그녀를 안으려 했지만, 뜻밖에도 존퀼이 몸을 살짝 피하며 말했다.

"덥네. 선풍기 좀 가져올게."

존퀼은 선풍기를 틀어 놓고 다시 자리에 앉았다. 지나치게 예민해진 탓에, 조지는 결국 어떻게든 피하고 싶었던 이야기에 스스로 발을 들이고 말았다.

"나랑 언제 결혼할 거야?"

"나랑 결혼할 준비는 되어 있는 거야?"

그 말에 조지는 감정을 주체하지 못하고 자리에서 벌떡 일어섰다.

"빌어먹을 선풍기 좀 꺼. 정신 사납게." 그가 소리쳤다. "저 소리가 우리가 함께할 시간이 점점 줄어들고 있다고 일러주는 시계 소리 같아. 난 행복해지고 싶어서, 뉴욕도 시간도 전부 다 잊으려고 여기까지 온 건데…"

그는 일어섰던 만큼이나 갑작스럽게 다시 소파에 주저앉았다. 존퀼은 선풍기를 끄고 그의 머리를 자기 무릎에 기대게 한 뒤 조용히 머리카락을 쓰다듬기 시작했다.

"그냥 이렇게 앉아 있자." 그녀가 부드럽게 말했다. "아무 말도 하지 말고, 가만히 이렇게 있어. 내가 재워줄게. 지금 당신은 지치고 불안해 보여. 지금만큼은 내가 당신을 돌봐줄게.”

“하지만 난 이렇게 있고 싶지 않아.” 그가 갑자기 몸을 일으키며 불평했다. “이렇게는 싫어. 내가 원하는 건 네 입맞춤이야. 날 편하게 해주는 건 네 입맞춤뿐이야. 그리고 난 불안하지 않아. 불안한 건 너지. 난 하나도 불안하지 않다고.”

그는 자신이 불안하지 않다는 걸 증명이라도 하듯 소파에서 일어나 건너편 흔들의자에 털썩 앉았다.

“난 결혼할 준비가 됐다고 생각했는데, 네가 불안한 기색이 역력한 편지를 보냈잖아. 이제 그만하자는 것처럼 들렸어. 그래서 내가 이렇게 급하게 내려올 수밖에 없었잖아.”

“오기 싫으면 안 와도 돼.”

“아니, 오고 싶으니까 온 거야!” 조지가 단호하게 말했다.

조지는 지금 자신이 충분히 침착하고 논리적으로 말하고 있는데, 존퀼이 일부러 자신을 잘못한 사람으로 몰아가고 있다는 생각이 들었다. 말이 오갈수록 두 사람 사이는 점점 멀어지기만 했지만, 그는 그 상황을 멈출 수 없었다. 목소리에 불안과 아픔이 묻어나지 않게 감추는 것조차 불가능했다.

하지만 잠시 뒤 존퀼이 서럽게 울기 시작했고, 조지는 다시 소파로 돌아와 그녀의 어깨를 감싸안았다. 이제는 그가 그녀를 달래는 쪽이 되어, 그녀의 머리를 자신의 어깨에 가만히 기대게 한 채 익숙한 위로의 말을 속삭였다. 그녀는 그의 품에서 차츰 진정되었고, 아주 가끔 몸을 가볍게 떨 뿐이었다. 두 사람은 한 시간 넘게 그렇게 앉아 있었다. 저녁거리에는 마지막 피아노 선율이 은은하게 퍼지고 있었다. 조지는 어떤 움직임도, 생각도, 희망도 없이 가만히 앉아 있었다. 다가올 불행에 대한 예감이 그를 완전히 마비시킨 듯했다. 시계는 재깍재깍 열한 시를 넘고, 곧 열두 시도 넘길 것이다. 그리고 곧 계단 난간 너머에서 캐리 부인이 부드럽게 부르는 목소리가 들려오겠지. 그 이후로 그가 내다볼 수 있는 건 내일, 그리고 절망뿐이었다.

3

다음 날, 무더위 속에서 결국 한계점이 찾아왔다. 두 사람 모두 상대방의 진심을 어렴풋이 짐작하고 있었지만, 먼저 상황을 받아들일 준비가 되어 있는 쪽은 그녀였다.

"이대로 계속해 봤자 소용없어." 그녀가 괴로운 목소리로 말했다. "당신이 보험 일을 얼마나 싫어하는지 나도 알아. 그 일로 잘 될 리가 없다는 것도 알고.”

“문제는 그게 아니야.” 그가 완강하게 말했다. “난 혼자인 게 싫을 뿐이야. 네가 나랑 결혼해서 같이 떠나주고, 내 곁에서 함께 부딪쳐 준다면 뭐든지 해낼 자신 있어. 하지만 널 이곳에 두고 떠나면, 네 걱정에 아무것도 할 수가 없어.”

그녀는 한참 동안 말없이 있었다. 생각하느라 그랬던 건 아니다. 이미 두 사람 사이가 끝났다는 걸 알고 있었기에, 답하기 전에 잠시 기다린 것뿐이었다. 어떤 말을 해도 지금 하려는 말보다 더 잔인하게 들릴 것을 알았기 때문이다.

마침내 그녀가 입을 열었다.

“조지, 난 정말 진심으로 당신을 사랑해. 아마 앞으로도 당신 말고 다른 사람을 사랑할 수 없을 거야. 두 달 전에 당신이 준비가 되어 있었다면, 당신과 결혼했을 거야. 하지만 지금은… 그게 분별 있는 일이라고는 생각되지 않아.”

그가 이성을 잃고 퍼부었다. 다른 남자가 있는 게 아니냐고, 자신에게 뭔가를 숨기고 있는 게 분명하다고!

“아니야, 다른 남자 없어.”

그녀의 말은 사실이었다. 하지만 이 문제로 인한 스트레스에서 벗어나기 위해, 그녀는 제리 홀트 같은 어린 남자아이들과 어울리는 데서 위안을 얻고 있었다. 그들은 그녀의 인생에 아무 의미도 없었기에 오히려 마음이 편했다.

조지는 이 상황을 도무지 받아들일 수 없었다. 그는 어떻게든 그녀가 당장 자신과 결혼하게 만들려고 그녀를 와락 끌어안고 입맞춤하려 했다. 그마저도 실패하자, 이번엔 자기 연민에 가득한 독백을 쏟아냈다. 한참 그렇게 하다가, 자신의 모습이 그녀 눈에 얼마나 비참하게 비치고 있는지 문득 깨닫고서야 입을 닫았다. 그는 돌아갈 생각도 없으면서 돌아가겠다고 으름장을 놓았지만, 막상 그녀가 차라리 그게 낫겠다고 하자 이번엔 안 가겠다고 버텼다.

처음에 그녀는 미안한 마음이 들었지만, 그다음부터는 예의상 다정하게 대할 뿐이었다.

"이제 그만 가줘." 마침내 그녀가 소리쳤다. 그 소리가 워낙 커서, 캐리 부인이 놀라 아래층으로 내려왔다.

"무슨 일이니?"

"저, 그만 가보겠습니다, 캐리 부인." 조지는 떨리는 목소리로 말했다. 존퀼은 이미 방을 나가고 없었다.

"너무 상심하지 말게, 조지." 캐리 부인은 눈을 깜빡이며 안타까운 눈길로 그를 바라보았지만, 어떻게 해야 할지 몰랐다. 그가 안쓰러웠지만, 이 작은 비극이 거의 끝나가고 있다는 사실에 안도했다. "내가 자네라면 며칠 동안 어머니 댁에 가 있을 거야. 결국은 끝내는 게 분별 있는 일일지도 모르지…”

“제발 아무 말도 하지 말아 주세요!” 조지가 외쳤다. “지금은 아무 말도 듣고 싶지 않아요!”

잠시 뒤, 존퀼이 다시 방으로 들어왔다. 슬픔도, 긴장도 모두 분칠과 붉은 볼터치, 그리고 모자 아래에 감춰져 있었다.

“택시 불렀어.” 그녀가 무심하게 말했다. “기차 시간 전까지 같이 드라이브하자.”

존퀼은 바깥 현관으로 나갔다. 조지는 코트와 모자를 걸친 채 한동안 복도에 서 있었다. 뉴욕을 떠난 뒤로 거의 아무것도 먹지 않아 온몸이 기진맥진했다. 캐리 부인이 다가와 그의 머리를 끌어당겨 안고는 뺨에 입을 맞췄다. 그 순간 조지는 자신이 얼마나 우스꽝스럽고 초라했는지 깨닫고 한심함과 무기력함을 느꼈다. 전날 밤에 떠났더라면, 자존심도 지키고 품위 있게 그녀와 마지막으로 인사할 수 있었을 텐데.

택시가 도착했고, 한때 연인이었던 두 사람은 한 시간 동안 인적 드문 거리를 함께 달렸다. 그는 그녀의 손을 잡고 있었고, 햇살 속에서 마음이 조금씩 차분하게 가라앉았다. 처음부터 아무 말도, 아무 행동도 할 수 없는 일이었다는 걸 이제야 깨달았다.

“다시 올게.” 그가 말했다.

"그럴 거라고 믿고 있어." 그녀가 애써 밝고 믿음 어린 목소리로 대답했다. "우리 가끔 서로 편지도 쓰자."

"아니." 그가 말했다. "편지는 쓰지 말자. 그건 도저히 못 견딜 것 같아. 언젠가 돌아올게."

"나는 절대 당신을 잊지 않을 거야, 조지."

역에 도착했고 그녀는 그가 표를 사는 동안에도 함께 있었다.

"이게 누구야, 조지 오켈리랑 존퀼 캐리잖아!"

조지가 예전에 이 지역에서 일할 때 알던 남자와 여자였다. 존퀼은 그들이 나타나자 안도하는 기색으로 인사를 건넸다. 길게만 느껴지는 오 분 동안 네 사람은 서서 이야기를 나눴다.

그러다 기차가 굉음을 내며 역으로 들어왔고, 조지는 고통스러운 표정을 감추지 못한 채 두 팔을 벌려 존퀼에게 다가갔다. 그녀는 잠시 머뭇거리다 한 걸음 다가섰지만, 결국 그의 손을 재빨리 눌렀다. 우연히 마주친 친구에게 건네는 듯한 작별 인사였다.

"잘 가, 조지. 즐거운 여행 되길 바랄게." 그녀가 말했다.

"안녕, 조지. 꼭 다시 와서 모두 만나자." 지인들도 덧붙였다.

말문이 막히고, 눈앞이 아득해질 만큼 고통이 밀려오는 가운데, 그는 여행 가방을 움켜쥐고 정신이 반쯤 나간 채 기차에 몸을 실었다.

기차는 덜컹거리며 거리의 건널목을 지나, 점점 속도를 높여 넓은 교외 지대를 가로질러 저녁노을을 향해 달려갔다. 어쩌면 그녀도 그 노을을 바라보다가 잠시 멈춰서, 돌아서서, 그를 떠올릴지 모른다. 그리고 그는 그녀의 꿈속에서 점점 더 과거로 사라져갈 것이다. 오늘 밤의 어둠이 그의 젊은 시절의 태양과 나무, 꽃, 웃음을 영원히 덮어버릴 터였다.

4

이듬해 9월, 눅눅한 어느 날 오후, 테네시 주의 한 도시에서 얼굴이 구릿빛으로 그을린 한 청년이 기차에서 내렸다. 그는 초조한 눈빛으로 주위를 둘러보다가, 마중 나온 사람이 아무도 없다는 사실에 오히려 안도하는 듯 보였다. 택시를 타고 도시에서 가장 좋은 호텔로 향한 그는, 약간 만족스러운 표정으로 숙박부에 이름을 적었다. 조지 오켈리, 페루, 쿠스코.

방에 올라가 창가에 앉아 잠시 아래의 익숙한 거리를 내려다본 그는, 약간 떨리는 손으로 수화기를 들어 전화를 걸었다.

"존퀼 양 계신가요?"

"제가 존퀼인데요."

"아…" 그의 목소리가 미세하게 떨리는 듯했지만, 이내 가다듬고 예의 바르고 친근하게 말을 이었다.

"나 조지 오켈리야. 내 편지 받았어?"

"응. 오늘쯤 도착할 줄 알았어."

그녀의 목소리는 차분하고 담담해서 오히려 그를 불편하게 만들었다. 하지만 그가 예상했던 이유 때문은 아니었다. 그녀는 그와 연락이 닿았다는 사실에 조금도 들떠 있지 않았고, 마치 그냥 가볍게 반가워하는 타인처럼 느껴졌다. 그는 전화를 끊고 잠시 숨을 고르고 싶었다.

"오랜만이네." 그는 아무렇지 않은 척 말하는 데 성공했다. "1년이 좀 넘었군."

사실 그는 며칠이 지났는지까지 정확히 알고 있었다.

"당신과 다시 이야기할 수 있다니 정말 반가워."

"한 시간쯤 뒤에 그리로 갈게."

그는 전화를 끊었다. 너무도 길었던 지난 네 계절 내내, 조금이라도 시간이 날 때마다 그의 머릿속을 가득 채운 것은 바로 이 순간에 대한 기대감이었다. 마침내 그 순간이 찾아왔다. 그는 그녀가 이미 결혼했거나 약혼했거나, 사랑하는 사람이 있을지도 모른다고는 생각했다. 하지만 자신이 돌아왔다는 사실에 그녀가 아무런 동요도 보이지 않을 거라고는 단 한 번도 상상하지 못했다.

그는 앞으로 지난 열 달과 같은 시간은 다시는 없을 거라고 느꼈다. 그동안 그는 젊은 엔지니어로서, 누구나 인정할 만한 성과를 올렸다. 우연히도 특별한 기회를 두 번이나 잡았는데, 하나는 방금 돌아온 페루에서였고, 다른 하나는 그 결과로 얻게 된 뉴욕에서의 기회였다. 짧은 기간 동안 그는 가난을 벗어나, 무한한 가능성이 열려 있는 자리까지 올라섰다.

그는 화장대 거울에 비친 자신을 바라보았다. 햇볕에 너무 오래 노출된 탓에 피부가 거의 검게 그을렸지만, 어딘가 낭만적인 인상을 풍겼다. 지난 일주일 동안, 오랜만에 여유가 생겨 스스로를 돌아보게 된 그는 자신의 모습이 제법 마음에 들었다. 단단해진 체격도 흐뭇하게 바라보았다. 어디선가 눈썹의 일부를 잃었고, 무릎에는 아직도 탄력 붕대를 감고 있었지만, 배 안에서 많은 여자들이 자신에게 평소와는 다른 시선을 보냈다는 사실을, 젊은 그는 누구보다 잘 알고 있었다.

물론 그의 옷차림은 형편없었다. 페루 리마에서 그리스인 재단사가 이틀 만에 급히 지어준 옷이었다. 아직 젊은 그는, 존퀼에게 보낸 짧은 편지에서 허술한 차림에 대해 미리 변명을 해두었다. 그 편지에는, 역으로 마중 나오지 말아 달라는 부탁도 함께 적혀 있었다.

페루 쿠스코에서 돌아온 조지는 호텔에서 한 시간 반을, 정확하게 태양이 하늘의 한가운데에 이를 때까지 기다렸다. 그러고 나서 그는 말끔히 면도를 하고, 피부색을 조금이라도 하얗게 보이려고 텔컴 파우더까지 발랐다. 마지막 순간엔 결국 닝민보다 히영심이 앞섰던 것이다. 그는 너무도 잘 아는 그 집을 향해 출발했다.

그는 숨을 가쁘게 몰아쉬고 있었다. 스스로도 그 사실을 알고 있었지만, 감정 때문이 아니라 흥분해서 그렇다고 자신을 다독였다. 그는 지금 그녀의 집에 와 있고, 그녀는 아직 결혼하지 않았다. 그 사실만으로도 충분했다. 그녀에게 무슨 말을 해야 할지조차 확신이 없었지만, 지금 이 순간만큼은 자신의 인생에서 절대 놓쳐서는 안 될 순간이라고 느꼈다. 결국 여자가 없으면 승리도 없는 법이었다. 전리품을 그녀의 발치에 바칠 수는 없더라도, 잠시나마 그녀 앞에 내보일 수는 있을 것이다.

옆에서 불쑥 그 집이 모습을 드러냈다. 그가 가장 먼저 느낀 것은, 집이 어딘지 비현실적으로 보인다는 점이었다. 변한 것은 아무것도 없는데, 모든 것이 달라져 있었다. 집은 예전보다 더 작아 보였고, 더 초라해진 듯했다. 지붕 위로 마법 같은 기운이 감돌지도 않았고, 위층 창문들에서 특별한 분위기가 흘러나오지도 않았다. 그가 초인종을 누르자, 처음 보는 흑인 하녀가 문을 열었다. 존퀼 양이 곧 내려올 거라고 말했다. 그는 긴장한 채 입술을 적시며 거실로 들어섰다. 그곳에서 비현실적인 느낌은 더욱 커졌다. 결국 그는 이곳이 그저 하나의 방일뿐, 예전에 가슴 아픈 시간을 겪었던 마법 같은 공간이 아님을 깨달았다. 그는 의자에 앉으면서도 그것이 그냥 의자라는 사실에 잠시 놀랐다. 자신의 상상력이 단순하고 익숙한 것들을 그동안 얼마나 왜곡하고 색칠해 왔는지 실감한 순간이었다.

그러다 문이 열리고 존퀼이 들어왔다. 그 순간, 그의 눈앞에서 방 안의 모든 것이 흐릿해지는 듯했다. 그는 그녀가 그렇게 아름다웠다는 사실을 잊고 있었다. 얼굴이 창백해지는 것이 느껴졌고, 목구멍에서 나오는 목소리는 겨우 미약한 한숨이 되어버렸다.

그녀는 연한 녹색 옷을 입고 있었고, 검은 생머리를 왕관처럼 금빛 리본으로 묶어놓았다. 익숙한 부드러운 눈동자가 문을 들어서는 순간 그의 시선을 바로 마주했고, 그녀의 아름다움이 주는 아릿한 고통에 그는 순간 두려움을 느꼈다.

그는 "안녕."이라고 말했다. 두 사람은 몇 걸음 다가가 악수를 나누고, 이내 꽤 떨어진 의자에 앉아 서로를 바라보았다.

"돌아왔네." 그녀가 말했다. 그도 뻔한 대답을 했다. "지나가는 길에 잠깐 들러서 당신을 볼까 해서."

그는 목소리가 떨리는 걸 감추려고 애써 그녀의 얼굴을 바라보지 않으려 했다. 대화를 이끌어야 할 책임은 자신에게 있있지만, 곧장 모험담을 늘어놓지 않는 이상 할 말이 없어 보였다. 예전의 두 사람은 결코 가볍지 않은, 진지한 사이였기에 아무렇지 않게 날씨 얘기나 꺼낼 수도 없는 노릇이었다.

"정말 터무니없는 상황이군." 그는 갑자기 밀려드는 당혹감을 입 밖으로 터뜨렸다. "어떻게 해야 할지 모르겠어. 내가 여기 온 게 혹시 불편해?"

"아니." 조심스럽지만 감정이 드러나지 않는 대답이었다. 그는 문득 침울해졌다.

"약혼했어?" 그가 물었다.

"아니."

"사랑하는 사람 있어?"

그녀는 고개를 저었다.

"아." 그는 의자에 몸을 기댔다. 또 하나의 이야깃거리가 소진되어 버렸다. 대화는 전혀 자신이 의도한 방향으로 흘러가지 않았다.

"존퀼." 이번에는 한결 부드러운 어조였다. "우리 사이에 이런저런 일이 있었지만, 난 꼭 너를 보러 돌아오고 싶었어. 앞으로 내가 뭘 하든, 너만큼 사랑할 여자는 다시없을 거야."

이 말은 그가 배 안에서 연습했던 대사 중 하나였다. 그때는 완벽하다고 생각했다. 그녀를 향한 애정이 언제까지나 변하지 않을 거라고 말하면서도, 지금의 마음은 드러내지 않는 미묘하게 균형 잡힌 문장이었다. 하지만 지금, 자신을 감싸는 점점 더 강렬한 옛 기억들 속에서 내뱉은 그 말은, 연극처럼 과장되고 진부하게 들렸다.

그녀는 아무 말도 하지 않았다. 미동도 없이 앉아 그를 바라보고 있었다. 전부일 수도, 아무것도 아닐 수도 있는, 미묘한 눈빛이었다.

"이제는 나를 사랑하지 않지?" 그는 담담한 목소리로 물었다.

"그래."

잠시 뒤 캐리 부인이 들어와 그의 성공에 대해 이야기했다. 지역 신문에 그의 기사가 반 페이지나 실렸던 것이다. 그는 복잡한 감정에 휩싸였다. 이제야 그는 자신이 여전히 이 여자를 원하고 있다는 걸 분명히 깨달았다. 그리고 때로는 과거를 되돌릴 수 있다는 것도. 그것뿐이었다. 나머지는 마음을 다잡고 지켜보면 될 일이었다.

"둘이 같이 국화꽃 기르는 부인 댁에 다녀와. 신문에서 자네 기사를 읽고 꼭 한 번 보고 싶다고 신신당부하셨거든."

그래서 그들은 국화꽃 부인을 만나러 갔다. 함께 길을 걷다가 그는 그녀의 짧은 걸음이 늘 자기 걸음 사이에 꼭 들어맞는다는 설 새삼 깨닫고 묘힌 설렘을 느꼈다. 그 부인은 무척이나 친절했고, 국화꽃은 놀라울 만큼 크고 아름다웠다. 흰색, 분홍색, 노란색 국화로 가득한 정원에 서 있으니 마치 한여름의 한가운데로 돌아온 듯한 기분이었다. 정원이 두 군데 있고 그 사이에 작은 문이 하나 있었다. 그들은 천천히 두 번째 정원 쪽으로 걸어갔고, 부인이 먼저 문을 지나갔다.

바로 그때 이상한 일이 일어났다. 조지는 존퀼이 지나갈 수 있도록 옆으로 비켜섰지만, 그녀는 문을 통과하지 않고 그 자리에 멈춰 서서 한동안 조용히 그를 바라보았다. 미소가 없는 표정보다도, 말 없는 침묵이 더 인상 깊게 남았다. 두 사람은 잠시 서로의 눈을 바라보다가, 살짝 가빠진 숨을 내쉬었다. 그러고는 아무 일도 없었던 것처럼 두 번째 정원으로 들어섰다. 그뿐이었다.

오후가 저물어갔다. 두 사람은 국화꽃 부인에게 감사 인사를 전하고, 나란히 천천히, 사색에 잠긴 채 집으로 돌아왔다. 저녁 식사 내내 두 사람 모두 거의 말을 하지 않았다. 조지는 캐리 씨에게 남미에서 있었던 일들을 조금 들려주었고, 앞으로 자신의 앞길이 순조로울 거라는 인상을 주었다.

저녁 식사가 끝나고, 그와 존퀼은 그들의 사랑이 시작되고 또 끝났던 바로 그 방에 단둘이 남게 되었다. 모든 것이 너무 오래전 일처럼 느껴졌고, 뭐라 말할 수 없이 슬펐다. 바로 저 소파 위에서 그는 다시는 겪고 싶지 않은 고통과 슬픔을 맛보았던 것이다. 이제 다시는 그때처럼 나약하고, 지치고, 비참하고, 가난해지는 일은 없을 것이다. 하지만 그는 알고 있었다. 열다섯 달 전의 그 청년에게 있었던 무언가가 지금의 자신에게는 사라지고 없다는 것을. 믿음과 따뜻함이 영영 떠나가 버렸다. 그들은 분별 있는 선택을 했다. 그는 가장 풋풋했던 시절을 대가로 강인함을 얻었고, 절망을 성공으로 바꾸었다. 그러나 삶은 결국, 그 풋풋한 시절의 사랑을 가져가 버렸다.

"나랑 결혼할 생각은 없는 거지?" 그가 조용히 물었다.

존퀼은 짙은 머리카락을 살짝 흔들며 고개를 저었다.

"난 누구와도 결혼할 생각 없어."

그는 고개를 끄덕였다.

"난 내일 아침 워싱턴으로 떠날 거야." 그가 말했다.

"아…"

"꼭 갈 일이 있거든. 다음 달 1일 전까지 뉴욕에 도착해야 하는데, 그전에 워싱턴에 잠깐 들러야 해서."

"일 때문이구나!"

"아니…" 그가 마지못해 말하듯 대답했다. "꼭 만나야 할 사람이 있어. 내가… 정말 바닥까지 떨어졌을 때 잘해준 사람이야."

사실은 꾸며낸 이야기였다. 워싱턴에서 만나야 할 사람 따위는 없었다. 하지만 그는 존퀼의 반응을 유심히 지켜보았고, 그녀가 순간적으로 움찔하며 눈을 감았다가 다시 크게 뜨는 것을 확실히 보았다.

"하지만 떠나기 전에, 우리가 마지막으로 만난 뒤 나한테 어떤 일들이 있었는지 말해주고 싶어. 아마 다시는 못 볼 테니까… 이번 한 번만, 예전처럼 내 무릎에 앉아줄 수 있을까? 물론 네게 다른 사람이 있었다면 이런 부탁은 하지 않았을 거야. 그런데 아직은 아니라고 했으니까. 그러니 괜찮지 않을까 해서."

그녀는 고개를 끄덕였고, 잠시 후 그 지나가 버린 봄날에 자주 그랬던 것처럼 그의 무릎에 앉았다. 그녀의 머리가 그의 어깨에 닿고, 익숙한 몸의 온기가 느껴지자 그의 온몸에 전류처럼 강렬한 감정이 몰려왔다. 그녀를 안고 있는 팔에 자꾸 힘이 들어가려 하자, 그는 몸을 뒤로 기댄 채 허공을 바라보며 차분하게 말을 시작했다.

그는 뉴욕에서 보낸 절망적인 이주에 대해 이야기했다. 그 암울했던 시간은 저지시티의 건설 공장에서 일자리를 얻으면서 끝이 났다. 수익은 크지 않았지만, 꽤 매력적인 일이었다. 처음에 페루 프로젝트를 제안받았을 때는 그리 대단한 기회처럼 보이지 않았다. 원래 그는 페루로 떠나는 미국인 현장 조사팀에서 세 번째 보조 기술자로 참여했다. 하지만 쿠스코에 도착한 팀원은 열 명뿐이었고, 그중 여덟은 측량기사와 측량 보조 인력이었다. 열흘 뒤, 팀을 이끌던 리더가 황열병으로 세상을 떠났다. 그게 바로 그에게 찾아온 기회였다. 바보가 아니라면 누구나 잡았을 만한 절호의 기회였다.

"바보가 아니라면 누구나 잡을 기회였다고?" 그녀가 순진한 어조로 말을 가로막았다.

"바보라도 잡았을 기회였지." 그가 웃으며 말을 이었다. "정말 대단한 일이었어. 내가 뉴욕에 전보를 보냈더니…"

"아마도…" 그녀가 다시 말을 끊었다. "기회를 잡으라고 회신이 왔겠지?"

"그런 정도가 아니었어!" 그는 여전히 몸을 뒤로 기댄 채 외쳤다. "아예 명령이었지! 지체할 시간이 없다고 하더라고."

"단 1분도?"

"1분도."

"정말로…" 갑자기 그녀가 말을 멈췄다.

"뭐가?"

"날 봐."

그가 갑자기 고개를 숙였고, 바로 그 순간 그녀도 그에게 가까이 다가왔다. 그녀의 입술은 꽃처럼 반쯤 열려 있었다.

"그래." 그가 그녀의 입술에 속삭였다. "우리에겐 시간이 얼마든지 있어…"

세상의 모든 시간, 그의 삶, 그리고 그녀의 삶이라는 시간이 있다. 하지만 그녀에게 입을 맞추는 바로 그 순간, 그는 문득 깨달았다. 아무리 영원을 헤맨다 해도, 잃어버린 그 4월의 시간만큼은 결코 되찾을 수 없으리라는 것을. 이제 그는 팔에 힘줄이 불거질 만큼 그녀를 힘껏 끌어안을 수 있다. 그녀는 그가 온 힘을 다해 쟁취한, 특별하고 매혹적인 존재가 되었다. 하지만 앞으로는 더 이상, 황혼 속이나 밤바람 사이를 스치듯 아련하게 느껴지는, 손에 잡히지 않는 속삭임 같은 존재로는 느껴지지 않을 것이다.

그래, 이제 흘려보내자, 그는 생각했다. 4월은 끝났다. 4월

은 끝이 났다. 세상에는 수많은 사랑이 있지만, 그 어떤 사랑
도 두 번 다시는 같은 얼굴로 찾아오지 않는다.

벤저민 버튼의 기이한 사건

The Curious Case of Benjamin Button

벤저민 버튼의 기이한 사건

The Curious Case of Benjamin Button

1922년 5월 27일 자 《콜리어스》에 게재된 작품이다.

〈벤저민 버튼의 기이한 사건〉은 〈컷글라스 그릇〉에 이어 피츠제럴드가 발표한 두 번째 판타지, 혹은 초자연적 단편이다. 피츠제럴드는 이 작품을 단편집 《재즈 시대 이야기》에 수록하며, 그 창작의 출발점을 이렇게 밝혔다.

"이 단편은 마크 트웨인의 말에서 영감을 받았다. '인생에서 가장 좋은 시기가 맨 앞에 오고, 가장 나쁜 시기가 맨 끝에 온다는 건 안타까운 일'이라는 말이었다. 하지만 나는 모두가 정상적인 세상에서 단 한 사람에게만 그 실험을 적용했을 뿐이니, 그의 발상을 온전히 시험해 보았다고 보기는 어렵다. 작품을 완성하고 몇 주쯤 지난 어느 날, 나는 새뮤얼 버틀러의 《노트북》에서 거의 동일한 줄거리를 발견했다."

1

1860년만 해도 아이는 집에서 낳는 것이 당연한 일이었다. 하지만 오늘날에는 의학계의 권위자들이, 신생아의 첫 울음소리는 병원에서, 그것도 가능하다면 세련된 병원의 마취 냄새가 스민 공기 속에서 터져 나와야 한다고 못 박은 듯하다. 그런 점에서, 1860년 어느 여름날 첫아이를 병원에서 낳기로 결심한 젊은 로저 버튼 부부는 시대를 무려 반세기나 앞서간 셈이었다. 이 기묘하게 앞선 선택이 내가 이제부터 들려줄 놀라운 이야기와 어떤 연관이 있는지는, 아마도 끝내 밝혀지지 않을 것이다.

나는 그저 있었던 일을 사실대로 전할 뿐, 판단은 여러분의 몫이다.

로저 버튼 가문은 남북전쟁 전 볼티모어에서 사회적이든 경제적이든 부러움의 대상이었다. 남부 사람들이라면 다 아는 이런저런 집안과 연줄이 닿아 있었기에, 그들 역시 연합군 귀족 계급이라는 커다란 족보에 당당히 이름을 올릴 수 있었다. 이 아이는 버튼 부부가 유서 깊은 '출산'이라는 아름다운 관습을 처음으로 체험하며 얻은 소중한 첫아이였다. 버튼 씨는 몹시 긴장했고, 아들이기를 바랐다. 예일대에 보내기 위해서였다. 그는 그곳에서 4년 내내 '커프'*라는, 제법 뻔한 별명으로 불렸다.

그 중대한 사건이 일어나기로 한 9월의 어느 아침, 버튼 씨는 긴장한 채 새벽 여섯 시에 잠에서 깨어났다. 그는 옷을 갖춰 입고 스톡 타이를 정성스레 맨 뒤 볼티모어 거리로 서둘러 나섰다. 밤사이 새로운 생명이 모습을 드러냈는지 확인하려고 병원에 가는 길이었다.

그가 메릴랜드 신사 숙녀 사립병원에서 백 야드(약 90미터)쯤 떨어진 지점에 이르렀을 때, 버튼 가문의 주치의인 킨 박사가 현관 계단을 내려오는 모습이 눈에 들어왔다. 박사는 의사라면 모름지기 따라야 하는 불문율적 제스처를 하듯 손

---

*   소맷동을 뜻하는 커프cuff와 버튼button이 합쳐지면 소맷동 단추인 커프 버튼이 된다.

을 씻는 동작으로 두 손을 맞비볐다.

로저 버튼 철물 도매 상사의 사장 로저 버튼 씨는 그 시대 남부 신사에게 요구되는 품위 따위는 아랑곳하지 않고 다급하게 킨 박사를 향해 달려갔다.

"킨 박사님!" 그가 소리쳤다. "킨 박사님!"

의사는 그의 목소리를 듣고 몸을 돌린 채 멈춰 섰다. 버튼 씨가 숨을 헐떡이며 다가가자, 박사의 거칠고 약기운 밴 얼굴 위로 묘한 표정이 떠올랐다. "어떻게 됐습니까?" 버튼 씨는 숨을 고르며 다급하게 물었다. "어떻게 된 겁니까? 아내는요? 아들인가요? 누구예요? 도대체 뭐가…"

"말을 좀 똑바로 하게!" 킨 박사가 날카롭게 소리쳤다. 왠지 짜증이 난 얼굴이었다.

"아이가… 태어난 건가요?" 버튼 씨가 거의 애원하듯 물었다.

킨 박사는 얼굴을 찌푸렸다. "음, 그렇긴 하지. 어쨌든 말이야." 그는 다시 한번 묘한 눈빛으로 버튼 씨를 바라보았다.

"아내는 괜찮습니까?"

"괜찮네."

"아들입니까, 딸입니까?"

"이 사람이 정말!" 킨 박사가 짜증 섞인 목소리로 외쳤다.

"직접 가서 보게. 내가 더는 무슨 말을 하겠나! 기가 막혀서…"

그는 마지막 말을 거의 한 음절로 쏘아붙이듯 내뱉고는 몸을 휙 돌려 중얼거리기 시작했다. "이런 일이 내 의사 생활에 무슨 도움이 되겠어? 이따위 일이 한 번만 더 생기면 난 끝장일 거야. 그건 누구라도 마찬가지지."

"무슨 일이죠?" 버튼 씨는 질겁한 얼굴로 물었다. "혹시 세쌍둥이입니까?"

"세쌍둥이는 무슨!" 의사가 날카롭게 쏘아붙였다. "직접 가서 보게! 그리고…다른 의사를 부르게. 자네가 태어났을 때 받았던 것도 나고, 지난 사십 년 동안 자네 집안 주치의였지만 이제 끝이야. 두 번 다시 자네도, 자네 친척도 보고 싶지 않네! 잘 있게!"

그는 더는 말없이 휙 돌아서더니, 인도 가장자리에 서 있던 사륜 쌍두마차에 올라타고는 그대로 가버렸다.

버튼 씨는 인도 위에 멍하니 서서 온몸을 부들부들 떨었다. 도대체 무슨 끔찍한 일이 벌어진 것인가? 병원 안으로 들어가고 싶은 마음이 완전히 사라져 버렸다. 그는 한참을 망설인 끝에야 정신을 다잡고 계단을 올라 정문 안으로 들어설 수 있었다.

복도는 어둑했고, 한 간호사가 책상 뒤에 앉아 있었다. 버튼 씨는 밀려오는 수치심을 꾹 누르며 조심스레 그녀에게 다가 갔다.

"안녕하세요." 간호사가 얼굴을 들며 다정하게 인사를 건 넸다.

"안녕하세요. 저… 저는 버튼입니다."

그 말이 떨어지자 간호사의 얼굴 위로 공포가 번졌다. 그녀 는 벌떡 일어서더니, 당장이라도 복도를 내달릴 듯한 몸짓으 로 간신히 제자리에 서 있었다.

"제 아이를 보고 싶습니다." 버튼 씨가 말했다.

간호사가 짧은 비명을 지르며 거의 발작하듯 소리쳤다. "아! 그럼요! 물론이죠!"

"위층이에요. 바로 위층. 올라가세요!"

그녀가 방향을 가리켰고, 버튼 씨는 식은땀에 흠뻑 젖은 채 머뭇거리며 걸음을 옮겼다. 2층 복도에 다다랐을 때, 세숫대 야를 들고 다가오는 또 다른 간호사에게 말을 걸었다. "저는 버튼입니다." 그는 간신히 입을 열었다. "제 아이를 보고 싶은 데요…"

텅! 간호사가 들고 있던 세숫대야가 바닥에 떨어져 계단 쪽 으로 굴러갔다. 탕, 탕, 탕! 마치 이 신사가 불러일으킨 공포에 맞장구라도 치듯, 일정한 간격으로 계단을 쿵쿵 울리며 내려갔다.

"내 아이를 보여주시오!" 버튼 씨가 거의 비명을 지르듯 외쳤다. 그는 금세라도 쓰러질 듯 위태로워 보였다. 텅! 세숫대야가 1층까지 굴러떨어졌다. 간호사는 겨우 정신을 가다듬더니 버튼 씨를 향해 진심 어린 경멸의 눈길을 보냈다.

"알겠습니다, 버튼 씨." 그녀가 말했다. "좋아요! 하지만 아셔야 해요, 오늘 아침에 우리가 어떤 일을 겪었는지! 정말 말도 안 되는 일이에요! 그런 일이 생기다니 앞으로 이 병원은 명성의 그림자조차 안 남을…"

"어서요!" 버튼 씨가 쉰 목소리로 외쳤다. "더는 못 참겠소!"

"이쪽으로 오세요, 버튼 씨."

그는 비틀거리며 그녀를 따라갔다. 긴 복도 끝에 이르자 온갖 울음소리가 터져 나오는 방이 나왔다. 요즘 식으로 말하자면 '울음방'이라 부를 법한 방이었다. 그들은 안으로 들어갔다. 벽을 따라 하얀 에나멜 칠이 된 바퀴 달린 아기 침대가 여섯 개쯤 줄지어 있었고, 각각 머리맡에는 이름표가 달려 있었다.

"그래서…" 버튼 씨가 숨을 헐떡이며 말했다. "내 아이는 어디 있소?"

"저기요!" 간호사가 말했다.

버튼 씨는 그녀가 가리킨 쪽으로 시선을 돌렸다. 큼직한 흰 담요에 둘둘 싸여, 아기 침대에 몸을 간신히 욱여넣은 노인이 앉아 있었다. 일흔 살쯤 되어 보였다. 백발의 머리카락은 드문드문 나 있었고, 턱 아래로는 잿빛 긴 수염이 늘어져 있었다. 창문으로 들어오는 바람을 타고 그 수염이 우스꽝스럽게 앞뒤로 흔들렸다. 그는 생기 없는 흐릿한 눈으로 버튼 씨를 올려다보았다. 그 눈에는 어리둥절한 의문이 서려 있었다.

"내가 미친 건가?" 버튼 씨가 소리쳤다. 공포는 어느새 분노로 바뀌어 있었다. "지금 병원에서 무슨 끔찍한 장난이라도 치는 거요?"

"우리에겐 전혀 장난처럼 보이지 않네요." 간호사가 날을 세우듯 말했다. "당신이 미쳤는지는 모르겠지만, 저 아이가 당신 자식인 건 틀림없어요."

버튼 씨의 이마에서 식은땀이 배로 흘러내렸다. 그는 눈을 감았다가 다시 떴다. 꿈이 아니었다. 그가 바라보는 건 발이 아기 침대 밖으로 삐져나온 일흔 살짜리 남자, 아니, 일흔 살짜리 아기였다.

노인은 잠시 두 사람을 번갈아 바라보다가, 갈라진 늙은이의 목소리로 불쑥 말을 꺼냈다. "그쪽이 내 아버지인가?"

버튼 씨와 간호사는 그 말에 화들짝 놀랐다.

“아버지가 맞다면…” 노인은 투덜거리듯 말을 이었다. “날 여기서 좀 데리고 나가 줬으면 해. 아니면 최소한, 푹신한 흔들의자라도 갖다 달라고 해줘.”

“도대체 당신은 어디서 온 거요? 당신 정체가 뭐요?” 버튼 씨가 실성한 사람처럼 외쳤다.

“나도 잘 몰라. 태어난 지 몇 시간밖에 안 됐거든.” 노인이 여전히 투덜거리는 목소리로 대답했다. “하지만 성은 확실히 버튼이야.”

“말도 안 돼! 이 사기꾼!”

노인은 지친 듯 간호사 쪽으로 고개를 돌렸다. “신생아를 맞이하는 태도가 참 인상적이군.” 그는 힘없는 목소리로 중얼거렸다. “저 사람한테 거짓말이 아니라고 좀 말해주겠소?”

“당신이 틀렸어요, 버튼 씨.” 간호사가 단호하게 말했다. “이 아이는 분명 당신 자식이에요. 받아들이셔야 합니다. 오늘 중으로, 될 수 있으면 최대한 빨리 집으로 데려가 주세요.”

“집에 데려가라고요?” 버튼 씨가 믿기지 않는다는 듯 되물었다.

“그래요, 여기 둘 순 없어요. 그럴 수는 없습니다. 아시겠죠?”

“다행이군.” 노인이 징징거렸다. “조용한 걸 좋아하는 아이를 이런 데 묶어두다니, 말이 안 되잖아. 온종일 울고불고 난리 통이라 잠 한숨 못 잤어. 먹을 것 좀 달라고 했더니"—여기서 그의 목소리가 항의하듯 날카로워졌다 —"우유병을 가져왔다니까!"

버튼 씨는 아들 곁의 의자에 털썩 주저앉더니 얼굴을 두 손으로 감쌌다. "맙소사!" 그는 충격에 휩싸인 목소리로 중얼거렸다. "사람들이 뭐라고 하겠어? 대체 이걸 어떻게 해야 하지?"

"집으로 데려가셔야 해요." 간호사가 다시 단호하게 말했다. "당장요."

고통에 찬 버튼 씨의 눈앞에 끔찍할 만큼 선명한 광경이 떠올랐다. 자신이 이 소름 끼치는 존재와 나란히 걸으며, 사람들로 북적거리는 거리를 지나가는 모습이었다.

"안 돼. 난 못해." 그는 신음하듯 중얼거렸다.

사람들이 걸음을 멈추고 말을 걸어올 텐데, 도대체 뭐라고 설명해야 한단 말인가? 그는 이… 이 일흔 살 노인을 이렇게 소개해야 할 터였다. "오늘 아침 일찍 태어난 제 아들입니다." 그리고는 노인이 담요를 두른 채 그와 나란히 터벅터벅 걸어가는 것이다. 북적이는 상점가를 지나고, 노예 시장을 지나고 — 잠깐 스쳐 간 끔찍한 상상 속에서, 버튼 씨는 아들이 차

라리 흑인이었으면 하고 간절히 바랐다 ― 호화로운 주택가를
지나, 양로원을 지나…

"이보세요! 정신 좀 차리세요." 간호사가 명령하듯 말했다.

"여 봐." 노인이 갑자기 목소리를 높였다. "내가 이 담요만
두르고 집까지 걸어갈 거라고 생각한다면 큰 착각이야."

"아기들은 원래 담요에 싸는 법이에요."

노인은 심술궂게 웃으며 하얀 배내옷을 집어 들어 보였다.

"이것 좀 봐!" 노인의 목소리가 떨렸다. "나더러 이런 걸 입
으라고 준비해 뒀더군."

"아기들은 원래 그런 걸 입어요." 간호사가 무뚝뚝하게 말
했다.

"흥." 노인은 코웃음을 쳤다. "이 아기는 앞으로 2분 뒤에는
아무것도 안 입을 거야. 이 담요는 간지러워. 적어도 시트라도
줬어야지."

"그냥 덮고 있어요! 덮고 있으라고!" 버튼 씨가 허둥지둥
소리쳤다.

그는 간호사 쪽으로 고개를 돌렸다. "대체 어떻게 해야 합
니까?"

"시내에 가서 아드님 옷을 사 오세요."

버튼 씨가 복도를 걸어 나가는 동안, 아들의 목소리가 뒤따

라왔다. "지팡이도요, 아버지! 아버지! 지팡이도 있으면 좋겠
어요!"

버튼 씨는 바깥문을 쾅 닫았다…

2

"안녕하세요. 아이 옷을 좀 사려는데요."

버튼 씨가 초조한 얼굴로 체서피크 옷 가게 점원에게 말
했다.

"아드님 나이가 어떻게 되시죠, 손님?"

"여섯 시간쯤 됐습니다." 버튼 씨가 별생각 없이 대답했다.

"유아용품 코너는 안쪽에 있습니다."

"아, 그게… 뭘 사야 할지 잘 몰라서요. 제 아이는… 보통 애
들보다 체격이 훨씬 크거든요. 아주… 어… 큽니다."

"가장 큰 아이 사이즈도 다 있습니다."

"남자아이 옷 코너는 어디죠?" 버튼 씨는 얼른 화제를 돌리
며 물었다. 점원이 자신의 수치스러운 비밀을 눈치챘을까 봐
마음이 불안했다.

"바로 여기예요."

"음…" 그는 머뭇거렸다. 아들에게 성인 남성 옷을 입힌다는 건 상상만 해도 불쾌했다. 엄청나게 큰 사이즈의 남자아이 옷만 구할 수 있다면, 그 끔찍한 수염을 잘라내고, 하얗게 센 머리카락은 갈색으로 염색하면 될 터였다. 그러면 가장 끔찍한 상황은 어느 정도 가릴 수 있을 것이고, 자신의 체면도 지킬 수 있을 것이다. 볼티모어 사교계에서의 위신은 물론이고.

하지만 남자아이 옷 코너를 아무리 샅샅이 뒤져봐도, 갓 태어난 버튼에게 맞을 만한 옷은 없었다. 그는 당연하다는 듯 가게를 탓했다. 이런 경우엔 원래 가게를 탓하는 법이다.

"아드님이 몇 살이라고 하셨죠?" 점원이 이상하다는 듯 물었다.

"열여섯입니다."

"아, 실례했습니다. 여섯 시간이라고 하셨던 것 같은데, 제가 잘못 들었나 보군요. 청소년 매장은 옆 통로에 있습니다."

버튼 씨는 비참한 마음으로 몸을 돌렸다. 그러다 문득 걸음을 멈추더니, 환해진 얼굴로 진열창 안 마네킹이 입고 있는 옷을 가리켰다. "저거요! 저기 마네킹이 입은 옷으로 하겠습니다."

점원이 눈을 크게 떴다. "저건 아이 옷이 아닌데요. 적어도 평상복은 아닙니다. 가장무도회 복장이에요. 손님께서 입으셔도 될 만큼 큽니다만!"

"저걸로 싸주세요." 버튼 씨가 초조한 표정으로 밀어붙였다. "내가 원하는 건 저겁니다."

놀란 점원은 시키는 대로 따랐다.

병원으로 돌아온 버튼 씨는 신생아실에 들어서자마자 옷꾸러미를 아들에게 내던지다시피 건넸다. "여기 네 옷이다." 그기 쏘아붙였디.

노인은 포장을 풀고는, 안에 든 옷가지를 유심히 들여다보며 약간 놀란 얼굴을 했다.

"이건 좀 우습게 보이는데." 그가 투덜거렸다. "난 원숭이처럼 보이고 싶지 않아요…"

"넌 이미 나를 원숭이 꼴로 만들었어!" 버튼 씨가 버럭 소리쳤다. "우습게 보이든 말든 그냥 입어! 안 그러면… 안 그러면 엉덩이를 때려줄 거야!"

그는 마지막 말을 내뱉고 나서 순간 멈칫했다. 어쩐지 마음이 불편해져 꿀꺽 침을 삼켰지만, 그래도 그렇게 말해야 할 것 같았다.

"알겠습니다, 아버지." 노인은 효자처럼 공손한 말투로 대답했다. "아버지가 더 오래 사셨으니, 더 잘 아시겠죠. 말씀대로 하겠습니다."

버튼 씨는 '아버지'라는 말에 또다시 움찔했다.

"어서 입어."

"서두르고 있어요, 아버지."

아들이 옷을 다 입자, 버튼 씨는 침울한 표정으로 그를 바라보았다. 물방울무늬 양말에 분홍색 바지, 널찍한 흰 칼라가 달린 벨트 블라우스 차림이었다. 허리까지 내려오는 희끄무레한 긴 수염이 블라우스 위에서 너울거렸다. 아무리 봐도 영 아니올시다였다.

"잠깐만!"

버튼 씨는 병원 가위를 움켜쥐고는 세 번 재빨리 가위질을 해 수염의 상당 부분을 잘라냈다. 하지만 그렇게 다듬고 나서도 옷차림은 여전히 보기 흉했다. 듬성듬성 난 머리카락과 물기 어린 눈, 노인의 치아는 그 발랄한 복장과 전혀 어울리지 않았다. 그래도 버튼 씨는 물러서지 않았다. 그는 손을 내밀며 단호하게 말했다. "가자!"

아들은 아버지를 전적으로 신뢰하는 듯 그 손을 잡았다. "아버지, 저를 뭐라고 부르실 건가요?" 신생아실을 나서며 그는 떨리는 목소리로 물었다. "당분간은 그냥 '아기'라고 부르실 건가요? 더 좋은 이름이 떠오를 때까지는?"

버튼 씨는 불만 가득한 소리를 냈다. "모르겠다." 그가 퉁명스럽게 말했다. "그냥 므두셀라*라고 부르지, 뭐."

3

버튼 가문에 새로 태어난 아기의 머리를 짧게 자르고, 듬성듬성한 머리카락을 부자연스러울 만큼 새까맣게 염색하고, 얼굴을 반질반질하게 면도하고, 어리둥절한 재단사가 맞춤 제작한 어린이 옷을 입혀놓고 나서도, 버튼 씨는 자기 아들이 첫아이로서 자랑할 만한 모습이 아니라는 사실을 부정할 수 없었다. 늙은이처럼 등이 굽긴 했지만, 벤저민 버튼 ─ 적절하긴 해도 너무 노골적인 '므두셀라' 대신 이렇게 부르기로 했다 ─ 의 키는 이미 다 자란 어른처럼 5피트 8인치(약 173센티미터)에 달했다. 옷으로도 그 키를 감출 수 없었고, 눈썹을 다듬고 염색해 봤자 그 아래 있는 눈은 여전히 흐릿하고 축축하고 피로에 절어 있었다. 어떻게 해도 숨길 수 없는 사실이었다. 미리 고용해 둔 유모는 아기를 한 번 보자마자 얼굴을 찌푸리더니, 불쾌감을 숨기지 못한 채 그대로 집을 나가버렸다.

* 성경에 기록된 가장 오래(969세) 산 인물로, 장수의 대명사처럼 불린다.

하지만 버튼 씨는 물러서지 않았다. 벤저민은 아기였고, 아기로 있어야 한다는 것이 그의 확고한 믿음이었다. 처음에는 벤저민이 따뜻한 우유를 먹기 싫어하면 차라리 굶기겠다고까지 했지만, 결국 주변의 설득에 못 이겨 타협했고, 아들에게 빵과 버터, 오트밀까지 먹이는 것을 허락했다. 어느 날 버튼 씨는 딸랑이를 들고 집에 돌아와 벤저민에게 단호한 어조로 '가지고 놀라'고 말했다. 노인은 지친 얼굴로 딸랑이를 받아 들었다. 그리고 그날 하루 종일, 간간이 딸랑이를 흔드는 소리가 집 안에 울려 퍼졌다.

하지만 벤저민이 딸랑이에 전혀 흥미를 느끼지 않는다는 건 분명했다. 그는 혼자 있을 때 훨씬 마음이 편안해지는, 다른 오락거리를 스스로 찾아 즐겼다. 예컨대, 버튼 씨는 어느 날 자신이 지난 한 주 동안 시가를 평소보다 훨씬 많이 피웠다는 사실을 깨달았다. 며칠 뒤, 그 이유가 우연히 밝혀졌다. 그는 어느 날 아기방에 들렀다가, 방 안에 옅은 푸른 연기가 자욱한 것을 보았다. 그 안에서 벤저민이 죄지은 사람처럼 눈치를 살피며, 하바나 시가의 꽁초를 숨기려 애쓰고 있었다. 누가 봐도 엉덩이를 때려줘야 마땅한 상황이었지만, 버튼 씨는 차마 손이 떨어지지 않았다. 그는 그저 "그러다 키 안 큰다"라는 말로 경고할 뿐이었다.

그래도 그는 태도를 바꾸지 않았다. 납으로 만든 병정 인형을 사 오고, 장난감 기차를 들여오고, 커다란 동물 봉제 인형도 사 왔다. 그리고 자신이 만든 이 환상을 더 그럴듯하게 완성하기 위해 — 적어도 자기 자신에게만큼은 — 장난감 가게 점원에게 "아기가 분홍색 오리를 입에 넣었을 때 물감이 벗겨지느냐"라고 진지하게 따져 묻기까지 했다. 하지만 아버지의 온갖 노력에도 불구하고, 벤저민은 전혀 관심을 보이지 않았다. 그는 몰래 뒤쪽 계단을 내려가 〈브리태니커 백과사전〉 한 권을 들고 아기방으로 돌아온 뒤, 오후 내내 그걸 꼼꼼히 읽었다. 소 인형과 노아의 방주 장난감은 손도 대지 않은 채 바닥에서 뒹굴었다. 그렇게 완강한 고집 앞에서 버튼 씨의 모든 노력은 허사가 되었다.

처음 볼티모어에서 벌어진 소동은 실로 대단했다. 이 기이한 사태가 버튼 가문과 그들의 친척들에게 사회적으로 얼마나 큰 타격을 주었는지는 정확히 알 수 없다. 곧이어 남북전쟁이 발발하면서 사람들의 관심이 다른 쪽으로 옮겨갔기 때문이다. 예의를 중시하는 몇몇 사람들은 버튼 부부에게 건넬 칭찬거리를 짜내느라 머리를 싸맸고 아기가 할아버지를 빼다 박았다는 기막힌 표현을 생각해 냈다. 일흔 살 남자들에게 공통적으로 나타나는 노쇠 상태 덕분에, 반박조차 쉽지 않은 말이었다. 버튼 부부는 그 말을 듣고 불쾌해했고, 벤저민의 할아버지는 모욕감을 견디지 못하고 분노했다.

병원에서 집으로 돌아온 뒤, 벤저민은 주어진 삶을 조용히 받아들였다. 또래 아이 몇몇이 그를 만나러 왔고, 그는 뻣뻣한 관절을 이끌며 팽이와 구슬에 흥미를 느끼려 애쓰는 오후를 보냈다. 그러다 새총으로 튕긴 돌멩이가 우연히 부엌 창문을 깨뜨리는 일이 벌어졌는데 이 일은 오히려 그의 아버지를 내심 흐뭇하게 만들었다.

그 뒤로 벤저민은 날마다 뭔가 하나씩을 부쉈다. 사람들이 그에게 그런 행동을 기대했기 때문이고, 본래 남의 기대를 거스르지 않는 성격 탓이었다.

처음 품었던 적대감이 사그라들자, 벤저민과 그의 할아버지는 서로와 함께하는 시간을 진심으로 즐기게 되었다. 나이도, 경험도 한참 차이 나는 두 사람은 두 노인 친구처럼 하루 동안 있었던 특별할 것도 없는 일들에 대해 같은 말을 되풀이하며 지치지도 않고 이야기 나누었다. 벤저민은 부모와 있을 때보다 할아버지와 함께 있을 때 훨씬 더 마음이 편했다. 부모는 그를 두려워하는 듯했고, 절대적인 권위를 내세우면서도 가끔은 그를 "선생님"이라 부르기까지 했으니 말이다.

그 역시 자신이 태어날 때부터 정신과 육체가 이미 노쇠

한 상태였다는 사실에 대해, 다른 사람들과 마찬가지로 당혹 감을 느꼈다. 의학 학술지를 뒤져보기도 했지만, 이런 사례는 어디에도 보고된 적이 없었다. 아버지의 권유로 또래 아이들과 어울리려 진심으로 노력했고, 비교적 무리가 덜한 놀이에는 자주 참여하기도 했다. 하지만 미식축구처럼 격한 운동은 몸에 너무 큰 부담을 주었다. 자칫 뼈가 부러져 늙어빠진 뼈가 다시 붙지 않을까 두려웠다.

다섯 살이 되었을 무렵 그는 유치원에 보내졌고, 그곳에서 초록색 종이를 주황색 종이에 붙이는 법, 색칠한 종이 지도를 엮는 놀이, 한없이 길게 느껴지는 마분지 목걸이 만드는 법 따위를 배우기 시작했다. 그러나 그는 놀이 중간중간 꾸벅꾸벅 졸았고, 이 버릇은 젊은 유치원 선생에게 짜증과 동시에 불안을 느끼게 했다. 다행히도 선생은 그의 부모에게 불만을 터뜨렸고, 벤저민은 유치원에서 쫓겨났다. 로저 버튼 부부는 지인들에게 아이가 아직 너무 어려 그만두게 했다는 식으로 설명했다.

벤저민이 열두 살이 되었을 무렵, 부모는 그에게 꽤 익숙해져 있었다. 관성의 힘은 실로 대단해서, 그들은 더 이상 벤저민이 다른 아이들과 다르다고 느끼지 않았다. 물론 가끔 이상한 특이점이 눈에 띄면, 그제야 다시금 그 사실을 떠올리곤 했다. 그러던 어느 날, 열두 번째 생일이 지난 지 몇 주쯤 되었을 무렵, 벤저민은 거울 앞에 섰다가 깜짝 놀랄 만한 사실을 발견했다. 아니, 그렇게 '느꼈다'고 해야 할까. 착각이었을지도 몰랐다. 그런데 정말 염색으로 감춰져 있던 머리카락이 열두 해 만에 백발에서 철회색으로 바뀌기 시작한 걸까? 얼굴을 뒤덮고 있던 주름이 전보다 덜 도드라져 보이는 건가? 피부가 전보다 건강하고 탄력 있어졌을 뿐 아니라, 겨울 햇살에 물든 듯한 옅은 붉은 기운까지 감도는 건가? 확신할 수는 없었다. 하지만 분명한 건 이제 허리를 꼿꼿이 펴고 설 수 있게 되었고, 삶의 초기와 비교하면 몸 상태가 훨씬 나아졌다는 점이었다.

'설마…?' 그는 속으로 생각했다. 아니, 차마 그렇게 생각할 엄두조차 내지 못했다.

그는 아버지에게로 가 단호하게 말했다. "전 이제 다 컸어요. 긴 바지를 입고 싶어요." 아버지는 잠시 망설이다가 입을 열었다. "음… 잘 모르겠구나. 긴 바지는 보통 열네 살쯤 되면 입는 건데… 넌 아직 열두 살이잖니."

"인정하실 건 인정하셔야죠." 벤저민이 항의하듯 말했다. "제가 나이에 비해 큰 건 사실이잖아요."

아버지는 그를 바라보며 뭔가를 판단하려는 듯한 표정을 지었다.

“글쎄다… 잘 모르겠는걸.” 그가 중얼거리듯 말했다. “나도 열두 살 때 너만큼 컸거든.”

물론 사실이 아니었다. 그건 아들이 ‘정상’이라고 믿고자 했던 로저 버튼의 조용한 자기 합의에서 나온 말일뿐이었다.

결국 타협이 이루어졌다. 벤저민은 앞으로도 계속 머리카락을 염색하고, 또래 아이들과 더 열심히 어울리려 노력하기로 했다. 길거리에서는 안경을 쓰거나 지팡이를 들고 다니지 않겠다고도 약속했다. 그 대신, 생애 처음으로 긴 바지를 입는 것이 허락되었다.

4

벤저민 버튼이 열두 살에서 스물한 살이 될 때까지의 삶에 대해서는 특별히 덧붙일 만한 것이 없다. 그 시기는 그저, 정상적인 ‘역성장’의 시기였다고만 기록해 두면 충분할 것이다. 열여덟 살이 되었을 때, 그는 쉰 살 남자처럼 곧은 자세를 갖게 되었다. 머리숱은 훨씬 풍성해지고 머리카락은 짙은 회색으로 변했다. 걸음걸이에는 힘이 실렸고, 목소리는 더 이상 떨리거나 갈라지지 않고 건강한 바리톤으로 낮아져 있었다. 이

모습을 본 아버지는 그를 코네티컷으로 보내 예일대학교 입학시험을 치르게 했다. 벤저민은 시험에 합격했고, 신입생으로 등록을 마쳤다.

입학 등록을 마친 지 사흘째 되던 날, 그는 대학 등록 담당자인 하트 씨로부터 사무실로 오라는 통지를 받았다. 수업 일정을 정하기 위한 면담이었다. 벤저민은 거울을 힐끗 들여다보다가, 머리에 다시 갈색 염색약을 발라야겠다고 생각했다. 하지만 불안한 마음으로 서랍을 뒤졌을 때, 염색약 병은 보이지 않았다. 전날 다 써버리고 병을 버렸다는 사실이 그제야 떠올랐다.

그는 곤란한 상황에 처했다. 등록 담당자 사무실에 가야 할 시간이 고작 5분밖에 남지 않았던 것이다. 달리 방법이 없었다. 있는 모습 그대로 가는 수밖에. 그는 그대로 사무실로 향했다.

"안녕하세요." 하트 씨가 정중히 인사했다. "아드님 일로 오신 거죠?"

"그게요, 제 이름이 버튼인데요…" 벤저민이 말을 꺼내려는 순간, 하트 씨가 말을 잘랐다.

"아, 반갑습니다, 버튼 씨. 곧 아드님이 올 거라고 생각하고 있었습니다."

"그게 접니다!" 벤저민이 외쳤다. "제가 신입생입니다!"

"뭐라고요?"

"제가 신입생입니다."

"설마 농담하시는 거겠죠?"

"전혀 아닙니다."

등록 담당자는 얼굴을 찌푸리며 책상 위에 놓인 카드 한 장을 흘끗 내려다봤다. "흠, 여기 기록에 따르면 벤저민 버튼 씨의 나이는 열여덟 살인데요."

"맞습니다. 제 나이입니다." 벤저민이 약간 얼굴을 붉히며 말했다.

담당자는 지친 눈빛으로 그를 바라보았다. "설마, 버튼 씨. 제가 그 말을 믿을 거라고 생각하는 건 아니겠죠?"

벤저민은 힘없는 미소를 지어 보였다. "전 정말 열여덟 살입니다."

등록 담당자는 단호하게 문을 가리켰다. "나가세요. 이 대학에서, 이 도시에서 당장 나가시라고요. 당신은 위험한 정신병자입니다."

"전 열여덟 살입니다."

하트 씨는 문을 활짝 열며 소리쳤다. "말도 안 되는 소릴 하고 있어! 그 나이에 신입생으로 들어오겠다고? 자기가 열여덟 살이라고? 좋아, 그럼 18분 줄 테니 당장 이 도시에서 꺼져."

벤저민 버튼은 품위를 잃지 않고 사무실을 나섰다. 복도에 기다리고 있던 여섯 명 남짓 되는 학부생들의 호기심 가득한 시선이 그를 따라 움직였다. 얼마쯤 가던 그는 걸음을 멈추고 돌아섰다. 그리고 여전히 분노에 찬 얼굴로 문간에 서 있는 등록 담당자를 향해, 단호한 목소리로 외쳤다. "저는 열여덟 살입니다."

복도에 있던 학생들 무리에서 웃음이 터져 나왔고, 벤저민은 조용히 자리를 떠났다.

하지만 그렇게 간단히 빠져나올 수 있는 운명이 아니었다. 그가 침울한 마음으로 기차역까지 걸어가는 동안, 처음엔 몇몇 학생이 뒤따르더니 곧 무리가 되었고, 마침내는 학생들로 빽빽이 들어찬 군중이 그의 뒤를 따라왔다. 웬 미치광이가 예일대 입학시험에 합격해 놓고는 열여덟 살 청년인 척하고 있다는 소문이 순식간에 퍼진 것이었다. 캠퍼스 전체가 흥분으로 들끓었다. 남학생들은 모자도 쓰지 않은 채 강의실에서 뛰쳐나왔고, 미식축구팀은 연습을 내팽개치고 군중에 합류했다. 교수들의 아내들은 모자를 비뚤게 쓰고 치마받이 틀이 흐트러진 채 거리로 뛰쳐나와, 행렬을 따라가며 소리를 질러댔다. 행렬 속에서 벤저민 버튼의 여린 자존심을 정면으로 찌르는 말들이 끊임없이 쏟아졌다.

"떠돌이 유대인이다!"

"대학은 무슨, 고등학교나 가야지!"

"영재 났네, 영재 났어!"

"대학을 양로원으로 착각했나 봐!"

"하버드에나 가시지!"

벤저민은 처음에 걸음을 재촉하다 이내 달리기 시작했다. 이를 악물고 생각했다. 그래, 보여주겠어! 반드시 하버드에 들어가서 지금 저들이 던지는 이 무책임한 조롱을 언젠가는 분명히 후회하게 만들어 주겠다고!

볼티모어행 기차에 무사히 올라탄 그는 창밖으로 고개를 내밀고 소리쳤다.

"분명 후회하게 될 거야!"

"하하!" 학생들이 웃음을 터뜨렸다. "하하하!"

그날 일은 예일대 역사상 가장 어처구니없는 사건으로 남게 되었다.

5

1880년, 스무 살이 된 벤저민 버튼은 그의 생일부터 아버지의 회사인 로저 버튼 철물 도매 상사에서 일하기 시작했다. 이른바 '사교 활동'을 시작한 것도 바로 그해였다. 정확히 말하자면, 아버지가 그를 고급 무도회에 억지로 데려가기 시작한 것이었다. 로저 버튼은 이제 쉰 살이었고, 아들과 점점 더 친구처럼 지내게 되었다. 사실 벤저민이 더는 머리를 염색하지 않게 되면서 — 머리는 여전히 회색빛을 띠고 있었지만 — 두 사람은 거의 같은 나이로 보였고, 형제라고 해도 이상하지 않을 정도였다.

8월 어느 날 밤, 두 사람은 연미복 차림으로 사륜 쌍두마차에 올라탔다. 목적지는 볼티모어 외곽 셰블린 저택에서 열리는 무도회였다. 그날은 정말로 아름다운 저녁이었다. 보름달이 길을 뿌연 백금 빛으로 물들이고, 늦게 피는 수확철 꽃들이 고요한 공기 속으로 낮고 희미한 웃음 같은 향기를 흘려보냈다. 대낮처럼 투명하게 빛나는 밀밭이 사방으로 펼쳐진 들판을 카펫처럼 덮고 있었다. 누구라도 하늘 아래 펼쳐진 이 순수한 아름다움 앞에 감탄하지 않을 수 없는 밤이었다. 모두가 그랬던 건 아니지만.

"의류 잡화 도매업은 앞으로 전망이 아주 밝아." 로저 버튼이 말했다. 그는 사색적인 사람은 아니었고, 미적 감각도 지극히 초보적인 수준에 불과했다.

"나처럼 나이 든 사람은 새로운 걸 배우기 어려워." 그는 심각한 표정으로 말을 이었다. "앞으로는 너처럼 열정과 활기가 넘치는 젊은이들에게 미래가 열려 있는 거지."

저 멀리 길 끝으로 셰블린 저택의 불빛이 어렴풋이 보이기 시작했다. 이윽고 어디선가 한숨 같은 소리가 끈질기게 그들을 향해 다가왔다. 그것은 바이올린이 내는 섬세한 통곡 같기도 했고, 달빛 아래 은빛 밀밭이 바스락거리는 소리 같기도 했다.

그들이 탄 마차는 막 손님들이 내리고 있는 멋진 사륜마차 뒤에 멈춰 섰다. 먼저 한 부인이 내렸고, 이어서 나이 지긋한 신사가 모습을 드러냈다. 마지막으로는 치명적으로 아름다운 젊은 여인이 마차에서 내렸다. 벤저민은 흠칫 놀랐다. 마치 화학 반응이라도 일어난 듯, 그의 몸을 이루고 있던 근본적인 요소들이 녹아내렸다가 다시 조합되는 듯한 느낌이었다. 전율이 온몸을 타고 흐르고, 얼굴과 이마로 피가 솟구쳤으며, 귓가에는 일정한 고동 소리가 메아리쳤다.

첫사랑이었다.

그 젊은 여인은 가냘프고 연약한 체구를 지녔고 달빛 아래에서 잿빛처럼 보이던 머리카락이 현관의 깜빡이는 가스등 아래에서는 꿀빛으로 빛났다. 어깨 위로는 검은 나비 무늬가 수놓인 부드러운 노란빛 스페인산 레이스 숄이 흘러내렸고, 드레스 자락 아래 살짝 드러난 발은 마치 반짝이는 단추 같았다.

로저 버튼이 몸을 숙여 아들에게 귀띔했다. "힐데가드 몽크리프 양이야. 몽크리프 장군의 딸이지."

벤저민은 냉담한 표정으로 고개를 끄덕였다. "귀여운 아가씨네요." 그가 무심한 척 말했다. 하지만 흑인 마부가 마차를 끌고 가자, 그는 낮게 덧붙였다. "아버지, 저 아가씨와 인사 나누게 해주세요."

두 사람은 힐데가드 몽크리프 양을 중심으로 모여든 무리 쪽으로 다가갔다. 전통적인 예절 교육을 받은 그녀는 벤저민 앞에서 살짝 무릎을 굽히고 고개를 숙이며 인사했다. 함께 춤춰도 좋다는 뜻이었다. 벤저민은 감사 인사를 건넨 뒤 비틀거리며 자리를 떴다.

자기 차례를 기다리는 동안 시간이 끝없이 이어지는 듯했다. 벤저민은 벽 가까이에 말없이 서서, 힐데가드 몽크리프 주위를 맴도는 볼티모어의 젊은이들을 날 선 눈빛으로 지켜보았다. 그들의 얼굴에는 그녀에게 흠뻑 빠져 있다는 기색이 역력했다. 벤저민의 눈에 그들은 하나같이 불쾌할 만큼 생기가 넘쳤고, 그 갈색으로 곱게 말린 수염은 갑자기 소화 불량이라도 걸린 것처럼 거북할 정도였다.

마침내 자신의 차례가 돌아와, 그녀와 함께 파리에서 막 들어온 최신 왈츠 선율에 맞춰 춤추는 사람들로 끊임없이 바뀌는 무도회장의 바닥 위로 나아갔을 때, 그의 질투와 불안은 눈처럼 스르르 녹아내렸다. 황홀감에 눈이 멀어, 그는 마치 이제야 비로소 인생이 시작되는 듯한 기분을 느꼈다.

"당신이랑 형제분, 우리랑 거의 동시에 도착하셨죠?" 힐데가드가 반짝이는 파란 에나멜 같은 눈으로 그를 올려다보며 물었다.

벤저민은 잠시 망설였다. 그녀가 자신을 아버지의 형제로 착각하고 있다는 사실을 바로잡아야 할까? 순간 예일대에서 겪었던 일이 떠올랐다. 그는 굳이 밝히지 않기로 했다. 숙녀의 말을 정면으로 부정하는 건 무례한 일일뿐 아니라, 이 황홀한 순간을 자신의 기이한 출생 이야기로 망치는 것은 죄악에 가까웠다. 언젠가 말할 기회가 있을지도 몰랐다. 그는 고개를 끄덕이고, 미소를 지으며, 그녀의 말을 조용히 들었다. 행복했다.

“전 당신 나이대 남자들이 좋아요.” 힐데가드가 말했다. “젊은 남자들은 정말 바보 같거든요. 대학에서 샴페인을 얼마나 마셨는지, 카드놀이로 돈을 얼마나 잃었는지 그런 이야기밖에 할 줄 모르잖아요. 그런데 당신 또래의 남자들은 여자를 정말 잘 이해하죠.”

벤저민은 자기도 모르게 청혼할 뻔했다. 간신히 그 충동을 억눌렀다.

“쉰 살, 지금이 딱 로맨틱한 나이예요.” 힐데가드는 말을 이었다. “스물다섯은 세상 물정을 너무 아는 척하고, 서른은 과로로 창백해 보이고, 마흔은 시가 한 대는 피워야 끝날 긴 이야기를 줄줄이 늘어놓는 나이죠. 예순은… 아휴, 예순은 칠십이랑 너무 가까워요. 하지만 쉰 살은 잘 익은 나이예요. 난 쉰 살이 정말 좋아요.”

그 순간 벤저민에게 쉰 살은 찬란한 황금기처럼 느껴졌다. 그는 자신이 진심으로 쉰 살이기를 바랐다.

“난 늘 그렇게 말해왔어요.” 힐데가드는 말을 이었다. “서른 살 남자랑 결혼해서 내가 돌보느니, 쉰 살 남자랑 결혼해서 보호받고 사는 게 훨씬 낫다고요.”

그날 밤, 벤저민은 꿀빛 안갯속에 잠긴 듯한 시간을 보냈다. 힐데가드는 그에게 두 번 더 춤을 허락했고, 둘은 당대의 온갖 주제에 대해 놀라울 만큼 생각이 잘 통한다는 사실을 깨달았다. 그들은 다음 일요일에 함께 마차를 타기로 약속했고, 그때 오늘 나눈 모든 이야기를 좀 더 깊이 나눠보기로 했다.

벌들이 깨어나 윙윙거리기 시작하고, 희미해진 달빛이 서늘한 이슬에 반사되는 새벽녘, 마차를 타고 집으로 돌아오면서 아버지는 철물 도매업에 대한 이야기를 이어갔지만, 벤저민의 귀에는 거의 들어오지 않았다.

"…그래서 말이다, 망치랑 못 다음으로 우리가 가장 주목해야 할 품목이 뭐라고 생각하니?" 로저 버튼이 그렇게 묻고 있었다.

"사랑이요." 딴생각에 잠겨 있던 벤저민이 넋두리처럼 대답했다.

"무슨 뚱딴지같은 소리냐! 지금 일 얘기하고 있잖아." 로저 버튼이 버럭 소리를 질렀다.

벤저민은 멍한 눈으로 아버지를 바라보았다. 그때, 동쪽 하늘이 갑자기 빛으로 갈라지며 환해졌고, 생기를 되찾은 나무들 사이로 꾀꼬리 한 마리가 하품이라도 하듯 날카롭게 울어댔다.

6

여섯 달 뒤, 힐데가드 몽크리프 양과 벤저민 버튼 씨의 약혼 소식이 알려졌을 때 ― '발표되었다'고 하긴 어려웠다. 몽크리프 장군이 그 사실을 직접 알리느니 차라리 자결하겠다고 선언했기 때문이다 ― 볼티모어 사교계는 열광에 가까운 흥분에 휩싸였다. 거의 잊혔던 벤저민의 출생 이야기가 다시 수면 위로 떠올랐고, 기괴하고도 믿기 어려운 이야기로 각색되어 추문의 바람을 타고 세상에 퍼져나갔다. 어떤 이들은 벤저민이 사실 로저 버튼의 아버지라고 했고, 어떤 이는 그가 40년간 감옥에 갇혀 있다 나온 형제라고 주장했다. 변장한 존 윌크스 부스*라는 말도 나돌았고, 심지어 머리에 뾰족한 작은 뿔이 두 개 솟아 있다는 주장까지 나왔다. 뉴욕 신문들의 일요판은 이 사건을 대서특필하며 눈길을 사로잡는 삽화들을 실었다. 벤저민의 머리가 물고기 몸에 붙어 있기도 하고, 뱀의 몸통이나 황동 몸체에 달려있는 그림도 있었다. 언론은 그를 '메릴랜드의 미스터리 맨'이라 불렀지만, 언제나 그렇듯 진실은 좀처럼 알려지지 않았다.

---

* John Wilkes Booth. 링컨 대통령의 암살범, 작중 이 시점에서는 이미 죽은 지 오래된 인물이다.

다만 한 가지에 대해서만은 모두가 몽크리프 장군과 뜻을 같이했다. 볼티모어의 그 어떤 청년과도 결혼할 수 있었을 아름다운 아가씨가, 누가 봐도 쉰 살은 되어 보이는 남자의 품에 안긴 것은 실로 '범죄'에 가깝다는 것이었다. 로저 버튼 씨는 아들의 출생증명서를 〈볼티모어 블레이즈〉지에 큼지막하게 게재했지만 아무런 소용이 없었다. 사람들은 믿지 않았다. 벤저민을 한 번 보기만 해도 그럴 수밖에 없었다.

하지만 정작 당사자 둘은 조금도 흔들림이 없었다. 약혼자에 대한 온갖 소문 중 터무니없는 것들이 너무나 많았기 때문에, 힐데가드는 진짜 이야기조차 믿지 않으려 했다. 몽크리프 장군이 쉰 살 남성의 사망률—적어도 그렇게 보이는 남자들의 사망률—을 아무리 강조해 봐도, 철물 도매업의 불안정성에 대해 설득해 봐도 소용없었다.

힐데가드는 잘 익은 나이를 결혼 상대로 선택했고, 결국 결혼에 골인했다.

7

적어도 한 가지만큼은 힐데가드 몽크리프의 지인들이 틀

렸다. 철물 도매업은 놀라울 만큼 번창했다. 벤저민 버튼이 1880년에 결혼하고 그의 아버지가 1895년에 은퇴하기까지 15년 동안 버튼 가문의 재산은 두 배로 불어났고, 그 공은 전적으로 회사의 젊은 구성원, 바로 벤저민 덕분이었다.

말할 것도 없이, 결국 볼티모어는 이 부부를 받아들였다. 심지어 몽크리프 장군마저 사위와 화해했는데, 그것은 벤저민이 그에게 출판 비용을 대준 덕분이었다. 장군은 수십 년에 걸쳐 집필했지만 무려 아홉 곳의 출판사에서 퇴짜를 맞았던 20권짜리 〈남북전쟁사〉 전집을 마침내 세상에 내놓을 수 있었다.

벤저민 자신에게도 그 15년은 커다란 변화를 가져다주었다. 온몸에 피가 힘차게 돌고 있다는 느낌이 들었고, 아침에 눈을 뜨는 일조차 즐거웠다. 햇살 가득한 분주한 거리를 활기찬 걸음으로 걷는 것도, 못과 망치를 다루는 업무도 조금의 지침 없이 감당할 수 있었다. 1890년에는 기발한 상술로까지 이름을 알렸다. 그는 못을 담은 상자를 봉하는 데 사용된 못 역시, 그 상자를 받는 사람의 소유로 간주해야 한다고 주장했고, 이 제안은 마침내 공식적인 법규로 채택되어 포실 대법원장의 승인까지 받았다. 이 덕분에 로저 버튼 철물 도매 상사는 해마다 못을 600개 넘게 절약할 수 있게 되었다.

게다가 벤저민은 점차 인생을 '즐기는 것'에 더 깊이 끌리게 되었다. 향락에 대한 그의 열정은 날로 커졌다. 그가 볼티모어시에서 자동차를 가장 먼저 소유하고 직접 운전한 인물이었다는 사실이 이를 잘 보여준다. 거리에서 그와 마주친 또래들은, 건강과 활력이 넘치는 그의 모습에 부러운 시선을 보냈다.

"저 친구는 해가 갈수록 젊어지는 것 같군." 그의 또래들은 그렇게 말하곤 했다. 한편, 한때 아들을 온전히 받아들이지 못했던 로저 버튼은 이제 예순다섯이 되었고 벤저민에게 찬양에 가까운 애정을 쏟으며 그 빚을 갚고 있었다.

이제부터는 다소 불쾌한 이야기가 하나 등장할 차례다. 가능한 한 빠르게 지나가기로 하자. 벤저민 버튼을 괴롭히는 단하나의 문제가 있었으니, 그것은 더 이상 아내에게 끌리지 않는다는 사실이었다.

그 무렵 힐데가드는 서른다섯 살이었고, 열네 살 난 아들 로스코가 있었다. 결혼 초기에 그녀에 대한 그의 사랑은 숭배에 가까웠다. 그러나 세월이 흐르며 그녀의 꿀빛 머리카락은 평범한 갈색으로 바랬고, 파란 에나멜처럼 반짝이던 눈동자는 이제 값싼 도자기처럼 흐릿한 빛을 띠었다. 무엇보다 그녀는 지나치게 자기 방식에 안주하게 되었고, 열정도 없고, 감정의 기복도 거의 없으며, 취향도 시시했다. 결혼 초에는 그녀가 벤저민을 '억지로' 무도회나 만찬에 데리고 나가곤 했지만, 이제 상황은 완전히 뒤바뀌었다. 여전히 사교 모임에 함께 나가긴 했지만, 거기엔 예전 같은 활기가 없었다. 그녀는 이미 ─ 언젠가 우리 모두에게 찾아와 끝내 곁에 머무는 ─ 그 영원한 무기력에 잠식되어 있었다.

벤저민의 불만은 점점 더 커져만 갔다. 1898년, 미국–스페인 전쟁이 발발했을 무렵, 집은 더 이상 그에게 아무런 매력도 느껴지지 않는 곳이 되어 있었고, 마침내 그는 군에 입대하기로 결심했다. 사업가로서의 영향력을 발휘해 대위로 임관한 그는, 놀라운 적응력을 발휘하며 곧 소령으로 승진했고, 산후안 언덕 전투에 앞서 중령 계급장까지 달게 되었다. 그는 그 돌격전에서 가벼운 부상을 입었으며 훈장도 받았다.

군에서의 생동감 넘치는 삶에 매료되었던 그는, 그 생활을 포기하는 것이 못내 아쉬웠지만 회사를 돌봐야 했기에 결국 군복을 벗고 집으로 돌아왔다. 그가 돌아오는 날, 군악대가 역으로 나와 그를 맞이했고, 집까지 호위했다.

8

힐데가드는 큼직한 비단 깃발을 흔들며 현관에서 그를 맞이했다. 벤저민은 그녀에게 입을 맞추면서도 마음 한편이 철렁 내려앉는 것을 느꼈다. 지난 3년의 세월은 그녀에게 뚜렷한 흔적을 남기고 있었다. 이제 마흔 살이 된 그녀의 머리카락에 휘빛이 서서히 섞이기 시작했고, 그 모습은 벤저민을 우울하게 만들었다.

그는 자신의 방으로 올라가 익숙한 거울 앞에 섰다. 불안한 마음으로 거울에 바짝 다가가 자신의 얼굴을 자세히 들여다보았다. 그리고 입대 직전에 군복을 입고 찍은 사진과 조심스레 비교해 보았다.

"맙소사…" 그가 중얼거리듯 말했다. 변화는 여전히 진행 중이었다. 의심할 여지가 없었다. 그는 이제 서른 살 남자처럼 보였다. 기쁘기는커녕 두려움이 앞섰다. 그는 점점 더 젊어지고 있었다. 그동안 그는 언젠가 자신의 육체 나이가 실제 나이와 같아지면, 태어날 때부터 그를 따라다닌 이 기괴한 현상이 멈출 거라고 믿어 왔다. 온몸이 떨렸다. 이 얼마나 끔찍하고 기이한 운명이란 말인가.

아래층으로 내려오자, 힐데가드가 그를 기다리고 있었다.

그녀는 어딘가 언짢은 기색이었고, 벤저민은 그녀 역시 무언가 이상하다는 것을 눈치챈 게 아닐까 싶었다. 저녁 식사 자리에서 그는 긴장을 조금이나마 풀기 위해 조심스럽게 그 문제를 꺼냈다.

"음, 다들 내가 전보다 더 젊어 보인대." 벤저민이 가볍게 말을 꺼냈다.

힐데가드는 경멸 섞인 눈빛으로 그를 바라보았다. 그러더니 콧방귀를 뀌며 말했다. "그게 자랑할 일이라고 생각해?"

"자랑하려는 게 아니야." 그가 불편한 기색으로 말했다.

힐데가드는 다시 콧방귀를 뀌었다. "참나." 그러고는 잠시 뜸을 들이다가 말했다. "당신이라면, 적어도 그 정도에서 멈출 줄 아는 자존심은 있을 줄 알았어."

"어떻게 멈추라는 거야?" 벤저민이 따지듯 되물었다.

"당신이랑 말싸움하고 싶진 않아." 힐데가드는 차갑게 쏘아붙였다. "하지만 세상엔 뭐든지 옳은 방식이 있고, 잘못된 방식이 있는 법이야. 당신이 남들과 다르게 살겠다고 마음먹은 거라면, 내가 막을 순 없겠지. 하지만 그게 배려 있는 행동으로 보이진 않아."

"하지만 힐데가드, 난 정말 그만둘 수가 없어."

"아니, 당신은 할 수 있어. 그냥 고집을 부리는 거야. 남들처럼 보이기 싫다고 생각하는 거지. 당신은 언제나 그랬고, 앞으로도 그럴 거야. 하지만 모든 사람이 당신처럼 행동한다면 세상이 어떻게 되겠어?"

아예 반박조차 할 수 없는 너무도 어이없는 주장이었다. 벤저민은 대꾸하지 않았다. 그날 이후, 두 사람 사이의 골은 점점 깊어지기 시작했다. 벤저민은 문득, 과거에 그녀의 어떤 점에 매력을 느꼈던 건지조차 의아해졌다.

두 사람 사이를 더욱 멀어지게 만든 것은, 세기가 바뀌며 벤저민의 '유쾌한 삶'에 대한 갈망이 더욱 커졌다는 사실이었다. 그는 종류를 불문하고 볼티모어시에서 열리는 파티에 빠짐없이 참석했다. 가장 젊고 아름다운 기혼 여성들과 춤을 추고, 사교계에 갓 데뷔한 아가씨들 중에서도 가장 인기 있는 이들과 담소를 나누었다. 그들과 어울리는 시간은 그에게 그저 매력적으로만 느껴졌다. 반면, 그의 아내는 마치 늙은 미망인처럼 불길한 기운을 풍기며 사교계 부인들 틈에 앉아 있었다. 때로는 거만하고 불만 가득한 표정을 짓기도 했고, 때로는 근엄하고 혼란스러운, 혹은 책망하는 눈빛으로 남편을 바라보았다.

"저기 좀 봐!" 사람들이 수군거렸다. "딱하기도 해라. 저렇게 젊은 남자가 마흔다섯 살이나 된 여자한테 잡혀 있다니. 남편이 부인보다 스무 살은 어려 보여." 사람이라면 으레 잊기 마련이듯, 그들은 잊고 있었다. 1880년에도 그들의 부모 세대가 이 어울리지 않는 한 쌍을 두고 똑같이 수군거렸다는 사실을.

집 안에서 점점 커져 가는 벤저민의 불행은, 수많은 새로운 관심사들로 어느 정도 상쇄되었다. 그는 골프에 손을 대자마자 뛰어난 실력을 보였고, 춤에도 깊이 빠져들었다. 1906년에는 '보스턴 스텝'의 달인으로 불렸고, 1908년에는 '머시셔 춤'에서도 능숙하다는 평을 들었으며, 1909년에는 '캐슬 워크' 실력으로 모든 청년들에게 부러움을 샀다.

물론 그의 활발한 사교 활동은 어느 정도 사업에 지장을 주기도 했다. 하지만 그는 이미 25년 동안 철물 도매업에 전념해 온 터라, 하버드를 막 졸업한 아들 로스코에게 머지않아 사업을 물려줄 수 있으리라 생각하고 있었다. 어차피 그가 아들이고, 아들이 아버지인 것처럼 보이기도 했다. 그런 오해는 벤저민에게 묘한 기쁨을 안겨주었다. 미국-스페인 전쟁에서 돌아온 직후 그를 휘감았던 불안은 어느새 잊혔고, 그는 자신의 외모에 대해 순진한 만족감을 느끼게 되었다. 그 행복에 찬물을 끼얹는 유일한 일은, 아내와 함께 사람들 앞에 나서는 것이었다. 힐데가드는 이제 거의 쉰 살이었고, 그녀와 함께 있을 때마다 그는 자신이 우스꽝스럽게 느껴졌다.

9

1910년 9월 어느 날, 로저 버튼 철물 도매 상사가 젊은 로스코 버튼에게 넘어간 지도 몇 해가 지난 무렵, 스무 살 남짓으로 보이는 한 남자가 케임브리지의 하버드대학교에 신입생으로 등록했다. 이번에 그는 자신이 다시 쉰 살처럼 보일 일은 없을 거라고 말하는 실수를 저지르지도 않았고, 자신의 아들이 이미 10년 전에 같은 학교를 졸업했다는 사실도 언급하지 않았다.

그는 입학을 허가받았고, 곧바로 주목받는 존재가 되었다. 평균 나이가 열여덟 정도 되는 다른 신입생들보다 훨씬 원숙해 보인다는 점도 도움이 되었다.

하지만 그가 유명해진 가장 큰 계기는 예일과의 미식축구 경기였다. 그는 그 경기에서 눈부신 활약을 펼쳤다. 엄청난 기세와 차갑고도 가차 없는 분노로 경기에 임한 그는 터치다운 일곱 번과 필드골 열네 번을 성공시켰고, 예일팀 선수 열한 명 전원을 모두 의식을 잃은 채로 하나둘씩 들것에 실려 나가게 만들었다. 그는 단연코 캠퍼스에서 가장 유명한 인물이 되었다.

이상한 일이었지만, 3학년이 되었을 때 그는 '겨우' 선수 명단에 이름을 올릴 수 있을 정도였다. 코치들은 그의 체중이 줄었다고 말했고, 좀 더 예리한 이들의 눈에는 키마저 예전보다 약간 작아진 듯 보였다. 그는 한 번도 터치다운을 하지 못했다. 사실 그는 예일 팀에 공포와 혼란을 안겨줄 것이라는 기대감 덕분에 겨우 팀에 남아 있었을 뿐이었다.

4학년이 되자 미식축구팀에 들어가지도 못했다. 너무 여위고 허약해진 탓이었다. 어느 날은 2학년 학생들이 그를 신입생으로 착각하기까지 했고, 그 일은 그에게 큰 굴욕감을 안겼다. 그는 곧 신동으로 불리게 되었는데, 아무리 봐도 열여섯을 넘지 않아 보이는 4학년생이었기 때문이다. 그는 동급생들의 어른스러운 언행에 자주 놀랐고, 학업도 점점 따라가기 힘들어졌다. 수업 내용이 너무 어렵게 느껴졌던 것이다. 어느 날 그는 동기들이 입학 전에 다녔다는 명문 예비학교, 세인트 마이다스에 대해 이야기하는 것을 들었다. 졸업 후 자신도 그 학교에 입학하겠다고 결심했다. 자신과 체격이 비슷한 또래 소년들 틈에서 보호받으며 지내는 삶이 지금의 대학 생활보다 훨씬 더 자신에게 잘 맞을 것 같았기 때문이다.

1914년, 벤저민은 하버드 졸업장을 주머니에 넣고 볼티모어의 집으로 돌아왔다. 힐데가드는 이제 이탈리아로 거처를 옮긴 상태였고, 벤저민은 아들 로스코와 함께 지내기로 했다. 로스코는 겉으로는 아버지를 반기는 듯했지만, 그 감정에는 진심이 담겨 있지 않았다. 우울한 사춘기 소년처럼 집 안을 어슬렁거리는 아버지가 못마땅하다는 기색이 아들의 태도에서 분명하게 느껴졌다. 로스코는 이미 결혼해 있었고, 볼티모어 사회에서 영향력 있는 인물로 자리 잡은 상태였다. 그는 가족과 관련된 어떤 추문도 새어 나가기를 바라지 않았다.

이제 벤저민은 사교계에 갓 데뷔한 아가씨들이나 젊은 대학생들 사이에서 더 이상 환영받지 못했고, 결국 동네 열다섯 살짜리 소년 서넛과 어울리는 것 외에는 거의 혼자 지내게 되었다. 그 무렵, 그는 다시 한번 세인트 마이다스 예비학교에 가겠다는 생각에 사로잡혔다.

어느 날 벤저민은 조심스럽게 말을 꺼냈다. "애야, 내가 예비학교에 가고 싶다고 여러 번 말했잖니."

"가시든가요." 로스코는 짧게 대답했다. 그 문제는 그에게 불쾌했고, 대화 자체를 이어가고 싶지 않은 눈치였다.

"나 혼자서는 못 가지." 벤저민이 난처하다는 듯 말했다. "네가 학교에 등록도 시켜주고, 데려다줘야 해."

“나 바빠요.” 로스코가 퉁명스럽게 말했다. 그는 눈을 가늘게 뜨고 아버지를 불편한 눈빛으로 바라보았다. “이제 이런 짓 좀 그만두세요. 지금 당장 멈추라고요. 이제 더는… 이런 짓 좀…” 잠시 말을 고르는 그의 얼굴이 붉게 달아올랐다. “장난도 정도가 있죠. 더는 웃기지도 않아요. 당신… 똑바로 좀 하라고!”

벤저민은 금방이라도 울음을 터뜨릴 듯한 얼굴로 그를 바라보았다.

“그리고 한 가지 더.” 로스코가 말을 이었다. “손님이 집에 와 있을 때, 나를 ‘로스코’라고 부르지 말고 ‘삼촌’이라고 불러요. 알겠어요? 열다섯 살쯤 돼 보이는 애가 내 이름을 부른다는 게 말이 돼요? 아니, 아예 평소에도 그냥 ‘삼촌’이라고 불러요. 그래야 익숙해지죠.”

그는 아버지를 노려보다가, 이내 고개를 홱 돌려버렸다.

10

대화가 끝난 뒤, 벤저민은 풀이 죽은 채 위층으로 올라가 거울 앞에 멍하니 섰다. 면도는 석 달째 하지 않았지만, 얼굴엔 손댈 필요도 없어 보이는 희끗희끗한 솜털만이 나 있었다. 하버드에서 막 돌아왔을 무렵, 로스코는 그에게 안경을 쓰고 인조 수염을 붙이라고 제안한 적이 있었다. 어린 시절의 우스꽝스러운 연극이 되풀이되는 듯한 기분이었다. 하지만 인조 수염은 가려웠고, 벤저민에게 깊은 수치심만 안겨주었다. 그가 울자, 로스코는 마지못해 뜻을 접었다.

벤저민은 《비미니 만의 보이스카우트》라는 소년 모험소설을 펼쳐 들었다. 하지만 머릿속엔 온통 전쟁 생각뿐이었다. 한 달 전, 미국이 연합군에 합류했고, 벤저민도 입대를 간절히 바라고 있었다. 하지만 열여섯은 되어야 입대할 수 있었고, 지금의 그는 절대 열여섯으로 보이지 않았다. 실제로는 쉰일곱이지만, 그 나이는 아예 자격조차 되지 않았다.

그때 문 두드리는 소리가 나더니 집사가 편지 한 통을 건넸다. 봉투 한쪽 모서리에는 큼직한 공식 인장이 찍혀 있었고, 수신인은 벤저민 버튼 씨로 되어 있었다. 벤저민은 두근거리는 가슴으로 봉투를 찢어 열고, 안에 든 문서를 반가운 마음으로 읽었다. 편지에는 미국-스페인 전쟁 당시 복무했던 예비역 장교들 가운데 상당수가 더 높은 계급으로 재소집되고 있다는 소식이 담겨 있었고, 동봉된 명령서에는 그가 미 육군 준장으로 임관되었으며 즉시 복무를 시작하라는 지시가 적혀 있었다.

흥분한 벤저민은 벌떡 자리에서 일어났다. 그가 바라고 바라던 일이었다. 그는 곧장 모자를 집어 들고 집을 나섰다. 십 분도 채 지나지 않아 찰스 거리에 있는 커다란 양복점에 들어선 그는 불확실한 가느다란 목소리로 군복을 맞추고 싶다고 말했다.

"군인 놀이하고 싶냐, 꼬마야?" 점원이 시큰둥하게 물었다.

벤저민의 얼굴이 확 달아올랐다. "이봐! 내가 뭘 하든 상관하지 마!" 그가 성난 목소리로 내뱉었다.

"내 이름은 버튼이고, 마운트 버넌 플레이스에 살아. 그러니까 내가 믿을 만한 사람이라는 건 알 거 아냐."

"흠." 점원이 머뭇거리며 말했다. "넌 아니라도 네 아버지는 믿을 만한 사람이겠지."

그는 치수를 쟀고, 일주일 뒤 군복이 완성되었다. 하지만 준장 계급장을 구하는 일은 쉽지 않았다. 판매상이 자꾸 YWCA 배지를 달아도 똑같이 멋질 거라며, 그게 훨씬 더 재밌게 가지고 놀 수 있을 거라고 우겼기 때문이었다.

로스코에게는 알리지 않은 채, 그는 어느 날 밤 집을 떠나 기차를 타고 사우스캐롤라이나의 모스비 훈련소로 향했다. 그곳에서 그는 보병 여단을 지휘하게 되어 있었다. 무더운

4월의 어느 날, 훈련소 입구에 도착했다. 역에서부터 타고 온 택시의 요금을 치르고는, 보초를 서고 있던 병사에게로 고개를 돌렸다.

"짐 옮길 사람 좀 불러줘!" 그가 재빨리 말했다.

보초가 어이없다는 얼굴로 쳐다보았다. "꼬마야, 장군님 군복 입고 어디 가냐?"

미국-스페인 전쟁 참전용사 벤저민은 눈에 분노를 담고 보초를 향해 휙 돌아섰다. 하지만 안타깝게도, 그의 목소리는 점점 더 가늘고 높은 소리로 바뀌는 중이었다.

"차렷!"

그는 우렁차게 외치려 했지만, 숨을 고르느라 잠시 말을 멈춰야 했다. 그 순간, 보초가 발뒤꿈치를 철썩 붙이며 소총을 정자세로 들어 올리는 모습이 눈에 들어왔다. 벤저민은 흐뭇한 미소를 간신히 감췄다. 그러나 주위를 둘러보는 순간, 그 미소가 사라져 버렸다. 보초의 경례는 자신이 아니라, 말을 타고 위풍당당하게 다가오고 있는 포병대 대령을 향한 것이었다.

"대령!" 벤저민이 새된 목소리로 외쳤다.

고삐를 당겨 말을 멈춘 대령은 눈에 장난기 어린 반짝임을 담은 채 벤저민을 내려다보았다. "넌 누구 아들이냐?" 대령이 다정한 어조로 물었다.

“내가 누구 아들인지 지금 당장 보여주지!” 벤저민이 사납게 받아쳤다. “그 말에서 내려와!”

대령은 웃음을 터뜨렸다.

“왜, 네가 타려고, 꼬마 장군님?”

“자, 이걸 봐라!” 벤저민이 다급하게 외치며 임명장을 대령에게 내밀었다. 대령은 문서를 받아 들고는 눈을 휘둥그레 떴다. “어디서 난 거지?” 그는 그렇게 말하며 슬쩍 임명장을 자기 주머니에 넣었다.

“정부에서 받은 거다. 곧 알게 될 거야!”

“같이 가지.” 대령이 묘한 표정으로 말했다. “본부에 올라가서 얘기하자. 따라와.”

대령은 고삐를 당겨 말을 돌리더니 본부 쪽으로 천천히 나아갔다. 벤저민은 품위를 지키려 애쓰며 그 뒤를 따랐지만, 속으로는 복수를 굳게 다짐하고 있었다.

그러나 그 복수는 끝내 이루어지지 못했다. 이틀 뒤, 그의 아들 로스코가 볼티모어에서 급히 달려왔다. 땀에 젖고 화난 얼굴로 나타난 그는 제복도 없이 울고 있는 장군을 데리고 집으로 돌아갔다.

1920년, 로스코 버튼의 첫아이가 태어났다. 하지만 경사로 모두가 들떠 있는 가운데, 집 안에서 납 병정과 서커스 장난감을 가지고 노는, 열 살쯤 되어 보이는 꼬질꼬질한 소년이 바로 그 갓난아기의 '할아버지'라는 사실을 입에 올리는 사람은 아무도 없었다.

소년의 명랑한 얼굴에는 어딘지 모르게 슬픈 기색이 어른 거렸다. 그 소년을 싫어하는 사람은 없었지만, 로스코 버튼에게 그의 존재는 고통의 근원이었다. 당시 세대의 표현을 빌리자면, 로스코는 이 상황을 "비효율적"이라고 여겼다. 예순으로 보이기를 거부하는 아버지가, 그의 눈엔 이상하고도 삐딱한 방식으로 '진짜 사나이'답게 굴지 않는 것처럼 보였다. '진짜 사나이'는 로스코가 자주 쓰는 말이었다. 그는 아버지의 문제를 삼십 분만 생각해도 미쳐버릴 것만 같았다. 로스코는 '활기차게' 살고 싶다면 젊게 살아야 한다고 믿었지만, 그것도 이 정도까지 되면 도무지 비효율적이라는 결론에 이르렀다.

그로부터 5년 뒤, 로스코의 아들이 벤저민과 함께 놀 수 있을 만큼 자라, 두 아이는 같은 유모의 손에서 돌봄을 받았다. 로스코는 두 아이를 같은 날 유치원에 입학시켰다. 벤저민은 알록달록한 색종이 띠로 작은 매트며 목걸이 같은 예쁘고 신기한 모양을 만드는 것이 세상에서 가장 재미있는 놀이임을 깨달았다. 한 번은 장난을 치다 벌로 교실 구석에 서 있어야 했고 결국 울음을 터뜨렸지만, 그 쾌적한 교실에서의 시간은 대체로 즐거웠다. 햇살이 창문으로 비치고 베일리 선생이 헝클어진 머리 위에 다정한 손길을 얹어줄 때면 특히 그랬다.

얼마 지나지 않아 로스코의 아들은 초등학교 1학년으로 올라갔지만, 벤저민은 여전히 유치원에 남아 있었다. 그는 무척 행복했다. 하지만 가끔 다른 아이들이 나중에 뭐가 되고 싶은지 이야기할 때면, 벤저민의 작은 얼굴 위에 어두운 그림자가 스쳤다. 그는 어렴풋이 느끼고 있는 듯했다. 자신은 아마도 그 아이들이 꿈꾸는 미래에 함께할 수 없으리라는 것을.

단조롭지만 평온한 나날이 흘러갔다. 벤저민은 어느덧 유치원을 세 해째 다시 다니고 있었고, 이제는 색종이로 무얼 해야 하는지조차 이해하지 못할 만큼 어려져 있었다. 그는 자신보다 큰 아이들을 보고 울었고, 그들을 무서워했다. 유치원 선생이 다가와 말을 걸었지만, 아무리 애써도 알아들을 수가 없었다.

결국 그는 유치원을 그만두게 되었다. 빳빳하게 풀을 먹인 체크무늬 원피스를 입은 유모 나나가 이제 그의 작은 세상의 중심이 되었다. 날씨가 맑은 날이면 둘은 함께 공원을 산책했다. 나나는 커다란 회색 동물을 가리키며 "코끼리"라고 알려주었고, 벤저민도 그 단어를 따라 했다. 그날 밤 잠자리에 들며 옷을 벗을 때, 그는 그 단어를 몇 번이고 되풀이해 말했다. "꼬끼리, 꼬끼리, 꼬끼리." 가끔 나나는 침대 위에서 뛰어놀도록 허락해 주었는데, 그것은 그에게 무척 즐거운 일이었다. 딱 맞는 자세로 앉아 있다가 뛰면 침대가 튀어 올라 발로 착지할 수 있었기 때문이다. 게다가 뛰는 동안 길게 "아" 하고 소리를 내면, 중간중간 끊겨서 들리는 소리가 어찌나 듣기 좋았는지.

그는 모자걸이에 꽂힌 커다란 지팡이로 의자며 탁자며 마구 두드리며 "싸워라, 싸워라, 싸워라!" 하고 외치는 걸 좋아했다. 나이 든 부인들은 그 모습을 보고 혀를 찼지만 그에게는 오히려 그 반응이 재미있었다. 젊은 아가씨들은 그를 안고 뽀뽀해 주려 했는데, 그는 지루하다는 표정으로 그들의 입맞춤을 받아들였다. 긴 하루가 저물고 다섯 시가 되면, 그는 나나와 함께 위층으로 올라갔고, 나나가 숟가락으로 오트밀과 부드럽고 흐물거리는 음식을 먹여주었다.

아이의 잠 속에는 어떤 불편한 기억도 스며들지 않았다. 용감했던 대학 시절도, 수많은 여인의 마음을 설레게 했던 찬란한 시절도, 그 어떤 기억조차 남아 있지 않았다. 그에게 남은 것은 사방이 하얗고 안전한 아기 침대와 나나, 그리고 가끔 그를 찾아오는 어떤 남자, 해 질 무렵 나나가 가리키며 "해님"이라 알려준 아주 크고 둥근 주황색 공뿐이었다. 해님이 지면 그의 눈꺼풀은 스르르 감겼다. 더 이상 꿈도 꾸지 않았고 그를 괴롭히는 기억도 없었다.

산후안 언덕에서 병사들을 이끌고 돌진하던 것, 결혼 초기에 사랑하는 젊은 힐데가드를 위해 분주한 도시에서 여름 땅거미가 질 때까지 일하던 것, 그보다 더 오래전 먼로 가의 음침한 버튼가 저택에서 할아버지와 함께 밤늦도록 앉아 담배를 피우던 것. 그 모든 과거는 처음부터 존재한 적이 없었던 것처럼, 그의 기억에서 실체 없는 꿈처럼 사라져 버렸다.

이제 그는 아무것도 기억하지 못했다. 마지막으로 먹은 우유가 따뜻했는지 차가웠는지도 분명하지 않았고, 하루하루가 어떻게 흘러가는지도 알 수 없었다. 그에게 남은 것은 오직 하얀 아기 침대와 익숙한 나나의 존재뿐이었다. 마침내 그마저도 사라졌다. 이제는 배가 고프면 우는 게 전부였다. 그는 그저 숨을 쉬며 낮과 밤을 지나쳤고, 위에서 들려오는 알아들을 수 없는 속삭임과 웅얼거림, 어렴풋이 구분되는 냄새, 그리고 빛과 어둠이 있을 뿐이었다.

그러고 나서는 어둠만이 남았다. 하얀 아기 침대도, 그 위로

어른거리던 흐릿한 얼굴들도, 따뜻하고 달콤했던 우유 냄새

도, 그의 의식 속에서 완전히 사라졌다.

버니스, 단발로 자르다

Bernice Bobs Her Hair

버니스, 단발로 자르다

Bernice Bobs Her Hair

1920년 5월 1일 자 《새터데이 이브닝 포스트》에 발표한 네 번째 단편이다. 이 작품은 피츠제럴드가 여동생 애나벨에게 보낸 조언을 바탕으로 쓰였다. 편지에서 그는 남학생들에게 인기를 얻으려면 어떻게 해야 하는지를 조목조목 설명하며, "의식적으로 우아한 몸짓을 기르라."라고 당부했다. 피츠제럴드는 이 단편을 잡지에 팔 수 있는 형태로 다듬는 데 어려움을 겪었다. 결말에 속도감 있는 클라이맥스를 넣기 위해 삼천 단어가량을 덜어내고, 다시 써야 했다.

1

토요일 밤 어둠이 내리고 골프장 첫 티에 서서 컨트리클럽 쪽을 바라보면, 일렁이는 칠흑의 바다 위로 컨트리클럽 창들이 노란 평야처럼 드넓게 펼쳐져 있었다. 말하자면 그 바다의 물결은 사람들의 머리였다. 그중에는 호기심 많은 캐디들, 재치 있는 운전사들, 골프 프로의 귀가 먼 여동생도 있었고, 원한다면 안으로 들어갈 수 있지만 그저 주변을 맴돌며 머뭇거리는 이들의 머리도 섞여 있었다. 이를테면 이들은 골프 경기를 구경하는 구경꾼들인 셈이었다.

발코니는 실내에 있었다. 클럽룸과 무도장을 겸한 방의 벽을 따라 둥글게 놓인 여러 개의 고리버들 의자로 이루어져 있었다. 토요일 밤 무도회가 열릴 때면 이 발코니는 주로 여성들의 차지가 되었다. 기다란 손잡이가 달린 안경 너머로 날카로운 눈과 얼음장 같은 심장, 풍만한 가슴을 지닌 중년 여성들이 모여드는 시끌벅적한 장소였다. 이 발코니의 주된 기능은 비판이었다. 가끔 마지못해 감탄을 내놓기도 했지만, 진심 어린 인정을 하는 일은 결코 없었다. 서른다섯이 넘은 여성들은 여름밤 젊은이들이 추는 춤이란 세상에서 가장 불순한 의도를 품고 추는 것임을 누구보다 잘 알고 있었기 때문이다. 그래서 이 중년 여성들의 날카로운 감시가 없으면, 어딘가 구석에서 젊은 남녀가 기묘하고 야만적인 짓을 벌이게 되고, 인기 많고 겁 없는 소녀들은 때때로 아무것도 모르는 부유한 과부들의 리무진 안에서 키스를 받기도 했다.

하지만 결국 이 비판적인 무리는 무대에서 너무 멀리 떨어져 있어, 주인공들의 표정이나 미묘한 몸짓은 제대로 볼 수 없다. 그들은 그저 얼굴을 찡그리거나 몸을 기울이고, 이런저런 질문을 던지며, 자기들만의 전제에서 그럴듯한 결론을 끌어낼 뿐이다. 예를 들어, 돈을 많이 버는 젊은 남자는 언제나 사냥꾼에게 쫓기는 자고새와 같은 삶을 살아갈 것이라는 식으로 말이다. 이들은 변화무쌍하고 어딘가 잔인한 청춘 세계의 드라마를 제대로 감상하지 못한다. 아니다. 박스석과 오케스트라석, 주연과 합창, 그 모든 것은 지금 다이어의 무도회 오케스트라가 연주하는 애절한 아프리카 리듬에 맞춰 흔들리는 얼굴과 목소리의 뒤섞임인 것이다.

열여섯 살, 힐 고등학교에서 아직 두 해를 더 다녀야 하는 오티스 오르몬드부터, 집안 책상 위에 하버드 법학 학위증을 걸어둔 G. 리스 스토다드에 이르기까지, 위로 올려 묶은 머리가 아직도 낯설고 불편하기만 한 어린 매들린 호그부터, 벌써 십 년 넘게 피터의 중심이 되어온 베시 맥크레이에 이르기까지, 이 뒤섞인 무리는 무대의 중심일 뿐 아니라, 그 무대를 막힘없이 제대로 바라볼 수 있는 사람들이었다.

화려한 몸짓, 쾅 하는 소리와 함께 음악이 멈춘다. 커플들은 인위적이고 가벼운 미소를 주고받으며, 장난스럽게 '라-디-다-다 덤-덤'을 반복한다. 그리고 곧이어, 젊은 여성들의 왁자지껄한 목소리가 박수갈채를 뚫고 흘러나온다.

춤추는 커플들 사이에 끼어들어 여자와 춤을 추려던 남자 손님 몇몇은 기회를 잡지 못하자 벽 쪽으로 시무룩하게 물러섰다. 이 무도회는 크리스마스 때처럼 시끌벅적한 댄스파티와는 달랐다. 한여름에 열리는 이런 소규모 무도회는 그저 포근하고 기분 좋은, 적당히 들뜬 자리로 여겨졌다. 젊은 기혼 남녀들까지도 자리에서 일어나 오래된 왈츠와 무시무시한 폭스트롯*을 췄고, 그 모습에 어린 형제자매들은 너그럽게 웃었다.

예일대에 다니지만 공부에는 별로 열심이지 않은 워런 매킨타이어 역시 짝을 못 구한 남자들 중 하나였다. 그는 디너 재킷 주머니를 더듬어 담배를 꺼내 들고, 어둡고 넓은 베란다로 걸어 나갔다. 등불이 드문드문 걸린 베란다에는 여기저기 커플들이 테이블에 앉아 있었고, 희미한 대화와 몽롱한 웃음소리가 섞여 흘렀다.

그는 상대와의 대화에 온전히 몰입하지 않은 이들에게 가볍게 고개를 끄덕이며 지나갔다. 커플들 곁을 지날 때마다, 어렴풋이 잊고 있던 이야기들이 하나둘씩 머릿속에 떠올랐다. 작은 도시였기에, 모두가 서로의 과거를 훤히 꿰고 있었다. 예를 들면, 저기 짐 스트레인과 에델 데모레스트는 벌써 3년째 비밀 약혼 중이었다. 짐이 한 직장에 두 달 이상 머무를 수만 있다면 에델이 그와 결혼할 거라는 사실을 모두가 알고 있었다. 그런데도 두 사람은 어딘가 지루해 보였다. 에델은 가끔 지친 눈길로 짐을 바라보며, 자신이 왜 사랑이라는 덩굴을 저렇게 바람에 잘 흔들리는 포플러 나무에 기대어 두었을까, 하고 후회하는 듯했다.

＊　　fox trot, 20세기 초 유행한 경쾌한 사교춤.

열아홉 살 워런은 동부로 유학을 가지 못한 친구들이 안쓰럽게 느껴졌다. 하지만 대부분의 소년들처럼, 고향을 떠나 있을 때면 고향 여자들에 대해 한껏 자랑하곤 했다. 제네비브 오르몬드는 프린스턴, 예일, 윌리엄스, 코넬에서 열리는 무도회와 하우스 파티, 미식축구 경기에 자주 얼굴을 내밀었고, 검은 눈동자의 로베르타 딜런은 또래들 사이에서 정치인 히람 존슨이나 야구선수 타이 콥 못지않게 이름이 잘 알려져 있었다. 그리고 마조리 하비도 빼놓을 수 없었다. 요정 같은 얼굴에 눈부시고 아찔한 말솜씨를 가진 그녀는, 최근 남녀 모두 무도화를 신고 참석하는 예일대의 사교댄스파티에서 연속으로 옆돌기를 다섯 번 해내며 모두의 찬사를 받았다.

어릴 적부터 마조리 집 건너편에서 자라온 워런은 오래도록 그녀에게 푹 빠져 있었다. 가끔 마조리는 고마운 듯 그의 감정에 조금은 응답하는 듯 보였지만, 자신만의 확고한 기준으로 워런을 시험해 본 끝에, 자신은 그를 사랑하지 않는다고 단호하게 밝혔다. 그 시험이란, 워런이 곁에 없으면 그를 금세 잊고 다른 남자아이들과 사귀는 것이었다. 이 사실은 워런을 크게 낙담시켰다. 특히 마조리가 여름 내내 짧은 여행을 자주 다녀오고 있었기 때문에 더 그랬다. 그녀가 집에 돌아오고 나면 이틀이나 사흘 동안, 현관 탁자 위에는 그녀 앞으로 온 편지들이 수북이 쌓여 있었다. 봉투마다 모두 다른 남자의 필체가 적혀 있었다. 설상가상으로, 8월 한 달 내내 오클레어에 사는 사촌 버니스가 마조리 집에 머물고 있어서, 워런이 마조리와 단둘이 시간을 보내는 건 거의 불가능해 보였다. 늘 버니스를 데리고 있어 줄 누군가가 필요했지만, 8월이 지나갈수록 그런 사람을 찾는 일은 점점 더 힘들어졌다.

워런은 마조리를 흠모하는 만큼이나, 그녀의 사촌 버니스가 정말 재미없는 아이라는 사실도 인정하지 않을 수 없었다. 버니스는 짙은 갈색 머리에 혈색 좋고 예쁜 얼굴을 가졌지만, 파티에서는 좀처럼 흥미를 끌지 못했다. 매주 토요일 밤마다, 워런은 마조리에게 잘 보이고 싶어서 어쩔 수 없이 버니스와 오래 춤을 춰야 했는데, 그야말로 고역이었다. 그 시간 동안 단 한 번도 즐겁다고 느낀 적이 없었다.

"워런." 뒤쪽에서 부드러운 목소리가 들려와 그의 생각을 멈추게 했다. 돌아보니 언제나처럼 뺨이 발그레하고 눈부신 미소를 띤 마조리가 서 있었다. 그녀가 그의 어깨에 손을 얹자, 온기가 온몸을 감싸는 듯했다.

"워런." 마조리가 속삭였다. "부탁 하나만 들어줘. 버니스랑 춤춰 줘. 끼어드는 남자가 없어서 거의 한 시간째 어린 오티스 오르몬드랑 추고 있거든."

그를 감싸던 따스함이 순식간에 사라졌다.

"그러지 뭐." 워런이 마지못해 대답했다.

"괜찮지? 네가 오래 붙들려 있지 않게 내가 알아서 할게."

"응, 알았어."

마조리는 밝게 미소 지었다. 그것만으로도 충분히 고마움이 전해졌다.

"넌 정말 천사야. 절대 잊지 않을게."

그 천사는 한숨을 쉬며 베란다를 둘러봤지만, 버니스와 오티스는 보이지 않았다. 그는 다시 실내로 들어갔고, 여자 분장실 앞에서 오티스를 발견했다. 오티스는 젊은 남자들 무리 한 가운데에서 모두가 웃음에 몸을 가누지 못하게 만들었다. 어디선가 주워 온 나무토막을 휘두르며 열정적으로 이야기하고 있었다.

"머리 고치러 들어갔어!" 오티스가 정신없이 외쳤다. "나, 아마 한 시간은 더 그 애랑 춤춰야 할지도 몰라!"

또다시 웃음이 터졌다.

"좀 끼어들어 주면 안 돼요?" 오티스가 불평했다. "버니스도 분명히 다른 남자들하고도 춤추고 싶을 거라고요."

"오티스, 넌 이제 겨우 그 애한테 익숙해졌잖아." 한 친구가 장난스럽게 말했다.

"그 나무토막은 뭐야, 오티스?" 워런이 웃으며 물었다.

"나무토막? 아, 이거? 곤봉이에요. 버니스가 나오면 머리를 쳐서 기절시키고 다시 분장실로 밀어 넣으려고."

워런은 소파에 털썩 앉으며 박장대소했다.

"됐어, 오티스." 워런이 겨우 말을 이었다. "이번엔 내가 대신 버니스랑 출게."

오티스는 갑자기 쓰러지는 척하면서 나무토막을 워런에게 건넸다.

"필요하면 쓰세요." 그는 일부러 쉰 목소리로 말했다.

아무리 예쁘고 똑똑한 여자라도, 춤을 추는 동안 다른 남자들이 끼어들어 함께 춤추자고 나서지 않는다는 소문이 돌기 시작하면, 무도회에서의 입지는 한없이 좁아진다. 어쩌면 남자들은, 저녁 내내 여러 남자와 번갈아 춤을 추는 인기 많은 여자보다, 아무도 끼어들지 않는 여자와 조용히 함께 있는 편을 더 선호할지도 모른다. 하지만 재즈 시대에 자란 이 세대의 젊은이들은 가만히 있질 못해, 같은 여자와 폭스트롯을 두 곡 이상 추는 걸 꺼리는 정도가 아니라 아예 질색했다.

춤을 추다가 휴식 시간이 오면, 한 번 빠져나간 남자가 다시는 그녀의 제멋대로 움직이는 발가락을 밟으러 돌아오지 않을 거라는 사실은 거의 틀림없었다.

워런은 다음 곡을 처음부터 끝까지 버니스와 함께 추었고, 마침내 쉬는 시간이 되자 안도한 표정으로 그녀를 베란다의 한 테이블로 이끌었다. 둘 사이에는 잠시 어색한 침묵이 흘렀고, 버니스는 부채를 쥔 손으로 시시한 동작을 반복했다.

"여기가 오클레어보다 더 덥네." 그녀가 말했다.

워런은 한숨을 꾹 삼키며 고개를 끄덕였다. 실제로 그런지 알지도 못했고, 알고 싶지도 않았다. 그저 심드렁하게 궁금해했다. 이 아이가 인기가 없어서 말주변이 없는 건지, 말주변이 없어서 인기가 없는 건지 헷갈렸다.

"여기서 얼마나 더 있을 거야?" 그가 물었다. 질문의 속뜻을 그녀가 눈치챌까 싶어 얼굴이 조금 붉어졌다.

"일주일 더." 그녀가 대답하고는, 그의 다음 말을 놓치지 않으려는 듯 눈을 반짝이며 바라봤다.

워런은 안절부절못했다. 그 순간, 문득 선심이라도 쓰고 싶다는 마음이 들었다. 평소 여자들에게 가끔 써먹던 말을 한 번 던져볼까 하는 생각이 들어, 고개를 돌려 그녀를 바라봤다.

"입술이 정말 키스하고 싶게 생겼어." 그가 조용히 말했다.

그 말은 워런이 대학 무도회에서, 지금처럼 어두운 자리에서 여자들에게 종종 던지던 멘트였다. 버니스는 눈에 띄게 움찔했다. 얼굴이 민망할 만큼 붉게 달아올랐고, 부채질하는 손

동작도 더욱 서툴러졌다. 그런 말을 들어본 건 그녀 인생에서 처음이었다.

"치근덕거리긴!" 말이 튀어나오고 나서야, 그녀는 자신이 무슨 말을 했는지 깨닫고 입술을 깨물었다. 얼른 당황을 감추고 웃어넘기려는 듯 어색하게 미소를 지었다.

워런은 짜증이 났다. 이런 말은 보통 장난스럽게 넘기거나, 농담으로 받아들여지는 경우가 많았고, 진지하게 받아들이는 사람은 드물었다. 게다가 그는 농담이 아니라 진심으로 치근 덕거린다는 말을 듣는 것도 싫었다. 방금 전의 호의는 싹 사라졌고, 그는 화제를 바꿨다.

"짐 스트레인하고 에셀 드모레스트는 또 춤은 안 추고 그냥 앉아 있네."

이번에는 버니스가 조금 더 자연스럽게 대화를 이어갈 수 있는 주제였지만, 화제가 바뀌자 안도감과 함께 어디선가 아쉬운 마음이 스쳤다. 남자들이 자기에게는 "입술이 정말 키스하고 싶게 생겼다" 같은 말을 하지 않지만, 다른 여자들에게는 그런 말을 한다는 사실을 그녀도 알고 있었다.

"그러네. 몇 년째 돈도 없이 붙어만 다닌다던데, 좀 한심하지 않아?" 버니스가 말했다.

워런의 불쾌감은 더 커졌다. 짐 스트레인은 그의 형과 가까운 친구이기도 했지만, 워런은 돈이 없다고 사람을 깎아내리는 건 품위 없는 일이라고 생각했다. 하지만 버니스는 비웃으려던 게 아니었다. 지나치게 긴장한 나머지, 튀어나온 말이었다.

2

마조리와 버니스가 집에 도착한 건 자정에서 30분쯤 지난 시각이었다. 두 사람은 계단 꼭대기에서 서로에게 잘 자라는 인사를 건넨 뒤 각자 방으로 들어갔다. 사촌이지만 두 사람은 특별히 친한 사이는 아니었다. 사실 마조리는 여자 친구 누구와도 깊게 어울리는 법이 없었다. 그녀는 여자애들은 대체로 멍청하다고 생각했다. 반면 버니스는 부모의 권유로 이루어진 이번 방문 동안, 웃음과 눈물이 뒤섞인 비밀스러운 대화를 마조리와 나누고 싶어 했다. 그런 이야기가 여자들 사이의 우정에 꼭 필요하다고 믿었기 때문이다. 하지만 이런 점에서 마조리는 늘 차갑고 무심하게 느껴졌다. 버니스는 마조리와 이야기할 때면 남자들과 대화할 때처럼 어렵게 느껴졌다. 마조리는 좀처럼 깔깔거리거나, 겁을 내거나, 당황하는 법이 드물었다. 버니스가 진정한 여성성이라고 믿었던 자질들은 마조리에게서 거의 찾아볼 수 없었다.

이날 밤, 버니스는 칫솔에 치약을 짜면서 '왜 집을 떠나면 아무도 나한테 관심을 주지 않을까' 하는 생각을 벌써 백 번쯤 되풀이했다. 그녀는 오클레어에서 자기 집안이 가장 부유하다는 사실이나, 어머니가 늘 손님을 불러 모으고 무도회 전마다 딸을 위해 소소한 저녁 모임을 열어주며, 자가용까지 마련해 마음껏 타고 다니게 했다는 점이, 자신이 고향에서 인기를 끄는 데 한몫했으리라곤 한 번도 생각해 본 적이 없었다. 대부분의 또래 여자아이들처럼, 그녀 역시 따뜻한 우유처럼 포근한 애니 펠로스 존스턴의 소설을 읽으며 자랐다. 그 소설 속 여자 주인공들은 늘 신비롭고 여성적인 자질 덕분에 사랑을 받았지만, 정작 그 '자질'이라는 건 늘 말로만 등장할 뿐, 실제로 어떤 것인지 명확하게 밝혀진 적은 한 번도 없었다.

버니스는 자신이 이곳에서 인기를 끌지 못하고 있다는 사실에 왠지 마음이 아팠다. 만약 마조리가 상황을 조율하지 않았다면, 그날 밤 내내 단 한 명의 남자와 춤을 추게 됐으리라는 생각은 못 했다. 하지만 그녀는 알고 있었다. 오클레어에서도 자신보다 집안이 부족하거나 외모가 못한 여자아이들이 오히려 더 적극적인 구애를 받곤 했다는 사실을. 버니스는 그

것이 그 여자아이들이 뒤에서 교활하게 행동하기 때문이라고 생각했다. 그렇다고 해서 그 사실에 마음이 괴롭하거나 하진 않았다. 혹시라도 그런 일로 상처를 입었다 해도, 어머니는 이렇게 말했을 것이다. 그런 아이들은 스스로를 하찮게 만들고 있는 거라고, 진짜 남자들이 존중하는 건 오히려 너 같은 여자애들이라고.

욕실 불을 끄고 나온 버니스는 문득, 불이 아직 켜져 있는 조세핀 이모 방에 들러 잠깐 이야기를 나눠야겠다고 생각했다. 부드러운 슬리퍼 덕분에 카펫이 깔린 복도를 조용히 걸을 수 있었지만, 방 안에서 목소리가 들리자 그녀는 반쯤 열린 문 옆에 걸음을 멈췄다. 대화 속에서 자신의 이름이 들리자, 본의 아니게 엿듣게 된 셈이지만 그냥 그 자리에 서 있었다. 방 안에서 오가는 말들이 바늘처럼 날카롭게 그녀의 의식을 찔렀다.

"걔는 정말 가망 없어!" 마조리의 목소리였다. "아, 엄마가 무슨 말을 하려는 건지는 알아! 그래, 그 애가 예쁘고 상냥하고 요리도 잘한다는 얘기 들었겠지! 그러면 뭐해? 무도회에서 아무도 다가오지 않잖아. 남자들이 걜 안 좋아한다고."

"그까짓 인기가 뭐가 그렇게 중요하니?"

하비 부인의 목소리에는 짜증이 배어 있었다.

"열여덟 살한테는 그게 전부야." 마조리가 단호하게 말했다. "나도 할 만큼 했어. 예의 바르게 대했고, 남자들한테 같이 춤추라고 부탁도 했어. 그런데 버니스가 너무 따분해서 남자들이 못 견디는 걸 나더러 어떡하라고? 저런 멍청이가 그렇게 멋진 피부색을 가졌다니 생각만 해도 아까워. 마사 캐리였으면 정말 멋지게 살렸을 텐데!"

"요즘 애들은 예의라는 게 없어."

하비 부인의 목소리에는 요즘 세태를 도무지 이해하지 못하겠다는 뉘앙스가 묻어 있었다. 그녀가 젊었을 때만 해도, 좋은 집안 아가씨라면 누구나 화려한 시절을 보내곤 했으니까 말이다.

"요즘 세상에는 절름발이 손님 하나를 끝까지 챙겨줄 수도 없어. 이제는 여자들도 각자 알아서 살아야 한다고. 옷차림 같은 것도 은근슬쩍 조언해 봤는데, 기분 나빠하더라니까. 얼마나 우스꽝스러운 표정으로 날 쳐다보던지. 물론 개도 자기한테 문제가 있다는 걸 전혀 모를 정도로 둔한 건 아니야. 하지만 분명 속으로 이렇게 생각하면서 자기 위안 삼고 있을걸. 자기는 고결하고 도덕적이고, 나는 지나치게 가볍고 변덕스러워서 결국 좋지 않은 결말을 맞게 될 거라고. 원래 인기 없는 애들은 다 그렇게 신 포도 타령이지! 사라 홉킨스는 제네비브랑 로베르타랑 나를 '가드니아 소녀'*라고 부른다니까! 사실 자기도 '가드니아 소녀'가 돼서 남자 서너 명한테 동시에 구애받고, 무도회장에서 몇 걸음 옮길 때마다 남자들한테 춤추자는 말을 듣고 싶을 거야. 그러려고 하면 자기 목숨 10년이랑 유럽 유학까지 기꺼이 내놓을걸?"

"내 생각엔…" 하비 부인이 다소 지친 목소리로 말을 이었다. "네가 버니스를 위해 뭔가 해줄 수 있지 않을까 싶구나. 그 애가 그렇게 활달한 성격이 아니라는 건 알지만."

마조리는 신음 섞인 한숨을 내쉬었다.

"활달하지 않은 정도가 아니야! 세상에, 난 그런 여자애는 처음 봤어. 남자애들한테 하는 말이라곤 '덥네', '춤추는 사람이 많네', '내년에 뉴욕으로 유학 가' 뭐 이런 것뿐이야. 가끔은 무슨 차 타는지 묻고, 자긴 무슨 차 타는지 얘기하고. 퍽이나 남자들이 좋아하겠다!"

잠시 침묵이 흘렀고, 곧 하비 부인이 늘 하던 말을 꺼냈다.

"내가 아는 건, 버니스보다 훨씬 덜 상냥하고 매력 없는 애들도 다들 짝이 있다는 거야. 마사 캐리만 봐도 그래. 뚱뚱하고 시끄럽고, 그 엄마도 누가 봐도 촌스럽고. 로베르타 딜런은

<hr>

* 치자꽃. 순백의 꽃으로 '한없는 즐거움'이라는 꽃말을 가지고 있으며 소녀를 꽃에 빗댐.

올해 너무 말라서 애리조나에 가 있어야 할 것처럼 보여. 춤추다 무슨 일이라도 날까 걱정될 정도라니까.”

“하지만 엄마.” 마조리가 안달하며 말했다. “마사는 성격도 좋고, 말도 재치 있게 잘하고, 정말 세련된 애야. 로베르타는 춤을 정말 잘 추고. 걔는 원래부터 인기 많았어!”

하비 부인은 하품을 했다.

“버니스가 그 모양인 건, 그 말도 안 되는 인디언 피 때문인 것 같아.” 마조리가 계속 말했다. “원래대로 돌아간 걸지도 몰라. 인디언 여자들은 그냥 앉아만 있고, 한마디도 안 했잖아.”

“바보 같은 소리 그만하고 어서 가서 자.” 하비 부인이 웃으며 말했다. “네가 그 얘기를 기억할 줄 알았으면 말도 안 했지. 그리고 네 생각은 거의 다 터무니없는 것 같구나.” 그녀는 졸린 목소리로 말을 마쳤다.

잠시 침묵이 흘렀다. 마조리는 엄마를 굳이 설득하는 일이 과연 의미가 있는지 생각해 보았다. 마흔이 넘은 사람들은 어떤 일이든 쉽게 설득되지 않는다. 열여덟의 신념은 세상을 내려다보는 언덕이 되지만, 마흔다섯의 신념은 세상에 몸을 숨기는 동굴이 된다.

그렇게 결론을 내린 마조리는 엄마에게 잘 자라는 인사를 건넸다. 복도로 나오자 그곳엔 아무도 없었다.

3

다음 날 아침, 늦은 아침 식사 중이던 마조리 앞에 버니스가 나타났다. 그녀는 다소 딱딱한 목소리로 인사를 건네더니, 맞은편에 앉아 마조리를 똑바로 바라보며 입술을 살짝 적셨다.

"무슨 일 있어?" 마조리가 어리둥절한 얼굴로 물었다.

버니스는 손에 쥔 수류탄을 던지기 전에 잠시 뜸을 들였다.

"어젯밤 네가 엄마한테 나에 대해 한 말, 다 들었어."

마조리는 놀랐지만, 얼굴빛이 살짝 붉어졌을 뿐 목소리는 침착했다.

"어디에 있었는데?"

"복도에 있었어. 처음부터 들으려던 건 아니었어."

마조리는 자신도 모르게 경멸 섞인 눈길을 한 번 보내고는, 곧 시선을 내려 식탁에 떨어진 시리얼 조각을 손가락으로 집으며 괜히 그것에 신경 쓰는 척했다.

"내가 그렇게 민폐라면 그냥 오클레어로 돌아가는 게 낫겠지." 버니스는 아랫입술을 심하게 떨며 말을 이었다. 목소리가 점점 더 흔들렸다. "좋게 지내보려고 했는데… 처음엔 무시당하고, 나중에는 모욕까지 당했어. 난 우리 집에 온 손님을 이런 식으로 대했던 적이 한 번도 없어.”

마조리는 아무 대꾸도 하지 않았다.

“내가 여기 있어봤자 방해만 된다는 거 잘 알아. 너한텐 짐일 뿐이지. 네 친구들도 나를 안 좋아하고.” 버니스는 한동안 말을 멈추었다가, 또 다른 불만이 떠올라 말했다. “지난주에 네가 내 옷차림이 안 어울린다고 돌려서 말하려 했을 때 정말 화가 났어. 내가 뭘 입어야 할지도 모를 거라고 생각해?”

“아니.” 마조리가 혼잣말처럼 중얼거렸다.

“뭐라고?”

“난 돌려서 말한 적 없어.” 마조리가 딱 잘라 말했다. “내 기억엔, 보기 좋은 옷 한 벌을 사흘 내리 입는 게 흉한 옷 두 벌을 번갈아 입는 것보다 낫다고 했을 뿐이야.”

“그런 말을 해도 괜찮다고 생각해?”

“굳이 친절하게 말하려던 것도 아니었어.” 잠시 뜸을 들이던 마조리가 물었다. “너, 집에 언제 돌아갈 거야?”

버니스는 날카롭게 숨을 들이마셨다.

“아!” 비명 같은 소리가 작게 터져 나왔다.

마조리가 놀란 듯 고개를 들었다.

“집에 간다고 했잖아?”

“그래, 하지만…”

"아, 그냥 허풍이었구나!"

두 사람은 식탁을 사이에 두고 잠시 서로를 바라봤다. 버니스의 눈앞에는 안개 같은 물결이 아른거렸고, 마조리의 얼굴에는 술에 취한 남학생들이 치근거릴 때 짓던, 다소 냉담한 표정이 떠올랐다.

"그러니까 허풍이었네." 마조리가 처음부터 알았다는 듯 다시 말했다.

버니스는 눈물을 터뜨림으로써 대답을 대신했다. 마조리의 눈에는 지루하다는 기색이 스쳤다.

"넌 내 사촌이잖아." 버니스는 흐느끼며 말했다. "나… 이 집에서 한 달 동안 지내기로 하고 온 건데, 지금 집에 돌아가면 엄마가 알게 될 거고, 이상하게 생각하실 거야."

마조리는 버니스의 흐트러진 말이 훌쩍임으로 바뀔 때까지 조용히 기다렸다.

"내 한 달 용돈 줄게." 마조리가 차갑게 말했다. "남은 일주일은 네가 원하는 곳에서 보내. 괜찮은 호텔도 있고…"

버니스의 울음이 피리 소리처럼 높아지더니, 그녀는 갑자기 자리에서 일어나 뛰쳐나갔다.

한 시간쯤 지나, 마조리가 서재에서 어린 소녀만이 쓸 수 있는, 모호하고 애매한 편지에 열중하고 있을 때, 버니스가 다시 나타났다. 그녀의 눈은 빨갛게 충혈되어 있었고, 일부러 차분한 태도를 보이려 애쓰고 있었다. 버니스는 마조리를 쳐다보지 않은 채 책장에 다가가 아무 책이나 하나 집어 들고, 읽는 척하며 조용히 자리에 앉았다. 마조리는 여전히 편지에 몰두한 채 글을 이어갔다. 시계가 정오를 가리키자, 버니스는 책을 퍽 닫았다.

"이제 기차표를 사러 가야겠지."

이층에서 어떻게 말을 꺼낼지 여러 번 연습했지만, 막상 입 밖에 나온 말은 달랐다. 그래도 마조리가 기대했던 반응, 이를테면 이성적으로 생각해 보라거나, '내가 잘못했어'라고 말하는 식의 반응을 전혀 보이지 않았기에, 버니스로서는 이렇게 말을 꺼낼 수밖에 없었다.

"편지 다 쓸 때까지 기다려." 마조리는 돌아보지 않고 말했다. "이번에 우체부가 올 때 보내야 하거든."

펜이 종이를 긁는 소리가 한동안 계속되다가, 마조리가 몸을 뒤로 기대며 '이제 말해보라'는 듯한 태도로 돌아섰다. 버니스가 다시 입을 열었다.

"넌 내가 집에 가길 바라는 거야?"

"글쎄." 마조리는 생각에 잠긴 듯 대답했다. "여기 있는 게 재미없으면 가는 게 낫지. 괜히 괴로울 필요는 없잖아."

“조금이라도 친절하게 대해줄 생각은…”

“아, 제발 《작은 아씨들》 얘기 좀 그만해!” 마조리가 짜증스럽게 말했다. “그게 유행 지난 지가 언젠데!”

“정말 그렇게 생각해?”

“세상에, 당연하지! 요즘 여자애들이 어떻게 그런 멍청한 애들처럼 살 수가 있겠어?”

“우리 엄마들한데는 본보기였잖이.”

마조리는 피식 웃었다.

“본보기는 무슨! 물론 우리 엄마들도 나름대로 훌륭했지만, 딸들이 무슨 문제를 겪는지는 거의 알지 못하잖아.”

버니스는 자세를 곧게 펴고 말했다.

“우리 엄마에 대해 그렇게 말하지 마.”

마조리는 다시 웃었다.

“내가 언제 네 엄마라고 콕 짚어서 말했어?”

버니스는 자신이 하려던 얘기에서 자꾸 벗어나고 있다는 느낌이 들었다.

“네가 나한테 잘해줬다고 생각해?”

“난 최선을 다했어. 네가 좀 다루기 힘든 사람이잖아.”

버니스의 눈꺼풀이 붉어졌다.

“넌 냉정하고 이기적이야. 여성적인 면이라고는 하나도

없어.”

“아, 좀 그만해!” 마조리가 절망적으로 소리쳤다. “이 멍청아! 너 같은 여자애들 때문에 세상에는 무미건조하고 지루한 결혼이 넘쳐나는 거야. 여성적인 특징이라고 포장되는 그 끔찍한 무능들도 다 너희 때문이야. 남자가 자기 상상력을 덧씌워 바라보던 아름다운 여자와 결혼했다가, 결국 그 여자가 나약하고 징징대고 겁 많고 허세만 가득한 존재였다는 걸 알게 됐을 때, 그 충격이 얼마나 크겠어!”

버니스의 입이 반쯤 벌어졌다.

“그 잘난 여성스러운 여자들!” 마조리가 목소리를 높였다. “어릴 때부터 하는 일이라고는, 나처럼 인생을 제대로 즐길 줄 아는 여자들을 헐뜯고 흉보는 것뿐이잖아.”

마조리의 목소리가 커지자, 버니스는 더 크게 입을 벌렸다.

“못생긴 애가 징징대는 건 그나마 이해라도 가지. 내가 정말 돌이킬 수 없이 못생겼다면, 날 낳은 부모를 절대 용서하지 않았을 거야. 그런데 넌 그런 불리함도 없이 인생을 시작했잖아.” 마조리는 작은 주먹을 꼭 쥐었다. “내가 너랑 같이 울어줄 거라고 생각했다면 오산이야. 집에 가든 말든, 네 마음대로 해.” 마조리는 편지 뭉치를 들고나가버렸다.

버니스는 두통이 있다는 핑계로 점심을 먹으러 나가지 않았다. 마조리는 오후에 남자와 마티네 공연을 보기로 되어 있었지만, 두통이 가라앉지 않는다며 약속을 취소했다. 마조리는 별로 아쉬워하지 않는 남자에게 상황을 간단히 설명했다. 그러나 오후 늦게 마조리가 집에 돌아왔을 때, 버니스는 어딘가 결연한 표정으로 그녀의 방에서 기다리고 있었다.

"결정했어." 버니스가 서두도 없이 입을 열었다. "네 말이 맞을 수도 있고 아닐 수도 있겠지. 하지만 네 친구들이 왜, 왜 나한테 관심이 없는지 알려준다면, 네가 원하는 대로 바꿔보려고 노력할게."

마조리는 거울 앞에서 머리를 풀어 내리며 물었다.

"진심이야?"

"응."

"조건 없이? 내가 하라는 대로 다 할 거야?"

"글쎄, 난…"

"글쎄는 없어! 내가 시키는 대로 할 거야, 말 거야?"

"말이 되는 거라면…"

"당연히 말이 안 되는 것들이겠지! 넌 지금 말이 통하는 상황이 아니니까."

"네가 시키는 거… 아니, 추천하는 거…"

"그래, 전부 다. 내가 권투 배우라고 하면, 넌 해야 해. 그리고 여기서 이주 더 머무른다고 엄마한테 편지 써.”

“그전에 먼저 말해주면⋯”

“좋아, 그럼 몇 가지 예를 들어볼게. 우선 넌 태도에 여유가 없어. 왜 그럴까? 네가 자기 외모에 자신이 없기 때문이야. 여자는 몸치장과 옷차림이 완벽하다고 느낄 때 비로소 그 부분을 잊을 수 있어. 그게 바로 매력이야. 자기 자신에 대해 잊을 수 있는 부분이 많아질수록, 매력이 더 빛을 발하는 거야.”

“내가 그렇게 이상해 보여?”

“그렇진 않아. 예를 들어 네 눈썹만 봐도 그렇지. 색도 짙고 윤기도 도는데, 손질을 안 해서 좀 지저분해 보여. 그게 단점이 되는 거야. 아주 조금만 신경 써도 훨씬 예뻐질 수 있어. 아무것도 안 하면서 흘려보내는 시간의 10분의 1만 투자해도 충분해. 이제부턴 매일 눈썹을 빗어서 가지런하게 만들어.”

버니스는 문제의 바로 그 눈썹을 치켜올렸다.

“남자들이 눈썹 같은 거까지 신경 쓴다는 말이야?”

“그래. 무의식중에 다 신경 써. 그리고 집에 돌아가면 치아도 조금 손보는 게 좋겠어. 눈에 확 띄는 건 아니지만, 그래도⋯”

“그런데 난 네가 그런 자잘하고 여성스러운 거, 싫어하는 줄 알았어.” 버니스가 어리둥절한 얼굴로 말했다.

“난 소심하고 답답한 정신머리는 싫어.” 마조리가 대답했다. "하지만 여자는 겉모습만큼은 섬세하고 깔끔해야 해. 겉모습이 멋지면, 러시아 얘기를 하든, 탁구 얘기를 하든, 국제연맹 얘기를 하든 뭐든지 다 흥미롭게 들린다니까."

"또 뭐가 있어?"

"아직 시작도 안 했어! 네 춤도 문제야."

"내가 춤을 못 춘다고?"

"맞아, 너 춤 못 춰. 남자한테 살짝 기대더라, 아주 살짝이지만, 분명 그래. 어제 우리 같이 춤췄을 때 느꼈어. 그리고 넌 몸을 약간 앞으로 숙이지 않고 똑바로 선 채로 춤을 추더라. 예전에 어디선가, 어떤 노부인이 그런 자세가 고상하다고 얘기해 준 적이 있겠지? 그런데 키가 아주 작은 여자가 아니라면, 그렇게 자세로 춤추면 남자가 훨씬 더 힘들어. 중요한 건 남자라고."

"계속 말해줘." 버니스는 머리가 핑 도는 기분이었다.

"그리고 인기 없는 남자애들한테도 잘해주는 법을 배워야 해. 넌 그런 애들이랑 같이 있으면 꼭 모욕이라도 당한 것 같은 표정을 짓거든. 버니스, 내가 춤추다 보면 몇 걸음마다 남자들한테 춤 신청이 들어와. 그런데 그거 알아? 그 남자 애들 대부분이 바로 그 인기 없는 애들이야. 어떤 여자도 그런 애들을 무시하면 안 돼. 어디든 그런 애들이 훨씬 많으니까. 여자랑 말하는 걸 쑥스러워하는 어린 남자애들은 대화 연습 상대로 최고고, 춤이 서툰 남자애들은 춤 연습 상대로 좋아. 그런 애들하고도 우아하게 춤을 출 수 있다면, 철조망 감긴 마천루 위를 기어가는 아기 전차라도 따라갈 수 있을걸."

버니스는 깊게 한숨을 내쉬었지만, 마조리의 조언은 아직 끝나지 않았다.

"네가 무도회에서 인기 없는 남자애 셋만이라도 진심으로 즐겁게 해줬다고 생각해 봐. 만약 네가 대화를 정말 재미있게 잘 이끌어서, 걔네가 '다른 남자들이 너랑 춤추고 싶어 하지 않아서 어쩔 수 없이 계속 너랑 같이 춤추는 중'이라는 걸 완전히 잊게 만든다면, 그걸로 이미 성공한 거야. 그 애들은 다음에도 또 널 찾게 되고, 점점 더 많은 인기 없는 애들이 너랑 춤을 추려고 할 거야. 그러면 인기 있는 남자애들도 '애랑 춤췄다간 끼어드는 남자가 없어서 내내 붙들려 있어야 할 거야'라는 걱정 없이 너랑 춤을 출 수 있겠지."

"그래." 버니스가 조그맣게 대답했다. "이제 좀 알 것 같아."

"그리고 마지막으로, 침착함과 매력은 자연스럽게 따라올 거야. 어느 날 아침 눈을 뜨면, 그걸 손에 넣었다는 걸 알게 될 거고, 남자들도 똑같이 느낄 거야." 마조리가 말을 맺었다.

버니스는 자리에서 일어섰다.

"친절하게 말해줘서 고마워. 그런데 누가 나에게 이런 식으로 말해준 건 처음이라 좀 당황스러워."

마조리는 아무 대답도 하지 않은 채 거울 속 자신의 모습을 유심히 바라보고 있었다.

"도와줘서 정말 고마워." 버니스가 말했다.

그래도 마조리는 아무런 반응이 없었고, 버니스는 혹시 자신이 너무 감상적으로 말한 건 아닐까 걱정스러웠다.

"네가 감상적인 말 싫어하는 거 알지만……" 버니스가 조심스럽게 말을 이었다.

그때 마조리가 재빨리 몸을 돌았다.

"아, 그런 거 아니야. 그냥 네 머리를 단발로 자르는 게 어떨까 생각하고 있었어."

버니스는 순간 놀라 뒤로 고꾸라지듯 침대에 털썩 주저앉았다.

4

그다음 수요일 저녁, 컨트리클럽에서 저녁 만찬을 겸한 무도회가 열렸다. 손님들이 하나둘 들어서는 가운데, 버니스는 테이블에서 자신의 이름표를 보고 약간 짜증이 났다. 오른쪽에는 G. 리스 스토다드가 앉아 있었다. 그는 모두가 탐낼 만큼 매력적이고 품위 있는 청년이었다. 하지만 정작 중요한 왼쪽자리에는 찰리 폴슨이 앉아 있었다. 찰리는 키도 작고 잘생기지도 않았으며, 사교성도 부족했다. 새롭게 눈을 뜬 버니스의 생각으로는, 찰리가 자신의 파트너가 된 유일한 이유는 지금까지 한 번도 억지로 자신과 짝지어 춤을 춰야 했던 불운을 겪은 적이 없었기 때문이라는 점뿐이었다. 하지만 그런 짜증은 마지막 수프 접시가 치워질 즈음엔 싹 가셨고, 버니스는 마조리의 구체적인 조언을 떠올렸다. 그녀는 자존심을 누르고 찰리 폴슨 쪽으로 고개를 휙 돌렸다.

"찰리 폴슨 씨, 저 머리 단발로 자를까 하는데 어떻게 생각하세요?"

찰리는 놀란 얼굴로 고개를 들었다.

"왜 그러시는데요?"

"요즘 고민 중이거든요. 사람들의 시선을 끄는 데 이만큼 확실하고 간단한 방법도 없잖아요."

찰리는 상냥하게 웃었다. 미리 준비된 대화일 거라고는 꿈에도 생각지 못한 그는 단발머리에 대해선 잘 모르겠다고 답했다. 하지만 버니스는 바로 그걸 설명해 주려고 그 자리에 있었다.

"전 사교계의 팜므파탈이 되고 싶거든요." 버니스는 태연하게 말하며, 단발머리가 그 첫걸음이 될 거라고 설명했다. 또 찰리가 여자들에 대해 안목이 높다는 소문을 들어서 조언을 구하고 싶었다고도 덧붙였다.

여자 심리에 대해서라면 불교 수도승만큼이나 아는 게 없는 찰리는, 괜스레 기분이 좋아졌다.

"저 결심했어요." 버니스는 목소리를 살짝 높였다. "다음 주 초쯤 세비어 호텔 이발소에 가서, 맨 앞자리에 앉아 머리를 단발로 자를 거예요." 그녀가 잠시 말을 멈추었다. 주위 사람들이 모두 각자 하던 이야기를 멈추고 그녀에게 집중하고 있다는 걸 깨달았다. 잠깐 당황했지만, 곧 마조리의 조언이 떠올랐다. 버니스는 주위 모두가 들을 수 있도록 또렷하게 말했다. "물론 입장료는 받을 거예요. 다들 와서 응원해 주신다면, 안쪽 자리에 앉을 수 있는 초대권을 드릴게요."

잔잔한 웃음과 감탄이 테이블에 퍼져나갔고, 그 틈을 타 G. 리스 스토다드가 빠르게 몸을 기울여 그녀의 귀에 속삭였다. "지금 당장 특별석 하나 예약하죠."

버니스는 그가 아주 재치 있는 말을 한 것처럼 눈을 마주치며 미소를 지었다.

“단발머리 찬성하세요?” G. 리스가 다시 한번 낮은 목소리로 물었다.

“비도덕적이라고 생각해요.” 버니스는 진지하게 말했다. “사람들의 관심을 받으려면, 그들을 즐겁게 하거나, 뭔가 대접을 하거나, 아니면 충격을 줘야 하잖아요.” 이 말은 오스카 와일드의 말을 인용한 것이었다. 남자들 사이에서는 잔잔한 웃음이 흘러나왔고, 여자들은 짧고 날카로운 시선을 주고받았다. 버니스는 자신이 방금 특별한 말이나 중요한 이야기를 한 적 없다는 듯, 다시 찰리 쪽으로 몸을 돌려 그의 귀에 조용히 속삭였다.

“몇몇 사람에 대해 당신 생각을 듣고 싶어요. 당신은 사람을 보는 눈이 남다른 것 같거든요.”

조금 들뜬 찰리는, 그녀의 물잔을 실수로 엎지르며 답을 대신했다.

두 시간쯤 지났을 때, 워런 맥킨타이어는 구석에서 혼자 있는 남자들 틈에 서서, 댄스 플로어에서 춤추는 사람들을 지켜보고 있었다. 그는 마조리가 어디로, 또 누구와 함께 사라졌는지 궁금했다. 그러던 중, 그의 머릿속에 전혀 다른 생각이 천천히 스며들었다. 마조리의 사촌 버니스가, 불과 지난 5분 사이에 여러 차례 남자들에게 춤 신청을 받았다는 사실이었다.

워런은 눈을 감았다가 다시 떠서 확인했다. 조금 전만 해도 버니스는 외지에서 온 남자와 춤을 추고 있었는데, 그건 충분히 이해할 만한 일이었다. 외지 남자는 이곳 분위기를 잘 모를 테니까. 그런데 지금은 또 다른 남자와 춤을 추고 있었고, 저쪽에서는 찰리 폴슨이 꽤 적극적인 눈빛으로 그녀에게 다가가고 있었다. 이상한 일이었다. 찰리는 평소 하루에 세 명 이상의 여자와 춤을 추는 경우가 거의 없었으니까.

잠시 후, 버니스의 파트너가 찰리로 바뀌었을 때, 워런은 방금 전까지 그녀와 춤을 추던 사람이 누구였는지 보고 깜짝 놀랐다. 다름 아닌 G. 리스 스토다드였다. 그런데도 정작 G. 리스는 다른 남자가 다가온 덕분에 버니스와 계속 춤을 추지 않아도 되었다는 것이 그다지 달가운 눈치가 아니었다. 다음에 버니스가 근처에서 춤을 출 때, 워런은 그녀를 유심히 바라보았다. 그녀는 예뻤다. 정말 예뻤다. 오늘 밤 그녀의 얼굴에는 유난히 생기가 돌고 있었다. 그건 연기 잘하는 여자라도 흉내 내기 어려운, 진심으로 즐기는 사람만이 지을 수 있는 표정이었다. 워런은 그녀의 머리 모양이 마음에 들었다. 혹시 저렇게 빛나는 게 머리에 바른 광택제 때문일까, 궁금해졌다. 드레스도 그녀에게 아주 잘 어울렸다. 짙은 붉은색이 그녀의 깊은 눈매와 건강한 얼굴빛을 한층 돋보이게 했다. 처음 이곳에 그녀가 방문했을 때도 예쁘다고 생각했었다. 물론 그땐 그녀가 그토록 따분한 성격일 줄은 몰랐다. 안타깝게도, 그녀는 정말 재미없는 여자였다. 그는 그런 재미없는 여자애들을 도무지 참을 수가 없었다. 그래도, 예쁜 건 분명했다.

그의 생각은 다시 마조리에게로 돌아갔다. 지금 그녀가 보이지 않는 것도 다른 때처럼 똑같은 사라짐일 뿐이었다. 마조리가 다시 나타나면, 그는 어디 있었느냐고 물을 테고, 그녀는 늘 그랬듯이 단호하게 네가 알 바 아니라며 받아칠 것이다. 그녀가 자신에 대해 그렇게 확신하는 모습을 볼 때마다 안타까웠다. 마조리는 그가 이 동네 다른 여자들에겐 전혀 관심이 없다는 걸 잘 알고 있었고, 그래서 그런 확신을 즐기는 듯했다. 마치 제네비브나 로베르타에게 한번 빠져볼 테면 빠져보라고 으름장을 놓는 것 같았다.

워런은 한숨을 내쉬었다. 마조리의 마음을 헤아리는 일은 언제나 미로를 걷는 것만 같았다. 그는 고개를 들어 바라보았다. 버니스가 또다시 그 외지에서 온 남자와 춤을 추고 있었다. 혼자 있는 남자들 사이에 서 있던 워런은 거의 무의식적으로 한 발 앞으로 나섰다. 잠깐 망설인 끝에, 그저 호의를 베푸는 거라고 자신을 설득하며 버니스 쪽으로 걸음을 옮겼다. 그러다 갑자기 G. 리스 스토다드와 부딪혔다.

"실례." 워런이 말했다.

하지만 G. 리스는 사과도 하지 않고, 곧장 춤추고 있는 버니스에게 다가가 다시 끼어들었다.

그날 새벽 한 시, 마조리는 복도에서 전등 스위치에 한 손을 얹은 채 돌아서서 버니스의 반짝이는 눈을 바라보았다.

"그래서, 효과가 있었단 말이지?"

"오, 마조리, 정말 효과가 있었어!" 버니스가 외쳤다.

"그래, 즐거워하는 것 같더라."

"정말 즐거웠어! 딱 한 가지 문제라면, 자정쯤엔 이야깃거리가 떨어져서 같은 말을 몇 번이나 반복해야 했다는 거야. 물론 상대는 다 다른 남자들이었지만. 그 남자들이 서로 애길 안 했으면 좋겠어."

"남자들은 그런 거 신경 안 써." 마조리가 하품을 하며 말했다. "설령 애길 한다 해도 괜찮아. 오히려 네가 똑똑하다고 생각할걸."

마조리가 불을 껐고, 두 사람은 계단을 오르기 시작했다. 버니스는 난간을 잡으며 고마운 마음이 들었다. 태어나서 처음으로 춤을 너무 많이 춰서 피곤하다고 느꼈다.

"있잖아." 마조리가 계단 끝에 서서 말했다. "남자들은 다른 남자가 그 여자에게 관심을 보이면, 그 여자에게 뭔가 특별한

게 있다고 생각하게 돼. 내일은 새로운 이야기 몇 개 더 준비하자. 잘 자.”

“잘 자.”

버니스는 머리를 풀며 저녁 내내 있었던 일들을 곱씹었다. 그녀는 마조리의 조언을 한 가지도 빠뜨리지 않고 그대로 따랐다. 찰리 폴슨이 여덟 번째로 끼어들어 춤추자고 했을 때도 기쁜 표정을 지었고, 상대방에게 관심을 보이고, 또 그들의 관심을 자연스럽게 받아들이는 척했다. 날씨나 오클레어나 자동차, 학교 이야기는 절대 꺼내지 않았고, 오직 ‘나’, ‘너’, 그리고 ‘우리’에 관한 이야기만 했다.

하지만 잠들기 직전, 몽롱한 머릿속에서 문득 반항심이 고개를 들었다. 어쨌든 해낸 건 자신이었다. 마조리가 대화 소재를 알려주긴 했지만, 사실 그것들도 마조리가 대개 어디선가 읽은 것들이었다. 빨간 드레스도 자신이 산 옷이었다. 물론 처음에는 여행 가방 속에 파묻혀 있는 걸 마조리가 꺼내주기 전까지는 별로 마음에 들지 않았지만. 그리고 남자들에게 말을 한 것도 자기 목소리였고, 웃은 것도 자기 입술이었고, 춤을 춘 것도 자기 발이었다. 마조리, 괜찮은 애야. 허영심이 좀 있긴 해도. 꽤 괜찮은 저녁이었어. 남자애들도 괜찮았고. 워런도 포함해서. 워런, 워런, 이름이 뭐였지, 워런…

그렇게 그녀는 스르르 잠이 들었다.

5

그다음 한 주 동안 버니스에게는 정말로 새로운 세상이 펼쳐졌다. 사람들이 자신을 바라보고, 자기 이야기에 진심으로 귀 기울이는 모습을 보면서, 자연스레 자신감이 쌓여갔다. 물론 처음에는 실수도 많았다. 이를테면, 드레이컷 데요가 신학을 공부하고 있다는 사실을 전혀 몰랐고, 그가 그녀에게 끼어들어 같이 춤을 추려 했던 것도 버니스가 조용하고 얌전한 성격이라고 생각했기 때문이라는 걸 알아차리지 못했다. 그런 걸 알았다면, 처음 그에게 "안녕, 왜 그렇게 얼빠진 표정이에요? 포탄이라도 맞았나요?" 같은 말은 하지 않았을 텐데. 그렇게 시작한 대화는 욕조 이야기까지 이어졌다. "여름엔 머리 손질하는 게 너무 힘들어요. 머리숱이 많아서요. 그래서 저는 항상 머리부터 손질하고, 얼굴에 파우더를 바르고, 모자를 쓴 다음에 욕조에 들어가요. 그다음에 옷을 입죠. 그쪽이 보기에도 이 순서가 제일 효과적인 것 같지 않아요?" 드레이컷 데요는 그 무렵 물에 온몸을 담그는 침수 세례에 대해 고민하고 있었기 때문에, 어쩌면 버니스의 이야기에 뭔가 연관성을 느꼈을 수도 있었다. 하지만 사실 그는 전혀 그렇지 않았다. 그는 여성의 목욕 이야기를 부적절한 주제로 여겼고, 곧장 현대 사회의 타락에 대한 자기 생각을 버니스에게 늘어놓았다.

하지만 그런 어이없는 실수에도 불구하고, 버니스는 눈에 띄는 몇 가지 성공을 거두었다. 오티스 오르몬드는 핑계를 대고 동부 여행을 포기하고, 마치 강아지처럼 졸졸 그녀를 따라다녔다. 그의 친구들은 그 모습을 재미있어했지만, G. 리스 스토다드는 꽤 짜증이 났다. 오티스가 버니스에게 보내는 과할 만큼 다정한 눈길 때문에, G. 리스가 스토타드가 오후에 몇 번이나 그녀를 찾아갔던 시간들이 죄다 엉망이 되고 말았던 것이다. 심지어 오티스는 분장실이며, 나무토막 이야기며, 별의별 얘기까지 꺼내면서 자신은 물론이고 다른 사람들까지도 처음에는 버니스를 잘못 봤었다는 점을 거듭 강조했다. 버니스는 그 이야기를 웃어넘겼지만, 마음 한구석이 묘하게 가라앉는 느낌을 지울 수 없었다.

버니스가 한 말 중에서 가장 유명하고 모두에게 좋은 반응을 얻었던 건, 단발머리에 관한 이야기였다.

"버니스, 머리는 언제 자를 거야?"

"모레쯤이요. 아마도요." 그녀는 웃으며 대답하곤 했다. "보러 와줄래요? 꼭 올 거라고 믿어요.”

“그럼! 반드시 가야지. 서두르는 게 좋을 거야.”

사실 버니스는 머리를 자를 생각이 조금도 없었지만, 다시 한번 웃으며 말했다.

“이제 곧이에요. 너무 놀라지 마세요.”

하지만 어쩌면 그녀의 성공을 가장 확실하게 보여주는 건, 매일 하비 집 앞에 세워져 있는 워런 맥킨타이어의 회색 자동차였을 것이다. 까다롭기로 소문난 워런이 처음에 마조리가 아닌 버니스를 찾아왔을 때, 하녀도 깜짝 놀랐다. 하지만 그런 일이 일주일쯤 계속되자, 하녀는 요리사에게 이렇게 말했다. 버니스 아가씨가 마조리 아가씨를 따라다니는 남자들 중에 제일 괜찮은 남자를 가로챘다고.

정말로 그랬다. 어쩌면 처음엔 마조리의 질투심을 자극하고 싶었던 워런의 마음에서 비롯된 일일 수도 있다. 아니면, 버니스의 말투와 행동에서 은근하면서도 분명하게 묻어나는 마조리 특유의 분위기 때문이었을지도 모른다. 아마 두 가지 모두 작용했을 것이고, 그 위에 진심 어린 호감도 조금 더해졌으리라. 어쨌든, 단 일주일 만에 젊은 남녀들은 마조리의 가장 열정적인 구애자가 뜻밖에도 변심하여, 이제는 마조리의 손님에게 노골적으로 정성을 쏟고 있다는 사실을 알아차렸다.

모두의 관심은 마조리가 이 상황을 어떻게 받아들일지에 쏠려 있었다. 워런은 하루에 두 번씩 버니스에게 전화를 걸었고, 편지도 보냈다. 둘이 함께 워런의 자동차에 탄 모습도 자주 목격됐다. 그들은 마치 워런의 진심이 어디까지인지를 두고 긴장감 넘치는, 뭔가 의미심장한 대화를 나누는 것처럼 보였다.

마조리는 주변에서 은근히 떠보는 말을 들어도 그저 웃어넘겼다. 워런이 드디어 자신을 제대로 알아봐 주는 사람을 만난 것 같아 다행이라며, 대수롭지 않게 넘겼다. 다른 젊은이들도 덩달아 웃으며, 마조리가 정말 신경 쓰지 않는다고 생각했고, 그 일은 그렇게 끝나는 듯 보였다.

어느 날 오후, 버니스가 집으로 돌아갈 날이 사흘밖에 남지 않았을 때였다. 그녀는 워런과 함께 브리지 파티에 가기로 되어 있었고, 복도에서 그를 기다리고 있었다. 들뜬 마음으로 거울 앞에 서 있었는데, 같은 파티에 가는 마조리가 옆으로 다가와 아무렇지 않게 모자를 고쳐쓰기 시작했다. 버니스는 두 사람 사이에 무슨 갈등이 생길 거라고는 전혀 생각하지 못했다. 그때 마조리가 세 문장으로 냉정하게 잘라 말했다.

"워런은 그만 잊는 게 좋을 거야." 그녀가 냉랭하게 말했다.

"뭐라고?" 버니스는 순간 경악했다.

"워런 매킨타이어한테 바보 같은 짓 그만하라고. 걘 너한테 눈곱만큼도 관심 없어.”

잠시 동안 두 사람은 팽팽한 긴장 속에서 서로를 바라보았다. 마조리는 경멸이 서린 냉담한 표정이었고, 버니스는 어이없고, 한편으론 화가 나면서도 두려운 마음이 뒤섞여 있었다. 그때 집 앞에 차 두 대가 멈추며 요란하게 경적 소리가 울렸다. 두 사람은 동시에 숨을 한 번 들이쉬고, 곧바로 돌아서서 나란히 서둘러 밖으로 나갔다.

브리지 파티 내내 버니스는 가슴속에서 점점 커지는 불안을 억누르려 애썼지만, 소용이 없었다. 자신이 마조리라는 스핑크스 중의 스핑크스를 건드려 버린 셈이었다. 세상에서 가장 순수하고 무해한 의도로 시작했던 일이었지만, 결과적으로는 마조리의 것을 빼앗은 셈이 되어버렸다. 순간 그녀는 갑자기 견딜 수 없을 만큼 심한 죄책감에 휩싸였다.

브리지 게임이 끝난 뒤, 사람들이 자유롭게 원을 이루고 앉아 두런두런 이야기를 나누기 시작했을 때, 폭풍은 천천히 다가오기 시작했다. 그 시작은 뜻밖에도 어린 오티스 오르몬드였다.

“오티스, 너 언제쯤 유치원으로 돌아갈 거니?” 누군가가 장난스럽게 물었다.

“나? 버니스가 머리를 단발로 자르는 날.” 오티스가 대답했다.

"그럼 평생 못 돌아가겠네." 마조리가 재빠르게 끼어들었다. "쟤 그냥 허세 부리는 거거든. 너희도 지금쯤은 눈치를 챘어야지."

"정말이야?" 오티스가 따지듯 버니스를 바라보았다.

버니스는 귀까지 화끈거렸다. 어떻게 받아쳐야 할지 머리를 굴려 보았지만, 이렇게 대놓고 공격을 받으니 머릿속이 하얘지면서 아무 말도 떠오르지 않았다.

"세상엔 허세 부리는 사람이 얼마나 많은지 몰라." 마조리가 일부러 유쾌한 척 말을 이었다. "오티스, 너도 이제 그 정도는 알 나이 아니니?"

"글쎄." 오티스가 중얼거렸다. "그럴지도. 하지만 버니스 말로는…"

"정말?" 마조리가 하품을 하며 끼어들었다. "요즘 한 말 중에 제일 재치 있던 게 뭐였는데?"

아무도 대답하지 못했다. 사실 버니스는 최근 마조리의 남자와 어울리기 시작한 뒤로는 딱히 인상적인 말을 한 적이 없었다.

"정말 그냥 허풍이었던 거야?" 로베르타가 호기심 어린 눈으로 물었다.

버니스는 머뭇거렸다. 뭔가 재치 있는 답을 해야 할 것 같았지만, 사촌의 차가운 시선을 느끼는 순간 완전히 얼어붙고 말았다.

"모르겠어." 버니스가 작게 중얼거렸다.

"허!" 마조리가 외쳤다. "그냥 인정해!"

버니스는 워런이 만지작거리던 우쿨렐레에서 시선을 들어 자신을 바라보고 있음을 알아차렸다. 그의 눈빛에는 의아함이 담겨 있었다.

"진짜로 모르겠다니까!" 버니스가 이번엔 좀 더 단호하게 말했다. 두 볼이 화끈 달아올랐다.

"참 나!" 마조리가 또다시 빈정거렸다.

"한마디 해봐, 버니스." 오티스가 부추겼다. "마조리한테 한 방 먹여버려!"

버니스는 다시 한번 주위를 둘러보았다. 하지만 워런의 시선을 좀처럼 떨칠 수 없었다.

"난 단발머리가 좋아." 버니스가 서둘러 말했다. 마치 워런의 질문에 답이라도 하듯이. "정말로 단발로 자를 생각이야."

"언제?" 마조리가 따지듯 물었다.

"아무 때나."

"지금보다 좋은 때가 있겠어?" 로베르타가 곁에서 맞장구쳤다.

그러자 오티스가 벌떡 일어섰다.

"정말 좋은 생각이야!" 오티스가 외쳤다. "우리 여름 단발 파티를 하자! 버니스, 세비어 호텔 이발소에서 자를 거라고 했지?"

순식간에 모두 자리를 박차고 일어섰다. 버니스의 심장은 미친 듯이 뛰기 시작했다.

"뭐라고?" 그녀는 숨이 턱 막히는 듯했다.

그때 무리 속에서 마조리의 경멸 어린 목소리가 또렷하게 들려왔다.

"걱정 마. 쟤 어차피 도망칠 거 뻔하니까!"

"가자, 버니스!" 오티스가 외치며 문 쪽으로 걸어갔다.

워런과 마조리, 두 사람의 눈길이 버니스를 뚫어지게 바라보고 있었다. 마치 '할 수 있으면 해보라'는 듯, 그녀를 시험하는 시선이었다. 버니스는 또다시 갈팡질팡했다.

"좋아." 버니스가 재빨리 말했다. "정말로 잘라도 괜찮아."

끝없이 길게만 느껴진 몇 분 뒤, 늦은 오후 시내로 향하는 차 안에서, 버니스는 워런 옆에 앉아 있고 나머지 일행이 탄 로베르타의 차가 뒤따라왔다. 버니스는 마치 단두대로 끌려가는 마리 앙투아네트가 된 것 같은 기분이었다. 어렴풋이, 대체 왜 이 모든 게 잘못됐다고 소리치지 않는지 스스로도 알 수 없었다. 갑자기 적이 되어버린 세상으로부터 자신을 지키기 위해, 두 손으로 머리를 감싸 쥐지 않으려고 애쓸 뿐이었다. 그녀는 아무것도 하지 않았다. 어머니 생각조차도, 그녀를 멈추게 할 수 없었다. 지금 이 순간, 버니스의 스포츠맨십이 시험받고 있었다. 인기 많은 소녀들의 반짝이는 세계에, 그녀가 누구의 의심도 받지 않고 당당히 들어설 자격이 있는지, 바로 그 판가름이 나는 순간이었다.

워런은 내내 우울한 표정으로 아무 말이 없었다. 호텔에 도착했을 때도 조용히 차를 길가에 세우고, 먼저 내리라는 듯 고개만 살짝 끄덕였다. 뒤이어 로베르타의 차에서 친구들이 시끌벅적하게 웃으며 내려 이발소 안으로 들어갔다. 이발소에는 거리 쪽으로 큼직한 유리창이 두 개 나 있었다.

버니스는 인도에 서서 세비어 이발소 간판을 올려다보았다. 그곳은 단두대나 다름없었고, 사형집행인은 다름 아닌 이발사였다. 그는 흰 가운을 입고 담배를 피우며 첫 번째 의자에 느긋하게 기대 있었다. 분명 그녀 이야기를 들어 알고 있을 것이다. 어쩌면 일주일 내내, 친구들 입에 오르내리던 저 불길한 첫 번째 의자 옆에서 담배를 피우며 그녀를 기다리고 있었는지도 모른다. 머리를 자를 때 이발사가 그녀의 눈을 가릴까?

아니, 그럴 일은 없겠지만, 흰 천을 목에 두르겠지. 혹시 피가 나면? 아니, 그럴 리 없다. 그저 머리카락이 옷에 묻지 않게 하기 위한 거다.

"가자, 버니스." 워런이 재빨리 말했다.

버니스는 턱을 들고 인도를 가로질러 걸어갔다. 흔들리는 스크린 도어를 밀고 들어서면서, 대기 벤치에서 시끌벅적하게 웃고 있는 무리에게는 아예 눈길도 주지 않고 곧장 뚱뚱한 이발사에게 다가갔다.

"단발로 잘라 주세요."

첫 번째 이발사는 입을 약간 벌린 채 버니스를 바라보다가, 물고 있던 담배를 바닥에 툭 떨어뜨렸다.

"예?"

"제 머리요, 단발로 잘라 달라고요!"

더는 말할 필요도 없다는 듯 버니스는 곧장 높은 의자에 올라앉았다. 옆 의자에 앉아 있던 남자가 면도 크림을 얼굴에 반쯤 바른 채로 몸을 돌려 그녀를 힐끗 바라봤다. 놀란 얼굴 반, 하얀 거품 반이었다.

또 다른 이발사는 깜짝 놀란 나머지, 한 달에 한 번꼴로 오는 윌리 슈네만의 머리를 그만 망쳐버렸다. 맨 끝 의자에 앉아 있던 오라일리 씨는 면도날이 볼을 긁자 고대 게일어로 욕을 내뱉었다. 구두닦이 소년 두 명은 눈이 휘둥그레져 버니스 앞으로 달려들었지만, 그녀는 구두를 닦을 생각이 전혀 없었다.

밖에서는 지나가던 행인이 걸음을 멈추고 안을 들여다보았다. 곧이어 부부 한 쌍이 그 곁에 섰고, 여섯 명쯤 되는 남자아이들이 코를 유리창에 바짝 붙였다. 여름 바람에 스크린 도어 사이로 사람들의 대화 소리가 간간이 흘러들었다.

"와, 머리가 임청 길다!"

"무슨 소리야? 저거 방금 면도 끝낸 수염 난 여자잖아."

하지만 버니스는 아무것도 보이지 않았고, 아무 소리도 들리지 않았다. 그녀가 온몸으로 느낀 건 단 하나, 흰 가운을 입은 남자가 거북 껍질 빗을 하나 꺼내고, 또 하나를 꺼내 들었다는 것. 그리고 그의 손이 익숙하지 않은 머리핀을 어설프게 만지고 있다는 것. 자신의 이 머리카락, 이 아름답고 소중한 머리카락이 잘려 나가고 있다는 것. 등 아래로 길게 흘러내리던 그 풍성한 감촉을 이제는 영영 느낄 수 없으리라는 사실. 버니스는 순간 무너져 내릴 것만 같았다. 하지만 바로 그때, 눈앞에 저절로 떠오르는 장면이 있었다. 마치 이렇게 말하는 듯, 마조리의 입가에 어렴풋이 스치는 냉소적인 미소였다.

'그만 포기하고 내려와. 네가 나한테 맞서보려 했지만, 내가 결국 네 허세를 까발렸지. 봤지? 넌 나를 이길 수 없어.'

그러자 버니스 안에서 마지막 남은 힘이 솟구쳤다. 그녀는 흰 천 아래에서 주먹을 꼭 쥐었고, 두 눈은 기이하게 가늘어졌다. 오랜 시간이 흐른 뒤에, 마조리가 누군가에게 이야기하게 될 바로 그 눈빛이었다.

20분쯤 지나자, 이발사는 버니스를 휙 돌려 거울을 마주 보게 했다. 그녀는 자신의 머리에 일어난 변화를 확인하고 움찔했다. 머리카락은 곱슬거리지도 않았고, 양쪽 뺨 옆으로 생기 없이 늘어져 있었다. 창백해진 얼굴 옆에 그저 덩어리처럼 축 처진 머리카락은 죄악만큼이나 흉했다. 그녀는 애초부터 이렇게 될 줄 알았다. 그녀 얼굴의 가장 큰 매력은 성모 마리아처럼 단아한 분위기였는데, 이제 그 매력은 온데간데없고, 끔찍할 정도로 평범해 보일 뿐이었다. 그저 우스꽝스럽기만 했다. 마치 안경을 집에 두고 나온 그리니치 빌리지 사람처럼.

의자에서 내려오면서도 억지로 웃어 보이려 했지만, 그 시도는 완전히 실패였다. 그녀는 여자애 둘이 서로 시선을 주고받는 것도, 마조리의 입꼬리가 조롱하듯 올라간 것도, 워런의 눈빛이 싸늘하게 식어버린 것도 모두 알아차렸다.

"보다시피, 잘랐어." 어색한 침묵을 깨고 버니스가 말했다.

"그래, 잘랐네." 워런이 시큰둥하게 대답했다.

"마음에 들어?"

몇 명이 마지못해 "당연하지."라고 대답했지만, 곧 다시 어색한 침묵이 흘렀다. 그때 마조리가 재빨리 몸을 돌리며, 뱀처럼 번뜩이는 눈길로 워런을 바라보았다.

"세탁소에 좀 데려다줄래?" 마조리가 물었다. "저녁 먹기 전에 꼭 드레스를 맡겨야 하거든. 로베르타는 바로 집에 간다니까, 나머지 애들은 걔가 데려다주면 돼."

워런은 한동안 칭밖을 멍하니 바라봤다. 그러다 잠시 싸늘한 시선이 버니스를 스치고, 이어 마조리에게로 옮겨갔다.

"기꺼이." 그가 느릿하게 대답했다.

6

버니스는 저녁 식사 직전에, 놀란 눈으로 자신을 바라보는 이모를 보며 자신이 얼마나 어처구니없는 함정에 빠졌는지 깨달았다.

"세상에, 버니스!"

"단발로 잘랐어요, 조세핀 이모."

"어머나, 세상에!"

"마음에 드세요?"

“세상에, 버니스!”

“많이 놀라셨죠?”

“아니, 그게 아니야. 내일 밤 데요 부인이 뭐라고 생각하시겠니? 버니스, 데요네서 열리는 파티가 끝나고 잘랐어야지. 아무리 머리를 자르고 싶었어도 그때까진 기다렸어야지.”

“갑자기 충동적으로 한 거예요, 이모. 그런데 데요 부인한테 그게 그렇게 중요한 일이에요?”

“세상에, 애야!” 하비 부인이 외쳤다. “데요 부인은 지난번 목요회에서 ‘요즘 세대의 기행’이라는 주제로 발표할 때 단발머리 얘기만 15분이나 했단다. 단발을 아주 싫어해. 게다가 이번 파티는 너랑 마조리를 위해서 여는 건데!”

“죄송해요.”

“아휴, 버니스, 네 엄마가 뭐라고 하겠니? 내가 널 말리지도 않았다고 생각하겠지.”

“죄송해요.”

저녁 식사는 고역이었다. 버니스는 급하게 고데기로 머리를 만져보려 했지만, 손가락에 화상을 입고 머리카락도 여기저기 태워버렸다. 이모는 걱정과 슬픔이 뒤섞인 표정이었고, 이모부는 “기가 막히는군!”이라는 말을 상처받은 듯, 그리고 어딘가 불쾌한 목소리로 계속 중얼거렸다. 마조리는 조롱하듯 옅은 미소를 숨기며 조용히 자리에 앉아 있었다.

버니스는 그날 저녁을 간신히 버텼다. 남자 셋이 집에 왔고, 마조리는 그중 한 명과 함께 자리를 떴다. 버니스는 남은 두 명을 상대해 보려 했지만, 무기력하고 어설픈 시도만 이어진 채로 시간이 흘렀다. 밤 열 시 반, 계단을 올라 방으로 향하면서 그녀는 속으로 안도의 한숨을 내쉬었다. 이게 무슨 하루람!

옷을 벗고 잠들 준비를 하고 있을 때, 문이 열리며 마조리가 들어왔다.

"버니스." 그녀가 말했다. "데요네 댄스파티 일은 정말 미안해. 명예를 걸고 말하는데, 완전히 잊고 있었어."

"괜찮아." 버니스가 퉁명스럽게 대답했다. 거울 앞에 선 그녀는 천천히 단발머리를 빗고 있었다.

"내일 시내에 데려가 줄게." 마조리가 말을 이었다. "미용사한테 가면 좀 더 단정하게 손질해 줄 거야. 네가 진짜로 자를 줄은 몰랐어. 정말 미안해."

"아, 괜찮다니까!"

"뭐, 어차피 오늘이 마지막 밤이고 내일이면 떠나니까, 별로 상관없겠지."

마조리가 금빛 머리카락을 어깨 뒤로 넘기고 천천히 두 갈래로 땋기 시작하자, 버니스는 저도 모르게 움찔했다. 크림색 네글리제를 입은 마조리는 마치 섬세한 그림 속의 중세 공주 같았다. 버니스는 넋을 놓고, 마조리의 금빛 머리카락이 차분하게 땋여 가는 모습을 바라보았다. 탐스럽고 풍성한 머리카락은 그녀의 손끝에서 안절부절못하는 뱀처럼 움직였다. 그에 비해 버니스에게 남은 것은 잘라낸 머리카락 한 움큼과 고데기, 그리고 수많은 시선이 기다리는 내일뿐이었다.

그녀를 마음에 들어 했던 하버드 출신 G. 리스 스토다드가 파트너에게 지적인 척하며 이렇게 말하는 모습이 그려졌다. 버니스가 영화관에 너무 자주 다닌 게 문제라고. 드레이컷 데요가 어머니와 눈짓을 주고받고, 그녀에게 억지로 친절한 척하려 애쓰는 장면도 눈앞에 그려졌다.

하지만 내일이 되면, 데요 부인의 귀에도 이 소식이 들어가겠지. 그러면 쌀쌀맞은 짧은 쪽지를 보내, 파티에 오지 말아 달라고 할지도 모른다. 그리고 모두가, 그녀가 없는 자리에서 비웃을 것이다. 결국 바보처럼 마조리에게 당했다는 것도 다 알게 될 것이다. 버니스가 가질 수 있었던 아름다움이, 이기적인 소녀의 질투 어린 변덕에 희생되었다는 사실도. 버니스는 거울 앞에 주저앉아, 입 안쪽 뺨을 꾹 깨물었다.

"난 마음에 들어." 버니스가 애써 말했다. "보다 보면 점점 괜찮아질 것 같아."

마조리가 미소를 지었다.

"지금도 충분히 예뻐. 제발 걱정하지 마!"

"안 할게."

"잘 자, 버니스."

하지만 문이 닫히는 순간, 버니스 안에서 뭔가가 툭 끊어졌다. 그녀는 벌떡 일어나 두 주먹을 꼭 쥐고, 곧장 소리 없이 침대 건너편으로 가서 그 아래에 넣어둔 여행 가방을 꺼냈다. 세면도구와 갈아입을 옷을 가방에 던져 넣고, 트렁크로 가서 두 서랍 분량의 속옷과 여름 원피스를 재빠르게 쓸어 담았다. 조용하면서도 조금의 망설임도 없는, 단호한 움직임이었다. 45분쯤 지나자 트렁크는 자물쇠를 채우고 가죽끈으로 단단히 묶인 상태였고, 버니스는 단정한 새 여행복을 갖춰 입은 채 서 있었다. 마조리가 직접 골라준 옷이었다.

그녀는 책상에 앉아 조세핀 이모에게 짧은 편지를 썼다. 떠나는 이유를 간단히 적고, 봉투를 봉한 다음 받는 사람 이름을 써서 베개 위에 올려두었다. 시계를 힐끗 보았다. 기차는 한 시에 떠난다. 두 블록 떨어진 말버러 호텔까지 걸어가면 어렵지 않게 택시를 잡을 수 있을 것 같았다.

그녀는 갑자기 숨을 거칠게 들이마시고 눈을 번득였다. 사람의 표정을 잘 읽는 이라면, 이 눈빛이 이발소 의자에 앉아 있을 때의 그 단호함과 어딘가 닮아 있음을 눈치챘을 것이다. 그러나 그때와는 또 다른, 어딘가 한 걸음 더 나아간 표정이었다. 버니스가 태어나서 처음으로 짓는 표정, 그 낯선 표정은 곧 중대한 결과를 끌어올리는 힘을 지니고 있었다.

그녀는 살그머니 서랍장으로 가서 그 위에 놓여 있던 물건을 집어 들었다. 그리고 방 안의 불을 모두 끈 채, 눈이 어둠에 익숙해질 때까지 가만히 서 있었다. 잠시 후, 마조리의 방문을 조심스레 열었다. 안에서는 아무런 죄책감도 없이 평온하게 잠든 사람의 고르고 잔잔한 숨소리가 들려왔다.

이제 그녀는 침대 곁에 바짝 다가서 있었다. 움직임은 침착하고 의도적이었다. 그녀는 망설임 없이 몸을 굽혀 마조리의 땋은 머리 한쪽으로 손을 가져갔다. 그대로 더듬어 두상에 가장 가까운 지점을 찾은 뒤, 자는 사람이 아무것도 느끼지 못하게 머리채를 느슨하게 쥐고 다른 손에 든 가위를 가져와 한 번에 싹둑 잘라냈다. 머리채를 손에 든 채 그녀는 숨을 죽였다. 그 순간, 마조리가 잠결에 무언가를 중얼거렸다. 버니스는 재빨리 나머지 땋은 머리도 잘라냈다. 잠시 멈칫했지만, 이내 소리 없이 자기 방으로 돌아갔다.

아래층으로 내려간 그녀는 큼직한 현관문을 열고 조심스럽게 닫았다. 왠지 들뜬 기분이 들어, 묵직한 여행 가방을 장바구니처럼 흔들며 현관을 나섰다. 달빛이 내리는 거리로 걸음을 옮겨 한참을 빠르게 걷던 그녀는, 왼손에 여전히 닿은 금빛 머리채 두 가닥을 쥐고 있다는 사실을 깨달았다. 뜻밖에도 웃음이 나왔다. 크게 터져 나오는 웃음을 참으려 입을 꼭 다물었다. 마침 그녀는 워런의 집 앞을 지나고 있었다. 순간적인 충동에 짐을 내려놓고, 머리채를 밧줄처럼 휘둘러 나무로 된 바깥 현관 쪽으로 힘껏 던졌다. 머리채가 툭 하고 떨어졌다. 이번에는 더 이상 참지 않고 웃음을 터뜨렸다.

"홍." 그녀가 미친 듯이 낄낄거렸다. "이기적인 계집애, 머리통을 시원하게 벗겨줬지!"

그녀는 다시 여행 가방을 들어 올리고, 달빛이 쏟아지는 거리를 빠르게 걸어갔다.

얼음 궁전

The Ice Palace

얼음 궁전

The Ice Palace

1920년 5월 22일 자 《새터데이 이브닝 포스트》에 발표되었고, 이후 《아가씨와 철학자 Flappers and Philosophers》에 수록되었다. 이 작품은 피츠제럴드가 북부와 남부의 사회적 차이뿐 아니라 문화적 차이까지 탐구한 일련의 단편들 가운데 첫 번째에 해당한다. 그는 특히 남부 문화가 그곳 여성들에게 끼치는 영향을 깊이 의식하고 있었고, 이는 앨라배마 몽고메리 출신의 젤다 세이어와 결혼하면서 더욱 주목하게 된 주제이기도 했다.

1

태양빛이 황금색 물감처럼 집 위로 흘러내렸다. 곳곳에 얼룩진 그림자로 눈부신 햇살의 강렬함은 더욱 도드라졌다. 양옆의 버터워스와 라킨네 집은 높고 묵직한 나무들에 둘러싸여 있었지만, 해퍼네 집만은 하루 종일 햇빛을 정면으로 받으며 먼지 날리는 길가를 너그럽고 인자한 인내심으로 마주하고 있었다. 여기는 조지아 최남단의 도시 타를턴, 9월의 어느 오후였다.

열아홉 살 샐리 캐롤 해퍼는 이층 자기 방 창가에 기대어, 쉰두 해 된 창턱에 턱을 얹은 채 클라크 대로의 낡은 포드 자동차가 모퉁이를 도는 모습을 바라보고 있었다. 차는 뜨거웠다. 금속 부분은 한낮의 열기를 고스란히 머금은 채 좀처럼 식지 않았다. 운전대를 꽉 움켜쥔 채 꼿꼿이 앉아 있는 클라크 대로는 마치 자신이 예비 부속품이라도 되는 듯, 언제라도 부서질 것 같은 고통스럽고 긴장된 표정을 짓고 있었다. 그는 비포장길에 깊이 팬 바큇자국 두 개를 힘겹게 넘어서고 있었다. 바퀴는 그 충격에 분개하듯 삐걱거렸다. 클라크는 무시무시한 표정과 함께 운전대를 마지막으로 세차게 비틀더니, 자신의 몸과 차를 어떻게든 해퍼네 바깥 현관 앞까지 끌고 왔다. 이어서 헐떡이는 숨소리와 죽기 직전의 쇳소리가 들리더니, 짧은 정적이 흐른 뒤 갑작스러운 기적 소리가 공기를 찢듯 요란하게 울려 퍼졌다.

샐리 캐롤은 졸린 눈으로 아래를 내려다보았다. 하품을 하려다가, 턱을 창턱에서 떼지 않고는 도저히 할 수 없다는 사실을 깨닫고는 하품을 포기한 채 조용히 차를 바라보았다. 차 주인은 신호에 대한 반응을 기다리며 형식적으로나마 번듯하게 앉아 있었다. 잠시 뒤, 기적 소리가 다시 한번 먼지 자욱한 공기를 가르며 울렸다.

"좋은 아침."

클라크가 비좁은 공간에서 길쭉한 몸을 힘겹게 틀고는 창 쪽으로 일그러진 시선을 던졌다.

"아침은 아니야, 샐리 캐롤."

"정말?"

"뭐 하고 있어?"

"사과 먹고 있어."

"수영하러 갈래?"

"그럴까."

"그럼 좀 서둘러 줄래?"

"알겠어."

샐리 캐롤은 길게 한숨을 내쉬며 무겁게 느껴지는 몸을 일으켰다. 그녀는 방에서 초록 사과를 한 입씩 베어 먹기도 하고, 여동생을 위해 종이 인형에 색칠도 하며 시간을 보내고 있었다. 거울 앞에 서서 흐뭇하고 나른한 눈길로 자신의 얼굴을 바라봤다. 입술에 연지를 두 번 가볍게 찍고, 코끝에 살짝 분을 뿌린 뒤, 단발의 옥수수 빛 머리에 장미 무늬가 가득한 햇빛 가리개 모자를 썼다. 그러고는 물감을 칠할 때 썼던 물그릇을 발로 차 넘어뜨리며 "젠장!" 하고 중얼거렸다. 그냥 내버려 둔 채 방을 나섰다.

"어떻게 지냈어, 클라크?"

잠시 뒤, 샐리 캐롤이 경쾌하게 조수석에 올라타며 물었다.

"아주 잘 지냈지, 샐리 캐롤."

"어디로 수영하러 가는데?"

"월리 연못으로. 메럴린이랑 조 유잉도 데리러 가야 해."

클라크는 가무잡잡하고 마른 체형에, 걸을 때면 약간 구부정해지곤 했다. 눈빛은 어딘가 불길하고 심통 맞아 보였지만, 종종 환하게 웃을 때면 표정이 단숨에 밝아졌다. 클라크에게는 '수입'이라고 부를 만큼은, 그럭저럭 자기 생활을 꾸리고 차에 기름을 넣을 수 있을 만큼의 돈은 있었다. 그는 조지아 공대를 졸업한 뒤, 지난 2년 동안 고향 마을의 한가로운 거리들을 빈둥거리며, 어떻게 하면 자본을 투자해 단번에 큰돈을 벌 수 있을지 이런저런 이야기를 나누며 지냈다.

빈둥거리며 지내는 건 그에게 전혀 어려운 일이 아니었다. 예전의 어린 여자아이들은 어느새 아름답게 자라 있었고, 그 중에서도 단연 돋보이는 건 샐리 캐롤이었다. 그들은 꽃이 만발한 여름 저녁에 함께 수영을 하고, 춤을 추고, 사랑을 나누며 즐거워했다. 모두가 클라크를 무척 좋아했다. 여자들과 어울리는 게 지겨워질 때면, 다 같이 무언가를 하려는 참인 또래 청년 대여섯을 어렵지 않게 찾을 수 있었다. 그들과 함께 골프장에서 몇 홀을 돌거나, 당구를 치거나, 아니면 '노란 독한 술'*
1쿼트(큰 병)를 나눠 마시곤 했다. 가끔 이들 중에는 사업을

---

* 　금주법 시절 남부에서 돌던 옥수수 밀주.

하겠다며 뉴욕이나 필라델피아, 피츠버그로 떠나려 작별 인사를 하는 녀석도 있었지만, 대부분은 이 나른한 낙원에 남았다. 꿈결 같은 하늘과 반딧불이 날아다니는 저녁, 시끌벅적한 흑인 거리 축제, 그리고 무엇보다도 돈이 아니라 추억으로 자라난, 우아하고 부드러운 목소리의 소녀들이 있는 이곳에.

포드 자동차가 억지로 깨어나 성가시고 불만스러운 기색으로 덜컹거리며, 클라크와 샐리 캐롤은 밸리 애비뉴를 지나 제퍼슨 스트리트로 들어섰다. 그제야 흙길이 포장도로로 바뀌었다. 이어 그들은 커다란 부잣집이 대여섯 채쯤 늘어서 있는, 몽롱한 분위기의 밀리센트 플레이스를 지나쳤다. 그다음엔 도심으로 들어섰다. 이곳에서 운전하는 건 위험천만한 일이었다. 쇼핑객들은 거리를 느릿느릿 가로지르고, 낮게 신음하는 소 떼가 평온하고 태연한 전차 앞에서 주인에게 재촉당하며 내몰리고 있었다. 상점들조차 햇볕 속에서 문을 하품하듯 반쯤 열고, 창문을 졸린 듯 깜빡이며 곧 깊고 완전한 혼수상태로 빠져들 준비를 하는 것처럼 보였다.

"샐리 캐롤." 클라크가 갑자기 물었다. "약혼했다는 게 사실이야?"

그녀는 재빨리 그를 바라보았다.

"그 얘긴 어디서 들었어?"

"진짜 약혼한 거야?"

"그게 무슨 생뚱맞은 질문이니!"

"어떤 여자애가 그러던데, 지난여름 애슈빌에서 만난 북부 놈이랑 약혼했다고 하더라."

샐리 캐롤은 한숨을 쉬었다.

"하여간 이 동네처럼 소문 많은 데도 없을 거야."

"북부 놈이랑 결혼하지 마, 샐리 캐롤. 이 동네를 떠나면 안 돼."

"클라크." 샐리 캐롤은 잠시 침묵하다가, 갑자기 물었다. "내가 도대체 누구랑 결혼해야 하니?"

"내가 있잖아."

"클라크, 넌 아내를 먹여 살릴 형편도 안 되잖아." 그녀가 명랑하게 말했다. "그리고 무엇보다, 난 널 너무 잘 알아서 사랑에 빠질 수가 없어."

"그렇다고 북부 놈이랑 결혼해야 하는 건 아니잖아." 그가 고집스럽게 말했다.

"내가 그 사람을 사랑한다면 어쩔 건데?"

그는 고개를 저었다.

"그럴 리 없어. 그 사람은 우리랑 모든 면에서 완전히 다를 거야."

그가 말을 멈추며, 허름하고 제멋대로 뻗어 있는 집 앞에 차를 세웠다. 문간에 메릴린 웨이드와 조 유잉이 나타났다.

"샐리 캐롤!"

"안녕!"

"다들 잘 지냈어?"

차가 다시 움직이기 시작하자, 메릴린이 물었다. "샐리 캐롤, 니 약혼했니?"

"맙소사, 이 소문이 대체 어디서 시작된 거야? 내가 남자를 그냥 한번 쳐다보기만 마을 사람들이 다 나랑 엮어버리잖아?"

클라크는 덜컹거리는 앞 유리의 나사못을 뚫어지게 바라보았다.

"샐리 캐롤." 그가 묘하게 강한 어조로 말했다. "너 우리 싫어?"

"뭐라고?"

"우리, 남부 사람들 말이야."

"무슨 소리야, 클라크. 내가 너희 좋아하는 거 알잖아. 난 너희 남자애들 전부 다 사랑해."

"그런데 왜 북부 남자랑 약혼하려는 거야?"

"클라크, 나도 잘 모르겠어. 어떻게 해야 할지 아직 확신이 안 서. 하지만… 난 새로운 곳에 가보고 싶고, 새로운 사람들을 만나고 싶어. 견문을 넓히고 싶어. 큰일이 벌어지는 곳에서 살고 싶어.”

“그게 무슨 뜻인데?”

“클라크, 난 너도 좋고, 조도 좋고, 벤 애럿도 좋고, 여기 남자애들 모두를 좋아해. 그런데 너희는… 너희는…”

“우리 모두 실패자가 될 거라는 거야?”

“그래. 꼭 돈을 못 번다는 뜻은 아니야. 그냥 뭔가… 무기력하고, 안쓰럽고… 아, 이걸 어떻게 표현해야 하지?”

“우리가 계속 고향에 남아 있기 때문이야?”

“그래, 클라크. 넌 지금 이곳에서의 삶에 만족하고, 뭔가를 바꿀 생각도, 앞으로 나아가려는 마음도 없잖아.”

그가 고개를 끄덕이자, 그녀는 손을 뻗어 그의 손을 꼭 잡았다.

“클라크.” 그녀가 부드럽게 말했다. “난 세상 그 무엇과도 너를 바꾸고 싶지 않아. 넌 지금 그대로도 충분히 좋은 사람이야. 널 실패자로 만든다고 생각되는 그 모든 것들도, 난 언제까지나 사랑할 거야. 과거에 매달려 사는 것도, 무심하면서도 너그러운 마음씨도.”

“하지만 넌 떠날 거잖아?”

“그래… 너랑은 절대로 결혼 못 할 것 같아. 내 마음속에서 너는 세상 그 누구도 대신할 수 없는 특별한 사람이지만, 이곳에 묶여 있으면 나, 안절부절못할 거야. 인생을 허비하고 있다는 기분이 들겠지. 내 안에는 두 가지 모습이 있어. 네가 사랑하는 그 느긋하고 익숙한 모습이 있고, 또 하나는 나를 충동적으로 움직이게 만드는 에너지 같은 거야. 그게 어딘가에선 쓸모가 있을지도 몰라. 내가 더는 예쁘지 않게 되었을 때도, 그건 내 안에 남아 있을 테니까.”

그녀는 늘 그렇듯 갑자기 말을 멈추더니, 한숨을 쉬며 중얼거렸다. “아, 이 사랑스러운 녀석 같으니라고!”

기분이 바뀐 그녀는 눈을 반쯤 감고 머리를 뒤로 젖혀 좌석 등받이에 기대었다. 상쾌한 바람이 눈가를 스치고, 단발머리 끝의 부드러운 곱슬이 살랑거리도록 몸을 맡겼다. 이제 그들은 시골로 접어들고 있었다. 눈부시게 푸른 덤불과 풀밭, 그리고 잎사귀를 늘어뜨려 도로 위로 시원한 그늘을 드리운 키 큰 나무들 사이를 빠르게 달려갔다. 간간이 쓰러져 가는 흑인 오두막이 나타났고, 그 앞에는 백발이 성성한 노인이 옥수숫대 파이프를 문 채 앉아 있었다. 무성하게 자란 풀밭 위에는 거의 헐벗은 흑인 아이들 여섯 명가량이 낡은 인형을 들고 뽐내듯 놀고 있었다. 조금 더 나아가자, 한가로운 목화밭이 펼쳐졌다. 그곳의 일꾼들조차도 노동을 하려고 거기 있는 것이 아니라,

황금빛 9월의 들판에서 오래된 의식을 그저 한가롭게 반복하는, 태양이 땅에 내려준 형체 없는 그림자처럼 보였다. 나른하고 목가적인 풍경을 감싼 나무와 오두막, 탁한 강물 위로 열기가 흘렀다. 그 열기는 결코 적대적이지 않았고, 마치 갓난아기 같은 땅을 감싸안고 양분을 주는 크고 따스한 젖가슴처럼 포근했다.

"샐리 캐롤, 다 왔어!"

"애 곯아떨어졌네."

"너무 편해서 아예 뻗은 거야?"

"물이다, 샐리 캐롤! 시원한 물이 널 기다리고 있어!"

그녀가 게슴츠레 눈을 떴다.

"안녕…" 그녀가 미소 지으며 중얼거렸다.

2

11월, 큰 키에 다부진 체격, 활기찬 해리 밸러미가 북부 도시에서 내려와 나흘간 머물렀다. 지난여름 노스캐롤라이나 애슈빌에서 샐리 캐롤과 처음 만난 이후 계속 미뤄져 왔던 일을 마무리할 생각이었다. 그 일은 오래 걸리지 않았다. 불이 활활 타오르는 벽난로 앞에서 보낼 조용한 오후와 저녁이면 충분했다. 해리 벨러미는 샐리 캐롤이 바라던 모든 것을 갖춘 사람이었다. 게다가 그녀는 사랑을 위해 간직해둔 자신의 특별한 일면으로 그를 사랑하고 있었다. 샐리 캐롤은 뚜렷하게 나뉜 여러 면모를 지닌 사람이었다.

마지막 날 오후, 두 사람은 산책을 나섰고, 무의식적으로 그녀가 좋아하는 공동묘지 쪽으로 발걸음을 옮기고 있었다. 묘지가 눈에 들어왔을 때, 회백색과 황록색이 어우러진 묘지는 늦은 오후의 쾌적한 햇살 아래 환하게 빛났다. 그녀는 망설이듯 철제 문 앞에 멈춰 섰다.

"해리, 당신 원래 좀 우울한 성격인가요?" 그녀가 옅게 미소 지으며 물었다.

"우울하냐고? 전혀 아니야."

"그럼 안으로 들어가요. 여기 오면 우울해하는 사람들도 있지만, 나는 좋아하거든요."

그들은 철문 안으로 들어가 무덤이 늘어선 굽이진 골짜기에 난 오솔길을 따라 걸었다. 1850년대의 무덤들은 먼지 긴 회색빛에 곰팡이가 피어 있었고, 1870년대 묘비들에는 꽃과 단지 모양이 고풍스럽게 조각되어 있었다. 1890년대의 무덤들은 장식이 지나치게 화려하고 흉측할 정도였다. 통통한 대리석 아기 천사들은 축축한 잠에 빠진 듯 돌베개 위에 누워 있었고, 화강암으로 조각된 정체불명의 돌꽃들은 현실에선 존재할 수 없을 만큼 거대했다. 가끔 무릎을 꿇고 헌화하는 사람이 보였지만, 대부분의 묘지엔 적막과 시든 잎사귀만이 자리하고 있었다. 오직 고인의 희미한 기억이 살아 있는 사람들의 마음속에서 불러일으킬 수 있는 향기만이 감돌 뿐이었다.

그들은 언덕 꼭대기에 이르렀다. 앞에는 습기로 생긴 거뭇한 얼룩이 있고 덩굴이 반쯤 뒤덮은 둥근 비석이 서 있었다.

"마저리 리, 1844년에서 1873년." 그녀가 읽었다. "정말 멋진 사람이었겠죠? 겨우 스물아홉에 세상을 떠났네. 가엾은 마저리 리." 그녀가 나직이 덧붙였다. "해리, 그녀가 보이지 않아요?"

"보여, 샐리 캐롤."

그의 손에 그녀의 조그만 손이 들어왔다.

"그녀는 아마 흑발이었을 거예요. 머리에는 늘 리본을 달고, 옅은 하늘빛이나 바랜 장밋빛의 화려한 스커트를 입고 다녔겠지."

"그래."

"아, 해리, 그녀는 분명 사랑스러운 사람이었을 거예요! 기둥 있는 넓은 현관에 서서 손님들을 맞이하기 위해 태어난 그런 여자였을 거예요. 많은 남자들이 그녀를 위해 꼭 살아서 돌아오겠다고 다짐하며 전쟁터로 떠났지만, 아무도 돌아오지 못했을지도 몰라요."

그는 비석 가까이 몸을 숙여 결혼 기록이 있는지 살펴보았다.

"아무것도 없어."

"그렇죠. '미저리 리'라는 이름과 그 의미심장한 날짜만으로 충분하지 않겠어요?"

그녀가 가까이 다가오며 노란 머리카락이 그의 뺨을 스쳤고, 그는 뜻밖에도 목이 메었다.

"이제 그녀가 어떤 사람이었는지 알겠죠, 해리?"

"알겠어." 그가 다정하게 말했다. "당신의 소중한 눈을 통해서 보이거든. 지금 당신이 이렇게 아름다우니, 그녀도 분명 그랬을 거야."

그들은 말없이 꼭 붙어 섰고, 그는 그녀의 어깨가 살짝 떨리는 것을 느낄 수 있었다. 느릿한 바람이 언덕을 타고 올라와, 그녀의 흐느적거리는 챙 넓은 모자를 가볍게 흔들었다.

"저 아래로 내려가요!"

그녀는 언덕 반대편에 평평하게 펼쳐진 구역을 가리키고 있었다. 그곳에는 푸른 잔디밭을 따라 회백색 십자가 수천 개가 끝없이 정렬된 줄을 이루며 늘어서 있었고, 그 모습은 마치 부대의 무기들이 질서 정연하게 쌓여 있는 것 같았다.

“저긴 남부군 병사들이 묻힌 곳이에요.” 샐리 캐롤이 담담하게 말했다.

그들은 무덤들을 따라 걸으며 비문을 읽어 나갔다. 대부분 이름 하나와 날짜뿐이었고, 어떤 것은 아예 알아볼 수도 없었다.

“맨 끝줄에 있는 묘비들이 가장 슬퍼요. 저기 맨 끝에. 저 십자가들에는 전부 날짜랑 ‘신원 미상’이라는 말만 적혀 있거든요.”

그녀가 그를 바라보았다. 눈에는 눈물이 그렁그렁 맺혀 있었다.

“얼마나 생생하게 느껴지는 감정인지… 당신은 모를 수도 있지만, 어떻게 설명할 수가 없어요.”

“당신이 느끼는 감정 자체가 아름답다고 생각해.”

“아니, 아니에요. 이 감정은 내가 아니라 저 사람들의 것이에요. 내가 내 안에서 되살리려 했던, 오래전의 그 사람들. 이들은 그냥 평범한 남자들이었어요. 정말 중요한 존재였다면 ‘신원 미상’으로 남지는 않았겠죠. 하지만 이 세상에서 가장 아름다운 것을 위해 죽은 사람들이에요. 죽은 남부를 위해서." 그녀는 여전히 쉰 목소리로 말을 이었다. 눈에는 눈물이 반짝이고 있었다. "사람들은 무언가에 자기 꿈을 걸고 살아가잖아요. 나도 어릴 때부터 그런 꿈이 있었어요. 자연스럽게 생긴 꿈이었죠. 이미 죽은 거라 실망할 일도 없었으니까요. 나는 어떻게든 옛날의 노블레스 오블리주 정신에 부응하며 살려고 애썼어요. 알다시피 지금은 그 흔적만 남아 있잖아요. 오래된 정원의 장미가 우리 주변에서 시들어가는 것처럼. 몇몇 남자애들에게서 묘하게 옛날식 예의와 기사도 같은 게 어렴풋이 느껴질 때가 있어요. 옛날 옆집에 살던 남부군 노병이나, 흑인 노인들한테 들었던 이야기 속에서도 그랬고. 아, 해리, 분명히 뭔가가 있었어요, 뭔가가! 당신은 절대 이해 못 하겠지만, 정말 있었단 말이에요."

"이해해." 그가 다정하게 말했다.

샐리 캐롤은 미소 지으며, 그의 가슴 주머니에서 삐죽 나온 손수건 끝부분으로 눈물을 닦았다.

"당신, 우울해진 건 아니죠, 자기? 여기선 울고 있어도 행복해요. 이상하게도 힘이 나거든요."

그들은 손을 잡고 천천히 되돌아 걸었다. 부드러운 풀밭을 발견한 그녀가 그를 끌어당겨, 무너진 낮은 담벼락 잔해에 등을 기대고 함께 앉았다.

"저 노부인 셋, 빨리 좀 갔으면 좋겠네." 그가 불평했다. "샐리 캐롤, 당신한테 키스하고 싶어."

"저도요."

그들은 구부정한 세 노인이 자리를 뜨길 초조하게 기다렸다가, 그녀가 먼저 그에게 키스했다. 영원처럼 느껴지는 찰나의 황홀경 속에서, 하늘이 아득히 멀어지고 그녀의 모든 미소와 눈물이 사라질 때까지.

그 뒤로 두 사람은 함께 천천히 걸어 돌아갔다. 길모퉁이마다, 황혼이 하루의 끝자락과 함께 나른한 흑백 체스를 두고 있었다.

"1월 중순쯤에 와." 그가 말했다. "적어도 한 달은 있어야 해. 정말 근사할 거야. 겨울 축제도 열리고, 눈을 제대로 본 적 없다면 동화 속 나라처럼 느껴질 거야. 스케이트도 타고, 스키도 타고, 터보 건도 타고, 마차 썰매도 탈 수 있어. 설피를 신고 횃불 들고 행진하는 퍼레이드도 다양하게 볼 수 있을 거야. 몇 년 만에 열리는 거라 이번엔 정말 대단할 거야."

"많이 추울까요, 해리?" 그녀가 불쑥 물었다.

"그렇진 않을 거야. 코끝이 얼 수도 있겠지만, 몸이 덜덜 떨 정도로 춥진 않아. 공기가 차고 건조하거든."

"난 여름이 체질인가 봐요. 추운 날씨를 좋아해 본 적이 없</p>

거든요."

그녀는 말을 멈췄고, 두 사람은 잠시 말없이 걸었다.

"샐리 캐롤, 3월은 어때?" 그가 아주 천천히 말했다.

"사랑한다고 말할래요, 해리."

"3월?"

"그래요, 3월에 해요, 해리."

3

풀먼 침대차 안은 밤새 몹시 추웠다. 그녀는 승무원을 불러 담요를 하나 더 달라고 했지만, 받을 수 없다는 대답만 돌아왔다. 어쩔 수 없이 침대 아래쪽으로 몸을 깊숙이 파묻고, 이불을 두 겹으로 접어 덮은 채 몇 시간이라도 잠을 청하려 애썼다. 아침에 예쁘게 보이고 싶었기 때문이다. 하지만 헛수고였다.

그녀는 여섯 시에 일어나 불편하게 옷을 주섬주섬 입고는 비틀거리며 식당차로 커피를 마시러 갔다. 연결 통로까지 들이친 눈이 문을 덮어서 바닥이 미끄러웠다. 이 추위에는 묘한 매력이 있었다. 어디든 스며들었다. 그녀는 입김이 하얗게 피어오르는 게 신기해서, 신난 어린아이처럼 공중에 후 하고 불어보았다. 식당차에 앉은 그녀는 창밖으로 눈에 뒤덮인 새하얀 언덕과 계곡을 바라보았다. 듬성듬성 서 있는 소나무들은 가지마다 눈이 소복이 쌓여, 마치 차가운 눈의 잔칫상을 받쳐든 초록빛 접시 같았다. 때때로 하얀 벌판 한가운데 삭막하고 황량하게 덩그러니 서 있는 외딴 농가를 휙 지나쳤다. 그런 집을 지나칠 때마다, 그녀는 그 안에 갇혀 봄을 기다리는 이들을 떠올리며, 순간적으로 차디찬 연민을 느꼈다.

식당차를 나와 다시 침대칸으로 흔들리며 돌아가던 그녀는 갑자기 힘이 솟구치는 듯한 기분을 느꼈다. 혹시 해리가 말했던 그 상쾌한 공기가 이건가 싶었다. 여기는 북부였다. 이제는 그녀의 땅!

"자, 불어라 바람아, 나는야 방랑을 떠나리."

그녀는 혼자 흥겹게 흥얼거렸다.

"뭐라고 하셨죠?" 승무원이 공손하게 물었다.

"아, 먼지 좀 털어 달라고 했어요."

전신주에 걸린 긴 전선이 두 줄로 겹치고, 기차 옆으로는 선로가 두 줄, 세 줄, 네 줄 이어졌다. 이어서 흰색 지붕을 얹은 집들이 연달아 나타났고, 창문에 성에가 낀 전차 한 대가 얼핏 보였다. 거리, 또 거리, 도시가 보였다.

그녀는 얼어붙은 듯한 역 안에서 잠시 멍하니 서 있었다. 그러다 모피로 중무장한 세 사람이 자신을 향해 다가오는 게 보였다.

"저기 있다!"

"오, 샐리 캐롤!"

샐리 캐롤은 가방을 떨어뜨렸다.

"안녕!"

어딘가 익숙하면서도 얼음처럼 차가운 얼굴이 그녀에게 입을 맞추었고, 이내 그녀는 뿌연 입김을 뿜어내는 얼굴들 사이에 둘러싸였다. 그녀는 사람들과 차례로 악수를 나누었다. 먼저 키가 작고 적극적인 성격의, 서른 살쯤 되어 보이는 고든이라는 남자. 해리를 다소 어설프게 흉내 낸 듯한 인상이었다. 그리고 그의 아내 마이라. 자동차용 모피 모자 아래로 금빛 머리칼이 흘러내린 그녀는 생기가 거의 느껴지지 않는 여인이었다.

샐리 캐롤은 마이라를 보자마자 어쩐지 스칸디나비아 사람일 것 같다는 인상을 받았다. 유쾌한 운전사가 그녀의 가방을 들어주었고, 여기저기서 튀어나오는 미처 끝맺지 못한 말들과 감탄사들, 그리고 마이라가 건네는 무심하고 생기 없는 "어머나" 사이로, 그들은 서로를 떠미는 듯한 분위기 속에서 역

밖으로 빠져나왔다.

잠시 뒤, 그들은 세단형 승용차에 올라 눈 덮인 구불구불한 거리 위를 달리기 시작했다. 길가에는 수많은 남자아이들이 식료품 마차나 지나가는 자동차 뒤에 썰매를 매달고 즐겁게 달리고 있었다.

"와!" 샐리 캐롤이 외쳤다. "나도 저거 하고 싶어요! 우리도 해요, 해리."

"저건 애들 노는 거야. 뭐, 그래도⋯" 해리가 웃으며 말했다.

"서커스 같아요!" 그녀가 아쉬운 듯 말했다. 차는 눈으로 덮인 흰 대지 위에 제멋대로 확장된 주택 앞에 멈췄다. 그곳에서 그녀는 회색 머리에 체구가 다부진 믿음직한 인상의 남자와 달걀처럼 생긴 여자를 마주쳤다. 여자는 그녀에게 입을 맞췄다. 해리의 부모였다. 그 뒤로는 숨 막히는, 말로 다 표현할 수 없는 시간이 이어졌다. 혼잣말과 뜨거운 물, 베이컨과 달걀, 그리고 혼란이 범벅된 시간. 잠시 후, 그녀는 해리와 단둘이 서재에 있게 되었고, 담배를 피워도 될지 조심스레 물었다.

서재는 널찍했다. 벽난로 위에는 성모상이 걸려 있었고, 연한 금빛과 짙은 금빛, 반짝이는 붉은 표지의 책들이 끝도 없이 줄지어 책장에 꽂혀 있었다. 의자마다 머리를 기대는 자리에 네모난 레이스 천이 덮여 있었고, 소파는 적당히 편안했으며,

책들은 누군가 읽다 만 흔적이 보였다. 샐리 캐롤은 문득 고향 집의 낡은 서재가 떠올랐다. 아버지의 두꺼운 의학서들, 세 종조부의 유화 초상화들, 그리고 45년 동안 덧대고 수선했어도 여전히 눕기만 하면 잠이 솔솔 오는 낡은 소파까지.

이곳 서재는 특별히 매력적이지도, 그렇다고 딱히 매력 없지도 않았다. 그냥 모두 15년쯤 되어 보이는 값비싼 물건들로 들어찬 방일뿐이었다.

"북부에 와 보니까 어때?" 해리가 기대에 찬 눈빛으로 물었다. "좀 놀랐어? 생각했던 것과 비슷해?"

"내가 기대한 건 당신이에요, 해리." 그녀가 조용히 말하며 그를 향해 두 팔을 벌렸다.

하지만 짧은 키스 뒤, 그는 그녀에게서 억지로라도 기대감을 끌어내려는 듯 다시 물었다.

"이 동네 말이야. 마음에 들어? 공기 속에서 뭔가 생기가 느껴지지 않아?"

"해리, 너무 서두르지 말아요." 그녀가 웃으며 말했다. "나한테도 시간을 줘야죠. 이렇게 갑자기 질문을 쏟아내면 어떡해요."

그녀는 만족스러운 한숨과 함께 담배 연기를 천천히 내뿜었다.

"부탁하고 싶은 게 하나 있어." 그는 미안하다는 듯 조심스럽게 입을 열었다. "남부 사람들은 가문 같은 걸 아주 중요하게 생각하잖아. 물론 나쁘다는 뜻은 아니야. 하지만 여긴 좀 다르다는 걸 알게 될 거야. 내 말은, 처음엔 조금 천박한 과시처럼 보이는 게 있을 수도 있어, 샐리 캐롤. 그래도 여긴 삼대가 이어진 동네야. 누구나 아버지가 있고, 절반쯤은 할아버지까지 있지. 그 이전의 조상은 굳이 따지지 않아."

"알고 있어요." 그녀가 나직이 중얼거렸다.

"우리 할아버지 세대가 이 마을을 세웠어. 당시 마을을 세우느라 꽤 특이한 일들도 해야 했지. 예를 들어 지금 이 마을의 사교계에서 가장 영향력 있는 여자의 아버지는 마을 최초의 폐품 수거인이었어. 그런 식이지."

샐리 캐롤은 어리둥절한 얼굴로 말했다. "내가 사람들을 이상하게 볼 거라고 생각한 거예요?"

"전혀 아니야." 해리가 재빨리 말을 잘랐다. "누굴 변호하려는 것도 아니고. 다만, 지난여름 남부 출신 여자가 한 명 왔는데 좀 불편한 말들을 했거든. 그래서 미리 얘기해 주는 게 좋겠다 싶어서."

샐리 캐롤은 갑자기 억울하게 매를 맞은 사람처럼 속에서 분노가 치밀었다. 하지만 해리는 이 주제에 대한 이야기는 끝났다는 듯 곧 들뜬 목소리로 말을 이었다.

"지금은 축제 기간이야. 십 년 만에 처음이지. 새로 짓는 얼음 궁전도 있는데, 1885년 이후 처음이야. 가장 맑고 깨끗한 얼음을 골라 만들었고, 규모도 엄청나게 클 거야."

그녀는 자리에서 일어나 창가로 가 묵직한 터키식 휘장을 걷고 바깥을 내다보았다.

"어머!" 그녀가 외쳤다. "두 꼬마가 눈사람을 만들고 있어요! 해리, 나도 나가서 같이 만들어도 돼요?"

"됐고! 이리 와서 키스나 해."

그녀는 창가에서 아쉬운 표정으로 물러났다.

"키스할 날씨는 아닌 것 같은데요. 이럴 땐 가만히 앉아 있고 싶은 기분이 안 들잖아요, 그렇죠?"

"가만히 있진 않을 거야. 당신이 여기 머무를 첫 주 동안 내가 휴가를 냈으니까. 게다가 오늘 저녁엔 댄스파티도 있어."

"오, 해리." 그녀가 털썩 주저앉으며 고백했다. 몸의 절반은 그의 무릎에, 나머지는 쿠션 위에 기대고 있었다. "나 정말 정신이 없어요. 여길 좋아하게 될지 어떨지도 모르겠고, 사람들이 나에게 뭘 기대하는지도 잘 모르겠어요. 자기가 알려줘야 해요."

"내가 다 알려줄게." 그가 다정하게 말했다. "당신이 여기

와서 기쁘다고만 말해준다면.”

“기쁘죠! 무척이나, 몹시 기뻐요!” 그녀는 익숙한 몸짓으로 그의 품에 파고들며 속삭였다. “당신이 있는 곳이 내게는 집이에요, 해리.”

그렇게 말하면서, 그녀는 생애 거의 처음으로 자신이 어떤 역할을 연기하고 있다는 느낌을 받았다.

그날 밤, 반짝이는 촛불 사이에서 열린 저녁 파티에서, 남자들이 거의 대화를 주도하고 여자들은 거만하고 값비싼 분위기를 풍기며 한껏 거리를 두고 앉아 있는 가운데, 샐리 캐롤은 바로 옆에 해리가 앉아 있는데도 전혀 편안함을 느낄 수 없었다.

“멋진 사람들이지, 그렇지 않아?” 그가 물었다. “주위를 둘러봐. 저기 스퍼드 허버드는 작년에 프린스턴 풋볼팀 태클이었고, 주니 모턴, 그리고 그 옆에 앉은 빨간 머리 친구는 둘 다 예일 하키팀 주장 출신이야. 주니는 나랑 대학 동기고. 세계 최고의 운동선수들이 다 북부에서 나온다니까. 여긴 진짜 남자들의 동네야. 존 J. 피시번만 해도 그렇고!”

“그게 누군데요?” 샐리 캐롤이 천진하게 물었다.

“몰라?”

“이름은 들어본 것 같아요.”

"북서부 최고의 밀 사업가이자, 전국적으로도 손꼽히는 금융가야."

그녀는 갑자기 오른쪽에서 들려온 목소리 쪽으로 몸을 돌렸다.

"인사가 늦었네요. 제 이름은 로저 패튼입니다."

"전 샐리 캐롤 해퍼예요." 그녀가 친절하게 말했다.

"네, 잘 알고 있습니다. 해리에게서 당신이 온다는 얘기를 들었거든요."

"친척이세요?"

"아니요, 저는 교수입니다."

"아." 그녀가 웃었다.

"대학교수예요. 남부에서 오셨죠?"

"네, 조지아주 타를턴에서 왔어요."

그녀는 첫눈에 그가 마음에 들었다. 붉은빛이 감도는 갈색 콧수염에 연한 파란 눈동자의 그에게서는 이 방의 다른 사람들과는 달리 어딘가 따뜻한 이해심이 느껴졌다. 저녁 식사 내내 둘은 간간이 대화를 주고받았고, 그녀는 그를 다시 만나야겠다고 생각했다.

커피가 나온 뒤, 그녀는 여러 잘생긴 젊은이들과 인사를 나눴다. 그들은 모두 지나치게 조심스럽고 딱딱한 동작으로 그녀와 춤을 췄고, 그녀가 해리 얘기 말고는 달리하고 싶은 말이 없으리라고 여기는 듯했다.

'세상에.' 그녀는 속으로 생각했다. '약혼했다는 이유만으로 나를 자기들보다 훨씬 나이 많은 사람처럼 대하다니. 마치 내가 자기들 엄마한테 이르기라도 할 것처럼 굴잖아!'

남부에서는 약혼한 여자든, 심지어 갓 결혼한 젊은 여자든, 사교계에 막 나온 아가씨처럼 다정한 농담이나 가벼운 아첨을 기대하는 게 자연스러웠다. 하지만 이곳에서는 그런 분위기가 전혀 허용되지 않는 것만 같았다. 한 청년은 샐리 캐롤의 눈동자에 대해 열을 올리며, 그녀가 처음 들어왔을 때부터 그 눈에 매혹되었다고 말하다가, 그녀가 벨러미 집에 머물고 있다는 것, 그러니까 해리의 약혼녀라는 사실을 알게 되자 깜짝 놀라는 기색이 역력했다. 마치 용납되지 않는 큰 실수라도 저지른 듯한 표정을 짓더니, 곧바로 딱딱한 태도로 돌변해 틈이 보이자마자 서둘러 자리를 옮겼다.

마침 로저 패튼이 다가와 잠깐 밖에 나가 앉자고 권하자, 그녀는 오히려 안도했다.

그가 명랑하게 눈을 깜빡이며 물었다. "남부에서 온 카르멘 양, 이곳은 좀 어때요?"

"아주 좋아요. 위험한 댄 맥그루 씨는 어때요? 제가 잘 아는 북부 사람이 그 사람밖에 없어요.”

그는 그녀의 말에 제법 흥미를 느끼는 듯했다.

“물론, 문학 교수라면 〈위험한 댄 맥그루〉 같은 건 안 읽은 척해야 하죠.” 그가 비밀을 털어놓듯 말했다.

“여기 출신이세요?”

“아니요, 필라델피아에서 왔어요. 프랑스어를 가르치러 하버드에서 불러 왔죠. 벌써 십 년째 여기 살고 있네요.”

“저보다 아홉 해 하고도 364일 더 오래 계셨네요.”

“여기 마음에 들어요?”

“네, 물론이죠!”

“정말요?”

“왜 안 그렇겠어요? 지금 제가 즐거워 보이지 않나요?”

“아까 창밖을 보면서 몸을 부르르 떠시던데요.”

“그건 제 상상 때문이었어요.” 샐리 캐롤이 웃으며 말했다. “전 조용한 바깥 풍경에 익숙해서요. 그런데 여기선 창밖을 보면 눈보라가 몰아치고, 마치 죽은 무언가가 움직이는 것처럼 보여요.”

그는 고개를 끄덕이며 공감했다.

“전에 북부에 와본 적 있으세요?”

“노스캐롤라이나 애슈빌에서 7월을 두 번 보낸 게 전부예요.”

"참 멋진 사람들이죠?" 패튼이 소용돌이치는 무도회장 쪽을 가리키며 말했다.

샐리 캐롤은 순간 움찔했다. 해리가 했던 말과 똑같았기 때문이다.

"정말 그래요! 다들… 개 같아요."

"뭐라고요?"

그녀의 얼굴이 붉어졌다.

"죄송해요, 생각보다 훨씬 안 좋게 들렸죠. 저는 사람들을 남녀 구분 없이 고양이 같거나 개 같다고 나눠서 생각하는 습관이 있거든요."

"그럼 본인은 어느 쪽인데요?"

"난 고양이 쪽이에요. 당신도요. 남부 남자들 대부분, 그리고 여기 여자들도 거의 다 고양이예요."

"그럼 해리는?"

"해리는 확실히 개 쪽이에요. 오늘 밤 내가 만난 남자들도 전부 다 개 같고요."

"그런데 개 같다는 건 무슨 뜻이죠? 미묘함보다는 의도적으로 남성적인 면을 강조한다는 건가요?"

"그런 것 같아요. 사실 깊이 생각해 본 적은 없어요. 그냥 사람을 보면 바로 '개네', '고양이네' 하고 느껴지는 거죠. 말도 안 되는 거 저도 알아요.”

“전혀 그렇지 않아요. 오히려 흥미롭네요. 예전에 나도 이곳 사람들에 대해 나름의 이론을 세운 적이 있었거든요. 제 생각엔 점점 더 얼어붙어 가는 것 같아요.”

“무슨 말씀이세요?”

“스웨덴 사람들처럼 변해가고 있어요. 입센 스타일이라고 할까. 아주 서서히 침울하고 우울해지고 있죠. 긴 거울 탓이에요. 입센 작품 읽어본 적 있어요?”

그녀는 고개를 저었다.

“입센의 작품 속 인물들을 보면 음울하고 굳어 있는 경직성이 있죠. 도덕적으로는 바르지만, 편협하고, 즐거움도 없어요. 큰 슬픔이나 기쁨 같은, 끝이 없는 감정의 가능성도 없고요.”

“웃음도, 눈물도 없나요?”

“바로 그거예요. 그게 내 이론이에요. 북부에는 스웨덴계가 정말 많거든요. 제 생각엔 자기 나라 기후랑 비슷해서 이쪽으로 많이 오는 것 같아요. 시간이 지나면서 이 지역 사회에 자연스럽게 녹아드는 거죠. 오늘 이 자리에는 스웨덴계가 많아야 대여섯 명밖에 없겠지만, 지금까지 주지사 네 명이 스웨덴계였어요. 혹시 내가 너무 지루한 얘기를 하고 있나요?”

“아뇨, 정말 흥미로워요.”

"당신의 예비 형님도 스웨덴 혈통이 반쯤 섞였어요. 나는 그녀를 개인적으로 좋아하지만, 내 이론으론 스웨덴 사람들이 이곳 사람들에게 그다지 좋은 영향을 주진 않는 것 같아요. 스칸디나비아 지역은 자살률이 세계에서 가장 높으니까요."

"그렇게 우울한 곳이라면 왜 여기서 사세요?"

"아, 난 이곳의 영향을 거의 안 받아요. 혼자 지내는 걸 좋아하고, 나한텐 사람들보다 책이 더 중요하거든요."

"그런데도 작가들은 남부가 훨씬 더 비극적이라고들 하잖아요. 스페인 세뇨리타, 검은 머리, 단검, 잊히지 않는 음악, 뭐 그런 것들요."

그는 고개를 저었다.

"아니에요, 정말 비극적인 건 북부 사람들이에요. 그들은 눈물이라는 사치스러운 위안조차 누릴 수 없으니까요."

샐리 캐롤은 고향의 묘지가 떠올랐다. 자신은 그 묘지가 전혀 우울하게 느껴지지 않는다고 말했던 기억이 났다. 어쩌면 그때 자신이 느꼈던 것도 바로 이런 감정이었는지 모른다.

"이탈리아 사람들은 세상에서 가장 쾌활한 민족이에요. 좀 지루한 얘기네요." 그는 말을 멈췄다. "아무튼, 당신은 꽤 괜찮은 사람과 결혼하는 거예요. 그건 꼭 말해주고 싶었어요."

샐리 캐롤은 문득 마음 깊은 곳에서 우러나는 신뢰감을 느졌다.

"알아요. 저는 어느 순간부터는 누군가에게 보살핌을 받고 싶다는 생각이 들었어요. 그리고 분명 그렇게 될 거라는 예감이 들어요."

"춤출까요?" 그가 일어서며 말했다. "자기가 왜 결혼하는지 아는 여자를 만나면 참 반가워요. 열에 아홉은 결혼을 석양 속으로 걸어 들어가는 영화 장면으로 착각하거든요."

샐리 캐롤은 웃었다. 그가 점점 더 마음에 들었다.

두 시간 뒤, 집으로 돌아가는 길. 샐리 캐롤은 뒷좌석에서 해리 곁에 바짝 몸을 붙였다.

"아, 해리." 그녀가 속삭였다. "너무 추워!"

"차 안은 따뜻하잖아, 내 사랑."

"하지만 밖은 추워. 그리고, 아… 저 울부짖는 바람 소리!"

그녀는 그의 모피 코트 속 깊숙이 얼굴을 파묻었다. 그의 차가운 입술이 귓불을 스치자, 저절로 몸이 떨렸다.

4

첫 주는 정신없이 지나갔다. 약속했던 대로 터보건 썰매도

탔다. 자동차 뒤에 매달린 썰매를 타고 추운 1월의 황혼 속을 달렸다. 모피로 단단히 싸맨 채로 컨트리클럽 언덕에서 아침부터 썰매를 탔으며, 스키에도 도전했다. 공중으로 날아오듯 미끄러져 내려가는 찰나의 황홀함 뒤에 곧바로 몸이 뒤엉켜 폭신한 눈더미에 쓰러지면서 깔깔 웃었다.

겨울 스포츠는 거의 다 마음에 들었다. 다만, 창백한 노란 햇살 아래 눈부신 평원을 설피를 신고 걸었던 어느 오후만은 예외였다. 하지만 곧 깨달았다. 이런 건 정말로 아이들을 위한 놀이였고, 모두가 그녀에게 맞춰주고 있었으며, 다들 즐거워 보였던 것도 사실은 자신이 즐거웠기 때문에 그렇게 느껴졌다는 것을.

처음에 벨러미 가족은 좀처럼 속을 알 수 없는 사람들이었다. 남자들은 믿음직스러워서 마음에 들었다. 특히 철회색 머리의 벨러미 씨는 활기와 위엄이 동시에 느껴지는 사람이었는데, 그가 켄터키 출신이라는 사실을 알게 되자 금세 호감이 갔다. 그 사실만으로도 그는 그녀의 지난 삶과 새로운 삶을 이어주는 연결고리가 되었다. 하지만 여자들에게는 분명한 적대감이 느껴졌다. 예비 형님 마이라는 생기라고는 전혀 없고 고루함 그 자체였다. 그녀의 말에서는 아무런 개성도 느껴지지 않았고, 여성이라면 어느 정도의 매력과 자신감을 갖고 있는 게 당연한 곳에서 자란 샐리 캐롤에게 그런 마이라는 하찮게 느껴졌다.

'저 여자들은 예쁘지 않으면 아무것도 아니야.' 샐리 캐롤은 생각했다. '존재감이 전혀 없어. 바라보는 순간 사라져 버려. 그저 미화된 가정주부일 뿐이야. 남녀가 함께 있는 자리에서는 항상 남자가 중심이고.'

그리고 마지막으로, 벨러미 부인이 있었다. 샐리 캐롤은 벨러미 부인이 싫었다. 처음 봤을 때 달걀 같다고 생각했는데, 그 첫인상은 틀리지 않았다. 금이 간 듯 삐걱거리는 목소리에, 땅딸막한 체구, 우아함이라고는 전혀 느껴지지 않는 몸가짐. 샐리 캐롤은 그녀가 혹시라도 넘어지면 그대로 스크램블 에그가 되어버릴 것만 같았다. 게다가 벨러미 부인은 본능적으로 외부인에게 적대적인 태도를 보이는 이 마을 사람들의 특징을 고스란히 드러내는 사람이었다. 그녀는 샐리 캐롤을 줄곧 '샐리'라고 불렀다. 두 단어로 된 이름이 지루하고, 쓸데없는 별명이 아니라는 사실을 결코 인정하지 않는 듯했다. 샐리 캐롤에게 이름을 줄여 부르는 건 마치 옷을 반쯤 벗고 사람들 앞에 나서는 것과 같았다. 그녀는 '샐리 캐롤'이라는 이름을 사랑했고, 그냥 '샐리'라고 불리는 것은 질색이었다. 해리의 어머니가 자신의 단발머리를 못마땅하게 여긴다는 것도 알고 있었다. 샐리 캐롤은 이곳에 온 첫날, 벨러미 부인이 서재에 들어와 세차게 콧김을 들이마셨던 뒤로는 아래층에서 담배를 피울 생각조차 감히 하지 못했다.

그녀가 만난 남자들 중 가장 마음에 든 사람은 로저 패튼이었다. 그는 이 집에 자주 들르는 손님이었다. 이곳 사람들이 입센의 작품 속 인물들 같다는 이야기를 다시 꺼내지는 않았지만, 어느 날 샐리 캐롤이 소파에 웅크린 채 입센의《페르 귄트》를 읽고 있는 모습을 보고는, 웃으며 그날 했던 말은 다 헛소리였으니 잊으라고 했다.

둘째 주 어느 날 오후, 그녀와 해리는 심한 말다툼으로 번지기 직전까지 팽팽하게 맞섰다. 샐리 캐롤은 전적으로 해리 쪽에서 시비를 걸었다고 생각했다. 그 사건의 발달은 다림질도 하지 않은 바지를 입고 나타난 이름 모를 남자였다.

그들은 수북하게 쌓인 눈더미 사이를 걸어 집으로 향하고 있었다. 머리 위에는 샐리 캐롤이 알던 태양과는 전혀 다른, 좀처럼 익숙해지지 않는 태양이 떠 있었다. 회색 울로 칭칭 감싼 작은 테디베어처럼 보이는 여자아이가 지나가자, 샐리 캐롤은 저도 모르게 엄마 같은 따뜻한 시선으로 아이를 바라보며 감탄했다.

"저것 좀 봐요, 해리!"

“뭐가?”

“저 여자아이 얼굴 봤어요?”

“응, 왜?”

“딸기처럼 빨갰어요. 아, 정말 귀여워!”

“당신 얼굴도 벌써 그만큼 빨개졌어! 여기 사람들은 원래 건강해. 걸음마만 떼면 곧바로 추위 속으로 나가니까. 이곳 날씨는 정말 최고지!”

그녀는 그를 바라보다가 고개를 끄덕이지 않을 수 없었다. 그는 정말 건강해 보였고, 그의 형도 마찬가지였다. 그녀 역시 바로 그날 아침, 자신의 뺨에 생긴 홍조를 알아차렸었다.

갑자기 두 사람의 시선이 같은 곳에 멈췄다. 그들은 앞쪽의 길모퉁이를 바라보았다. 한 남자가 그곳에 서 있었다. 무릎을 굽힌 채, 마치 공중으로 막 뛰어오르려는 듯 긴장된 표정으로 위를 올려다보고 있었다. 잠시 후, 두 사람은 동시에 웃음을 터뜨렸다. 가까이 다가가 보니, 그 남자의 바지가 지나치게 헐렁해서 생긴 우스꽝스러운 착각이었던 것이다.

“우리가 완전히 속은 거네요.” 그녀가 웃으며 말했다.

“바지 보니까 남부 사람임이 틀림없어.” 해리가 장난스럽게 말했다.

“어머, 해리!”

그녀의 놀란 표정이 마음에 들지 않았던 것인지, 해리는 투덜거리듯 말했다.

"빌어먹을 남부 놈들!"

순간 샐리 캐롤의 눈빛이 번득였다.

"그렇게 말하지 마요."

"미안해, 자기야." 해리가 사과했다. 억지로 하는 듯 짜증 섞인 말투였다. "하지만 내가 남부 사람들을 어떻게 생각하는지 알잖아. 남부 사람들은 뭐랄까… 좀 타락했어. 옛날 남부 사람들과는 완전히 달라졌지. 흑인들이랑 오래 같이 살다 보니 게으르고 무기력해졌다고 생각해."

"입 다물어요, 해리!" 그녀가 화가 나서 외쳤다. "그렇지 않아요! 게으를 수는 있지만, 그런 날씨라면 누구라도 그럴 수밖에 없어요. 그리고 남부 사람들은 내 가장 소중한 친구들이에요. 그런 식으로 싸잡아 욕하는 말은 정말 듣고 싶지 않아요. 그중엔 그 누구보다 훌륭한 사람들도 많아요."

"아, 알아. 북부로 대학을 다니러 오는 사람들은 그나마 좀 낫지. 그래도 내가 지금껏 본 사람들 중에 남부 시골 출신들만큼 초라하고, 옷차림도 후줄근하고 꾀죄죄한 사람들은 없었다고!"

샐리 캐롤은 분노가 치밀어 장갑 낀 손을 꼭 쥐고, 입술을 세게 깨물었다.

"있잖아." 해리가 말을 이었다. "예일에 다닐 때 동기 중에 남부 출신이 한 명 있었거든. 우리 모두 드디어 진짜 남부 귀족을 찾았다고 생각했지. 그런데 알고 보니까 귀족은커녕, 앨라배마주 모빌 일대에서 목화 농사를 거의 독점하다시피 한 북부 출신 투기꾼의 아들이었어."

"남부 사람이라면 당신치럼 말하지 않을 거예요." 그녀가 침착하게 말했다.

"걔네는 그럴 기운도 없어!"

"아니에요, 뭔가 더 중요한 게 있어서 그렇겠죠."

"미안해, 샐리 캐롤. 하지만 당신도 그랬잖아. 절대 남부 남자하고는 결혼 안 할 거라고…"

"그건 전혀 다른 얘기예요. 난 계속 타를턴에 있는 남자애들이랑은 결혼하고 싶지 않다고 했던 거예요. 그렇지만 남부 남자들을 그렇게 싸잡아 일반화하진 않았어요."

두 사람은 한동안 말없이 걸음을 이어갔다.

"내가 말이 좀 심했던 것 같아, 샐리 캐롤. 미안해."

그녀는 고개를 끄덕였지만 아무 말도 하지 않았다. 5분쯤 뒤, 둘이 복도에 서 있을 때 그녀가 갑자기 그를 꼭 안았다.

"오, 해리." 그녀가 울먹였다. "우리 그냥 다음 주에 결혼해요. 이렇게 싸우는 게 너무 무서워요. 겁이 나요, 해리. 결혼하면 싸우지 않을 거 아니에요.”

하지만 해리는 자기가 잘못했으면서도 여전히 짜증이 가시지 않았다.

“바보 같은 소리 하지 마. 3월에 하기로 했잖아.”

샐리 캐롤의 눈에 고였던 눈물이 가시고, 표정이 약간 굳어졌다.

“그래요. 내가 괜한 말을 했어요.”

그제야 해리는 기분이 풀렸다.

“사랑스러운 바보 아가씨!” 그가 외쳤다. “이리 와서 키스해 줘. 다 잊어버리자.”

그날 밤, 보드빌 공연이 끝나갈 무렵 오케스트라가 〈딕시〉*를 연주하자, 샐리 캐롤은 하루 동안 흘렸던 눈물과 웃음보다 더 크고 오래 남을 감정이 가슴 깊이 차오르는 걸 느꼈다. 그녀는 의자 팔걸이를 꼭 움켜쥔 채 앞으로 몸을 기울였고, 얼굴은 점점 붉게 달아올랐다.

“가슴에 와닿지, 자기?” 해리가 속삭였다.

하지만 그녀는 그의 말을 듣지 못했다. 바이올린의 절제된

---

* 　19세기 미국 남부에서 불리던 노래로 이후 미국 민요로 불림.

떨림과 북소리의 장엄한 울림에 맞춰, 마음속의 오래된 기억들이 유령처럼 어둠 속으로 조용히 사라지고 있었다. 피리가 낮고 구슬픈 앙코르 연주 속에서 휘파람처럼 울고, 한숨처럼 흐느끼자, 그 유령들은 거의 시야에서 사라져 버렸고 그녀는 손을 흔들어 마지막 인사를 건넬 수 있을 것만 같았다.

멀리, 멀리,
저 아래 남부 딕시로!
멀리, 멀리,
저 아래 남부 딕시로!

5

유난히 추운 밤이었다. 전날 갑작스러운 해빙으로 거리의 눈이 거의 녹았지만, 이제 거리 위에는 다시 가루 같은 눈의 유령이 떠다니고 있었다. 그것은 바람의 발치에서 물결치듯 흩날리고, 낮은 공기 속에는 고운 입자의 안개를 자욱이 퍼뜨리고 있었다. 하늘은 보이지 않았다. 거리 위로 까맣고 불길한 장막이 드리워져 있을 뿐이었다. 사실 그것은, 끝없이 몰려오는 거대한 눈송이 군단이었다. 그 위로 북풍이 거세게 몰아치며, 불 켜진 창문에서 퍼져 나오는 갈색과 녹색의 온기를 모조리 빼앗아 가고, 썰매를 끄는 말의 규칙적인 발굽 소리마저 조용히 삼켜버렸다. 결국 이 도시는 음울하기 그지없다고, 그녀는 생각했다. 정말 음울한 곳이었다.

밤이 되면 이곳은 아무도 살지 않는 곳처럼 느껴졌다. 사람들은 오래전에 모두 떠나버리고, 불이 켜진 집들만 남아 서서히 얼음비 무덤에 파묻혀갈 것만 같았다. 샐리 캐롤은 생각했다. 아, 만약 내 무덤 위에도 눈이 쌓인다면! 긴 겨우내 눈더미 아래 묻혀 있다면, 내 묘비도 그저 흐릿한 그림자 사이를 스쳐 지나가는 또 하나의 그림자에 지나지 않겠지. 자신의 무덤은 꽃으로 뒤덮이고, 햇살과 비에 씻겨야 할 무덤이어야 한다고 그녀는 생각했다.

그녀는 기차 차창 밖으로 스쳐 지나갔던 외딴 시골집들과 그곳에서 보내는 기나긴 겨울을 떠올렸다. 창문을 통해 끊임없이 쏟아지는 강렬한 빛, 부드럽게 쌓인 눈 위로 점점 단단하게 굳는 표면, 그리고 마침내 눈이 느릿느릿 녹으며 찾아오는 로저 패튼이 이야기했던 생기라고는 전혀 없는 거칠고 황량한 봄. 그녀의 봄, 라일락이 피고, 마음 깊은 곳에서 나른한 달콤함이 일렁이는 봄, 이제 그녀는 그 봄을 영영 잃게 될 터였다. 샐리 캐롤은 지금, 마음속에서 자신의 봄을 지우고 있었다. 머지않아 그 봄이 남긴 달콤한 감정들마저 묻어야 할 것이다.

폭풍은 점점 더 집요하게 몰아쳤다. 샐리 캐롤은 눈송이가 속눈썹 위에서 빠르게 녹아내리는 것을 느꼈다. 모피 외투를 입은 해리가 팔을 뻗어, 그녀의 복잡하게 짜인 플란넬 모자를 내려 씌워주었다. 그러자 작은 눈송이들이 마치 흩어진 병사들처럼 사방으로 날아들었고, 참을성 있게 목을 숙인 말의 털 위로 하얀 얇은 막이 덮였다가 이내 사라졌다.

"아, 추운가 봐요, 해리." 그녀가 다급하게 말했다.

"누가? 말이? 아니, 안 추워. 오히려 좋아하는걸!"

십 분쯤 더 가서 모퉁이를 돌자, 목적지가 눈앞에 나타났다. 겨울 하늘 아래, 눈부신 녹색 조명에 윤곽이 드러난 높은 언덕 위에 얼음 궁전이 우뚝 서 있었다.

3층 높이의 궁전은 흉벽과 총안, 고드름 맺힌 좁은 창문들이 있고, 내부의 수많은 전등이 거대한 중앙 홀을 환하게 밝혀 궁전 전체를 투명하게 빛나게 하고 있었다. 샐리 캐롤은 모피 담요 아래에서 해리의 손을 꼭 움켜잡았다.

"아름답다!" 해리가 들뜬 목소리로 외쳤다. "정말 멋지지 않아? 1885년 이후로 처음 만든 거래!"

하지만 '1885년 이후로 한 번도 없었다'는 말이 왠지 그녀에겐 답답하게 들렸다. 얼음은 유령 같았고, 이 얼음 궁전에는 분명 1880년대의 그림자들이 살고 있을 것만 같았다. 창백한 얼굴에, 눈으로 뒤덮인 흐릿한 머리카락을 한 채로.

"가자, 자기야." 해리가 말했다.

그녀는 해리를 따라 썰매에서 내렸다. 해리가 말을 매는 동안 옆에서 조용히 기다렸다. 잠시 후 고든, 마이라, 로저 패튼, 그리고 다른 여자 한 명으로 이루어진 네 명의 일행도 요란한 방울 소리와 함께 도착했다. 이미 많은 사람들이 모여 있었고, 다들 모피나 양가죽 외투를 껴입은 채 눈밭을 헤치며 서로에게 큰 소리로 인사를 건네고 있었다. 이제는 눈발이 너무 거세져서 몇 걸음 떨어진 사람조차 제대로 알아볼 수 없을 지경이었다.

"높이가 50미터래요." 해리가 두툼하게 옷을 껴입은 옆 사람에게 말하며 입구 쪽으로 눈을 헤치고 걸어갔다. "약 5천 제곱미터나 된대요."

말소리가 띄엄띄엄 들려왔다. "중앙 홀 하나에…" "벽 두께가 오십 센티미터에서 일 미터쯤…"

"얼음 동굴은 거의 2킬로미터 정도…" "이걸 만든 캐너크가…"

그들은 안으로 들어갔다. 샐리 캐롤은 거대한 수정 벽이 만들어내는 마법 같은 광경에 넋을 잃고, 영국 시인 사무엘 콜리지의 미완의 시 〈쿠블라 칸〉의 두 구절을 자기도 모르게 반복하고 있었다.

그것은 신비롭고 보기 드문 설계의 기적,
안에 얼음 동굴이 있는 햇살 가득한 기쁨의 전당이라네!

어둠이 완전히 차단된 빛나는 거대한 동굴 안, 나무 벤치에 앉자 저녁 내내 그녀를 짓눌렀던 답답함이 조금은 누그러졌다. 해리의 말대로, 정말 아름다웠다. 그녀의 시선이 매끄럽게 이어진 벽을 따라 천천히 움직였다. 벽을 이루는 얼음 벽돌들은 은은한 빛과 투명한 느낌을 내기 위해 유난히 순도와 투명도가 높은 것들만 골라 쌓은 것이었다.

"봐, 이제 시작이야. 끝내준다!" 해리가 외쳤다.

멀리 한쪽 구석에서 악대가 '만세, 우리 모두 모였네!Hail, Hail, the Gang's All Here!'를 연주하기 시작했다. 음악 소리는 얼음 벽을 타고 울리면서 거칠고 모호하게 메아리쳤다. 그때 갑자기 불이 꺼졌다. 정적이 얼음벽을 타고 흘러내려 그들을 덮쳤다. 샐리 캐롤은 어둠 속에서 자신의 하얀 입김이 떠오르는 것이 보였고, 맞은편에는 창백하게 빛나는 얼굴들이 줄지어 있는 모습이 어렴풋이 보였다.

음악은 한숨 섞인 탄식처럼 서서히 잦아들었다. 바깥에서는 행진하는 클럽들의 굵고 낮은 노랫소리가 흘러들어왔다. 소리가 점점 커졌고 마치 고대 황야를 가로지르는 바이킹의 찬가처럼 들렸다. 점점 더 고조되고 가까워지고 있었다. 곧 줄지어 선 횃불이 모습을 드러냈고, 이어서 또 한 줄, 또 한 줄이 뒤따랐다. 회색 매키노 코트를 입은 사람들이 긴 행렬을 이루어, 모카신을 신은 발로 박자를 맞추며 안으로 들어왔다. 그들은 눈 신발을 어깨에 메고, 손에 든 횃불이 솟구치며 깜박였다. 그들의 목소리는 웅장한 얼음벽을 따라 크게 울려 퍼졌다.

회색 대열이 지나가고, 곧 또 다른 행렬이 뒤따랐다. 이번에는 강렬한 빛이 붉은 토보건 모자와 불타는 듯한 진홍색 매키노 코트 위로 쏟아졌다. 그들은 노래의 후렴을 따라 부르며 안으로 들어왔고, 그 뒤로 파란색과 흰색, 초록색, 다시 흰색, 갈색과 노란색 차림의 긴 행렬이 차례로 이어졌다.

"하얀 옷 입은 사람들은 와쿠타 클럽이야." 해리가 들뜬 목소리로 속삭였다. "무도회장에서 당신에게 인사했던 사람들이지."

거대한 동굴 안에서 목소리는 점점 더 커졌고, 불꽃의 물결

속에서 흔들리는 횃불과 눈부신 색채, 부드러운 가죽신이 바닥을 두드리며 만들어내는 리듬이 한데 어우러져, 마치 환등극을 보는 듯한 광경이 펼쳐졌다. 선두에 선 대열이 방향을 틀며 멈춰 서자, 그 뒤로 이어진 분대들이 차례로 진형을 갖추어 펼쳐졌고, 마침내 전체 행렬이 하나의 거대한 불꽃 깃발처럼 모습을 드러냈다. 순간 수많은 사람들이 일제히 함성을 질렀고, 그 소리는 전둥처럼 울려 피지머 수많은 횃불을 흔들어놓았다. 정말 장관이었다. 압도적인 광경이었다! 샐리 캐롤에게 그 장면은, 마치 북부 사람들이 거대한 제단 위에서 회색 눈의 이교 신에게 제물을 바치는 의식처럼 보였다.

외침이 잦아들자 악대가 다시 연주를 시작했고, 노랫소리가 이어졌다. 그다음에는 각 무리에서 길고 울려 퍼지는 환호성이 터져 나왔다. 그녀는 조용히 앉아 귀를 기울였다. 그러던 중 정적을 가르는 날카롭고 짧은 외침이 들려와 깜짝 놀랐다. 갑작스러운 연속 폭발음이 울리고, 곳곳에서 연기구름이 피어올랐다. 플래시를 터뜨리는 사진사들 때문이었다. 그렇게 의식은 끝이 났다. 이윽고 악대가 선두에 서고, 각 클럽은 다시 대열을 갖춰 행진가를 부르며 퇴장하기 시작했다.

"어서 가자!" 해리가 외쳤다. "불 끄기 전에 아래층 미로를 봐야 해!"

모두 자리에서 일어나 내려가는 얼음 통로로 향했다. 해리와 샐리 캐롤이 맨 앞에 섰다. 그녀의 벙어리장갑 낀 작은 손이 그의 큼직한 털장갑 속에 감싸져 있었다. 얼음 통로로 내려가자, 얼음으로 된 길고 텅 빈 방이 나타났다. 천장이 너무 낮아 두 사람 모두 몸을 굽혀야 했고, 그 바람에 두 손이 자연스레 떨어졌다. 해리는 그녀가 알아차리기도 전에, 방 안으로 이어진 여섯 개쯤 되는 반짝이는 통로 중 하나로 쏜살같이 달려 들어갔다. 그는 곧 녹색 빛으로 물든 공간 속에서 멀어져 가는 희미한 그림자처럼 보였다.

"해리!" 그녀가 불렀다.

"빨리 와!" 해리가 소리쳤다.

그녀는 텅 빈 방 안을 둘러보았다. 나머지 일행은 집에 가기로 했는지, 이미 눈보라가 몰아치는 밖으로 나간 뒤였다. 그녀는 잠시 망설이다가 해리를 따라 통로 안으로 뛰어들었다.

"해리!" 그녀가 다시 소리쳤다.

통로를 따라 한참을 들어가 갈림길에 다다랐을 때, 왼쪽 멀리서 희미한 대답이 들려왔다. 불안한 마음에 휩싸인 채 그녀는 그 소리를 향해 달려갔다. 또 다른 갈림길을 지나고, 입을 벌리고 있는 골목 두 개를 더 지나쳤다.

"해리!"

대답이 없었다. 그녀는 곧장 앞으로 달리다가, 갑자기 번개처럼 방향을 틀어 자신이 왔던 길을 되짚어 달렸다. 차가운 공포가 순식간에 그녀를 덮쳤다.

갈림길에 도착했다. 여기가 맞을까? 그녀는 왼쪽으로 꺾어, 아까 지나온 그 낮고 기다란 방으로 이어지는 출구라고 생각되는 곳에 다다랐지만, 그곳엔 어두운 끝을 향해 뻗어 있는 또 하나의 반짝이는 통로만 있을 뿐이었다. 다시 한번 해리를 불러보았지만, 벽은 메아리도 없는 생기 없고 단조로운 소리만을 되돌려줄 뿐이었다. 그녀는 발걸음을 되돌려 또 다른 모퉁이를 돌았다. 이번에는 조금 더 넓은 통로를 따라 나아갔다. 그 길은 마치 홍해가 갈라져 드러난 푸른 길 같았고, 텅 빈 무덤들을 잇는 축축한 지하 납골당을 떠올리게 했다.

걷는 동안 그녀는 몇 번이나 미끄러졌다. 덧신 밑창에 얼음이 엉겨 붙은 탓이었다. 균형을 잡으려면 장갑 낀 손으로 반쯤 미끄럽고 반쯤 끈적이는 벽을 더듬으며 나아가야 했다.

"해리!"

여전히 아무 대답도 없었다. 그녀의 목소리는 통로 끝까지 메아리치며, 조롱하듯 되돌아왔다.

순식간에 불이 꺼졌다. 그녀는 완전한 어둠 속에 갇혔다. 겁에 질린 비명을 작게 내지르며, 얼음 위에 차가운 작은 덩어리처럼 주저앉았다. 주저앉는 순간 왼쪽 무릎에서 무언가 이상한 감각이 느껴졌지만, 거의 알아차릴 겨를도 없었다. 길을 잃는 공포를 훨씬 뛰어넘는, 깊고도 본질적인 두려움이 그녀를 엄습했기 때문이다. 이제 그녀는 북쪽에서 온 존재와 단둘이 남겨졌다. 그것은 북극해의 얼음에 갇힌 포경선에서, 연기 한 줄기 피어오르지 않고 길조차 없는 황무지에 흩어진 모험가들의 백골에서 나온 음울하고 황량한 고독이었다. 그것은 죽음의 얼어붙은 숨결이었고, 땅 위를 낮게 기어와 그녀를 집어삼키려 하고 있었다.

광란에 가까운 절망이 힘이 되어, 그녀는 다시 일어나 앞이 보이지 않는 어둠 속으로 무작정 걸음을 내디디기 시작했다. 어떻게든 밖으로 나가야 했다. 이 안에서 며칠을 헤매다 얼어 죽고, 책에서 읽었던 시체들처럼 얼음 속에 파묻혀 완벽하게 보존된 채로, 언젠가 빙하가 녹을 때 발견될지도 모른다는 생각이 스쳤다. 해리는 아마도 그녀가 다른 사람들과 함께 밖으로 나갔다고 생각할 것이다. 지금쯤 그도 집에 돌아갔을 테고, 그녀가 이곳에 남아 있다는 사실을 내일이 되어서야 모두가 알게 될 것이다. 그녀는 애처롭게 벽을 더듬었다. 벽 두께가 사십 인치라 했지, 사십 인치!

"아…!"

양쪽 벽을 따라 무언가가 스멀스멀 기어가는 기분이 들었다. 이 궁전과 마을, 그리고 북부를 떠도는 축축한 영혼들이었다.

"제발, 누구라도 여기로 보내줘… 제발, 누구라도!" 그녀가 소리 내어 울부짖었다.

클라크 대로, 그라면 이해해 줄 텐데. 아니면 조 유잉이라노. 여기서 엉엉 헤메다 마음도, 몸두, 영혼도 모두 얼어붙게 내버려둘 순 없어. 다른 누구도 아니고, 샐리 캐롤인데! 언제나 행복했던 아이였다. 따뜻한 걸 좋아하고, 여름을 사랑하고, 남부 딕시를 사랑하는 아이였다. 그런데 지금, 이 모든 것은 너무 낯설고, 너무도 이질적이었다.

"울면 안 돼." 어딘가에서 목소리가 들려왔다. "이제 다시는 울지 마. 눈물이 얼어붙을 테니까. 이곳에선 눈물이 전부 얼어붙거든!"

그녀는 얼음 위에 축 늘어져 쓰러졌다.

"오, 하나님…" 그녀의 목소리가 덜덜 떨렸다.

일분일초가 끝없이 이어지는 행렬처럼 흘러갔고, 깊은 피로 속에서 그녀는 서서히 눈이 감기는 것을 느꼈다. 그때 누군가 곁에 앉아, 따뜻하고 부드러운 손으로 그녀의 얼굴을 감싸는 듯했다. 그녀는 고마운 마음에 고개를 들어 올려다보았다.

"마저리 리잖아." 그녀는 혼잣말로 부드럽게 속삭였다. "역시 올 줄 알았어." 정말로 마저리 리였다. 샐리 캐롤이 늘 상상해 왔던 모습 그대로였다. 희고 고운 이마, 크고 따뜻한 눈동자, 그리고 기대어 눕기에도 편안한 부드러운 후프 스커트.

"마저리 리…"

점점 더 어둠이 짙어지고 있었다. 저 묘비들은 정말 새로 칠해야 할 것 같았다. 물론 그러면 멋이 다 사라지겠지만, 그래도 읽을 수는 있어야 하니까.

시간이 빠르게 흘렀다가 다시 느려지기를 반복하더니, 이윽고 흐릿한 빛줄기들이 연한 노란빛 태양을 향해 모여드는 듯한 감각만이 남았다. 그 잠깐의 고요를 산산이 깨뜨리는 커다란 쩍 소리가 울려 퍼졌다.

태양이었다. 빛이었다. 횃불이었다. 그 너머에도 또 다른 횃불들이 있었다. 목소리들도 들렸다. 횃불 아래로 얼굴 하나가 모습을 드러냈다. 묵직한 팔이 그녀를 들어 올렸고, 그녀는 뺨에 무언가가 닿는 것을 느꼈다. 축축했다. 누군가가 그녀를 붙잡고 눈 뭉치로 얼굴을 문지르고 있었다. 눈으로 얼굴을 문지르다니, 정말 우스운 일이었다!

"샐리 캐롤! 샐리 캐롤!"

위험한 댄 맥그루였다. 얼굴을 모르는 두 사람도 있었다.

"아이고, 얘야! 우리가 두 시간을 널 찾아 헤맸어! 해리는 미쳐버리기 직전이야!"

순간 모든 기억이 한꺼번에 밀려왔다. 노랫소리, 횃불, 행진하는 클럽들의 우렁찬 함성. 그녀는 로저 패튼의 팔에 안긴 채 몸을 뒤틀며 길고 낮은 신음을 쏟아냈다.

"아, 여기서 나가고 싶어! 나 집에 갈래. 집에 데려다줘요!" 그녀의 목소리는 점점 높아져 비명에 가까워졌고, 다음 통로를 달려오던 해리의 가슴을 서늘하게 만들었다.

"내일!" 그녀는 열에 들뜬 것처럼 격정적으로 외쳤다. "내일! 내일! 내일!"

6

황금빛 햇살이 가득 쏟아지며, 하루 종일 먼지 날리는 길가를 마주한 집 위로 나른하면서도 포근한 열기를 퍼뜨리고 있었다. 이웃집 나뭇가지 사이 그늘진 한편에서는 새 두 마리가 부산스럽게 지저귀고, 길 아래쪽에서는 흑인 여인이 딸기를 한다고 노래하듯 외쳤다. 4월의 어느 오후였다.

샐리 캐롤 해퍼는 낡은 창가 의자에 팔을 올려놓고, 그 위에 턱을 괴고서 졸린 눈으로 반짝이는 먼지를 내려다보고 있었다. 그 먼지 위로는 올봄 들어 처음으로 아지랑이 같은 열기가 피어오르고 있었다. 그녀는 아주 낡은 포드 자동차 한 대가 아슬아슬하게 모퉁이를 돌아, 덜컹거리며 끙끙대다가 길 끝에 멈춰서는 모습을 바라보고 있었다. 샐리 캐롤은 아무 말도 하지 않았지만, 잠시 뒤 익숙한 휘파람 소리가 공기 속을 가르며 울려 퍼졌다. 그녀는 미소를 머금은 채 눈을 깜빡였다.

"좋은 아침."

차 지붕 아래에서 머리 하나가 힘겹게 비집고 나왔다.

"아침 아니야, 샐리 캐롤."

"맞거든!" 그녀는 일부러 놀란 척 말했다. "아닌 것 같네."

"뭐 하고 있어?"

"풋복숭아 먹고 있어. 곧 죽을지도 몰라."

클라크는 그녀의 얼굴을 올려다보려고, 도저히 불가능해 보일 만큼 몸을 비틀었다.

"샐리 캐롤, 물이 따뜻해. 주전자에서 모락모락 피어오르는 수증기 같아. 수영하러 갈래?"

"움직이기 귀찮은데." 샐리 캐롤이 나른하게 한숨을 쉬었다. "그래도 갈래."

컷글라스 그릇

The Cut-Glass Bowl

컷글라스 그릇

The Cut-Glass Bowl

1920년 9월에 《스크리브너 매거진》에 발표되었고, 이후 《아가씨와 철학자 Flappers and Philosophers》에 수록되었다. 이 작품은 상징적 오브제를 통한 인물 몰락 서사를 보여주며, 피츠제럴드의 비극적 감수성을 보여주는 대표 단편으로 꼽힌다. 나중에 쓴 〈바빌론을 다시 찾다 Babylon Revisited〉처럼, 화려했던 시대의 대가와 몰락을 주제로 삼은 초기 실험작으로 평가된다.

1

거친 석기 시대와 매끄러운 석기 시대가 있었고, 청동기가 있었으며, 그보다 훨씬 뒤에 컷글라스 시대가 찾아왔다. 컷글라스 시대에는, 긴 곱슬 콧수염을 기른 젊은 남자들에게서 청혼을 받아낸 젊은 아가씨들이 몇 달 뒤 자리에 앉아, 펀치볼이나 핑거볼, 만찬용 유리잔, 와인 잔, 아이스크림 접시, 봉봉 접시, 디캔터, 꽃병 같은 온갖 컷글라스 선물에 대한 감사 편지를 썼다. 컷글라스가 1890년대에 처음 등장한 것은 아니었지만, 그 시절에는 특히 유행이라는 눈부신 빛을 반사하느라 여념이 없었다. 그 빛은 동부 보스턴의 부유한 지역 백 베이에서부터 중서부의 요새 같은 오지까지 퍼져나갔다.

결혼식이 끝나면 펀치볼들은 그릇장 위에 자리를 잡았고,

그중에서도 가장 크기가 큰 그릇이 중앙에 놓였다. 유리잔들은 찬장에 가지런히 진열되고, 촛대는 양쪽 끝에 하나씩 놓였다. 그리고 곧 생존을 위한 투쟁이 시작됐다. 봉봉 접시는 작은 손잡이가 부러지면서 위층에서 핀 트레이로 쓰이게 되었고, 거실을 어슬렁거리던 고양이가 그릇장 위의 작은 볼을 떨어뜨렸다. 중간 크기 볼은 하녀가 설탕 그릇에 부딪혀 이가 빠졌고, 와인 잔들은 줄줄이 다리가 부러졌다. 만찬용 유리잔들도 열 꼬마 인디언처럼 하나씩 사라지다 마지막 하나만 남았고, 그것마저 여기저기 긁히고 망가진 채 욕실 선반 위 낡고 고상한 물건들 틈에서 칫솔꽂이 신세가 되었다. 하지만 이런 일이 모두 벌어질 즈음이면, 이미 컷글라스 시대는 끝나 있었다.

호기심 많은 로저 페어볼트의 부인이 아름다운 해럴드 파이퍼의 부인을 만나러 왔을 때, 컷글라스의 영광은 이미 오래전에 지나가고 없었다.

“어머나, 집이 정말 멋져요. 아주 예술적이에요.” 호기심 많은 로저 페어볼트의 부인이 감탄했다.

“정말 기분이 좋네요. 오후엔 거의 혼자 있으니까 자주 오세요.” 아름다운 해럴드 파이퍼의 부인이 대답했다. 젊고 짙은 눈동자가 반짝였다.

페어볼트 부인은 그녀의 말을 전혀 믿지 않는다는걸, 그리고 자신이 어떻게 그 말을 곧이곧대로 믿으리라고 생각하는지 이해할 수 없다는 걸 말하고 싶었다. 온 동네에 소문이 자자했기 때문이다. 지난 여섯 달 동안 일주일 중 다섯 날은 프레디 게드니 씨가 오후마다 파이퍼 부인을 찾아오고 있다는 소문이 이미 퍼져 있었다. 페어볼트 부인은 이제 외모가 아름다운 여자들을 전혀 믿지 않는 무르익은 나이가 되었다.

"다이닝룸이 제일 마음에 드네요." 그녀가 말했다. "멋진 자기 그릇들에, 커다란 컷글라스 볼까지."

파이퍼 부인이 웃었다. 웃는 모습이 어찌나 예쁘던지, 프레디 게드니와의 소문이 혹시나 사실이 아닐 수도 있을 거라 생각했던 마음이 완전히 사라졌다.

"아, 그 큰 그릇이요!" 파이퍼 부인의 입술은 마치 생기 넘치는 장미 꽃잎처럼 보였다. "그 볼에는 얽힌 이야기가 있어요."

"어머!"

"칼턴 캔비 기억하세요? 그 사람이 한때 저한테 꽤 적극적이었죠. 제가 해럴드와 결혼할 거라고 그에게 말한 밤이었어요. 7년 전, 그러니까 1892년이었죠. 그는 몸을 곧게 펴더니 이렇게 말했어요. '에빌린, 난 당신처럼 차갑고, 당신처럼 아름답지만 텅 비고 속이 훤히 들여다보이는 선물을 보내겠어.' 좀 섬뜩했어요. 눈빛이 너무 새까맣더라고요. 유령 나오는 집이라도 넘겨주려나, 아니면 열자마자 터지는 뭔가를 줄 줄 알았어요. 그런데 그 볼이 도착했고, 정말 아름다웠죠. 직경인지 둘레인지가 칠십육 센티미터, 아니 백 센티미터쯤 될지도 모르겠어요. 어쨌든 그릇장에 올려놓으면 너무 커서 툭 튀어나오죠."

"어머나, 그런 일이! 그 무렵에 그가 이 도시를 떠나지 않았나요?" 페어볼트 부인은 '차갑고, 아름답고, 텅 비고, 속이 훤히 들여다보이는'이라는 말을 이탤릭체로 머릿속에 휘갈겼다.

"맞아요, 서부로… 아니면 남부로… 어디론가 떠났죠." 파이퍼 부인이 대답했다. 그녀에게서 풍기는 신비로운 모호함은 그 아름다움을 세월의 흐름 바깥에 머물게 하는 듯했다.

페어볼트 부인은 장갑을 끼며, 만족스러운 마음이 들었다. 넓은 음악실에서 서재까지 시원하게 트인 구조 덕분에 그 너머 다이닝룸 일부까지 한눈에 들어와, 집이 훨씬 넓어 보인다는 점이 마음에 들었다. 이 집은 크지는 않지만, 이 동네에서 가장 멋진 집이었다. 그런데도 파이퍼 부인은 데버로 애비뉴에 있는 더 큰 집으로 이사할 생각이라고 말했다. 해럴드 파이퍼는 돈을 찍어내기라도 하는 모양이었다.

가을 땅거미가 내려앉는 저녁 무렵, 보도를 향해 몸을 돌리는 페어볼트 부인의 얼굴에는 성공한 마흔 살 여성들이 길거리에서 흔히 짓는, 못마땅하고 은근히 불쾌한 표정이 어렸다. 그녀는 생각했다. 내가 해럴드 파이퍼라면, 저렇게 일에만 매달리지 않고 집에도 좀 더 신경을 쓸 텐데. 누군가는 그에게 꼭 한마디 해줘야 해.

만약 페어볼트 부인이 그날 오후를 성공적이었다고 생각했다면, 단 2분만 더 머물렀다면 '대성공'이라고 여겼을 것이다. 그녀가 거리를 따라 약 백 미터 떨어진 곳에서 까만 실루엣으로 점점 멀어져 갈 무렵, 아주 잘생기고 어딘가 초조해 보이는 젊은 남자가 파이퍼 집 쪽으로 걸어오고 있었다. 초인종이 울리자 파이퍼 부인이 직접 문을 열었고, 약간 당황한 듯한 표정으로 그를 서둘러 서재로 안내했다.

"찾아오지 않고는 견딜 수 없었어요." 남자가 다급하게 말을 꺼냈다. "당신 쪽지를 읽고 미칠 것 같았거든요. 해럴드가 겁을 줘서 이런 결정을 하게 만들었나요?

그녀는 고개를 저었다.

"난 이미 다 정리했어요, 프레드." 그녀는 천천히 말했다. 그의 눈에 비친 그녀의 입술은 그 어느 때보다도 장미에서 막

떼어낸 꽃잎처럼 보였다. "어젯밤 그이가 그 일로 마음이 상해 집에 돌아왔어요. 그이의 사촌 제시 파이퍼가 의무감에 어쩔 수 없이 그이의 사무실로 직접 찾아가 모든 걸 말해버렸죠. 그이는 상처를 받았고… 오, 프레드, 나도 그이의 입장을 이해하지 않을 수 없어요. 우리가 여름 내내 사교 클럽 사람들의 입에 오르내렸는데도 그이는 전혀 모르고 있었대요. 지금 와서야 그동안 스치듯 들었던 대화 조각들, 사람들이 나에 대해 넌지시 던진 말들의 의미를 깨달았다고 해요. 프레드, 그이는 정말 화가 났고… 그이는 날 사랑해요. 나도… 그이를 사랑해요. 아마도."

게드니는 천천히 고개를 끄덕이며, 눈을 절반쯤 감았다.

"그래요." 그가 말했다. "내 문제도 당신과 비슷해요. 나도 남의 입장이 너무 잘 보여서 문제죠." 그의 회색 눈이 그녀의 짙은 눈동자를 똑바로 바라보았다. "이제 축복도 끝난 거야. 세상에, 에빌린, 하루 종일 사무실에 앉아서 당신 편지만 들여다봤어요. 보고 또 보고…"

"그만 가세요, 프레드." 그녀가 단호하게 말했다. 목소리에 담긴 다급함이 그를 다시 한번 날카롭게 찔렀다. "나는 당신을 만나지 않겠다고 내 명예를 걸고 해럴드에게 약속했어요. 해럴드가 나를 어디까지 받아들일 수 있는지, 그 선을 나는 정확히 알아요. 지금 이렇게 당신과 함께 있는 건, 그 선을 넘는 일이에요."

두 사람은 여전히 서 있었다. 그녀가 말을 하며 문 쪽으로 천천히 몸을 움직였다. 게드니는 비참한 눈빛으로 그녀를 바라보며, 마지막이 될 이 순간에 그녀의 모습을 마음에 새기려 애썼다. 그때, 밖에서 들려온 갑작스러운 발걸음 소리에 두 사람의 움직임이 돌처럼 굳어졌다. 그녀는 즉시 팔을 뻗어 그의 코트 깃을 움켜잡고, 반쯤은 밀고 반쯤은 끌어당기듯 그를 큰 문 너머 어두운 다이닝룸 안으로 밀어 넣었다.

"내가 그이를 위층으로 보낼게요." 그녀가 그의 귀에 바짝 대고 속삭였다. "절대로 움직이지 말고 있다가, 계단 올라가는 소리가 들리면 그때 현관으로 나가요."

게드니는 혼자 남아 그녀가 복도에서 남편을 맞이하는 소리를 들었다.

해럴드 파이퍼는 서른여섯 살로, 아내보다 아홉 살이 많았다. 잘생긴 편이긴 했지만, 늘 몇 가지 단서가 붙었다. 눈 사이가 다소 좁고, 무표정할 때는 얼굴이 뻣뻣하고 굳어 보인다는 점만 빼면 잘생겼다고 할 만했다. 게드니와 관련된 일에 대한 해럴드의 태도는, 그가 세상의 모든 일을 대하는 태도와 다를 바 없었다. 그는 에빌린에게 이 일은 이미 끝난 문제라며, 앞으로 결코 그녀를 비난하거나 어떤 식으로든 다시 이야기를 꺼내지 않겠다고 말했다. 해럴드는 그런 자신의 태도가 꽤 대범하다고 생각했고, 에빌린 역시 적잖이 감명받았으리라 믿었다. 하지만 스스로의 아량에 취한 남자들이 으레 그렇듯, 사실 그는 속이 좁고 꽉 막힌 사람이었다.

그날 저녁 집에 돌아온 해럴드는 평소보다 유난히 다정하게 에빌린을 대했다.

"얼른 옷 갈아입으세요, 해럴드." 그녀가 다급하게 말했다. "브론슨네 가야 하잖아요."

그는 고개를 끄덕였다.

"옷 갈아입는 데 오래 안 걸려, 여보." 그는 말을 흐리다가 서재로 들어갔다. 에빌린의 심장이 요란하게 뛰기 시작했다.

"해럴드…" 그녀가 떨리는 목소리로 그를 부르며 서재로 따라갔다. 그는 담배에 불을 붙이고 있었다. "얼른 서둘러야 해요, 해럴드." 그녀가 문간에 서서 다시 말했.

"왜?" 그가 약간 짜증 섞인 말투로 되물었다. "에비, 당신도 아직 옷 안 갈아입었잖아."

그는 안락의자에 몸을 쭉 뻗고 앉아 신문을 펼쳤다. 에빌린은 가슴이 철렁 내려앉았다. 최소한 십 분은 걸릴 징조였다. 게드니가 바로 옆방에서 숨죽이고 있는데, 만약 해럴드가 위층에 올라가기 전에 그릇장 위에 놓인 디켄터에서 술을 한 잔 따라 마시겠다고 하면 어쩌지? 순간, 그녀는 차라리 그에게 디켄터와 잔을 직접 가져다주는 편이 낫겠다는 생각이 들었다. 다이닝룸 쪽으로 그의 시선을 돌리게 될까 봐 몹시 두려웠지만, 그렇다고 다른 가능성을 감수할 수도 없었다.

하지만 바로 그때, 해럴드가 일어서더니 신문을 탁 내려놓고 그녀에게 다가왔다.

"에비, 여보." 그가 몸을 굽혀 그녀를 끌어안으며 말했다. "어젯밤 일을 아직도 마음에 두고 있는 건 아니지…?" 그녀는 떨리는 몸으로 그에게 바짝 다가섰다. "알아." 그가 말을 이었다. "당신한텐 그냥 경솔한 우정이었을 뿐이야. 누구나 실수는 하잖아."

에빌린은 그의 말이 거의 들리지 않았다. 그녀의 머릿속에는 이렇게 그에게 매달린 채로 다이닝룸에서 데리고 나와 위층으로 올라갈 수는 없을까, 아픈 척을 해서 업어달라고 해볼까 하는 생각만 가득했다. 하지만 그러면 해럴드는 분명 그녀를 소파에 눕히고 위스키를 가져다줄 게 뻔했다.

갑자기 긴장이 한계까지 치솟았다. 다이닝룸 바닥에서 아주 희미하지만 분명한 삐걱 소리가 들린 것이다. 프레드가 뒷문으로 빠져나가려 하고 있었다.

그녀의 심장이 턱하고 솟구치는 것 같았다. 징 소리처럼 둔탁하면서도 은은한 소리가 집 안 가득 울려 퍼졌다. 게드니의 팔이 커다란 컷글라스 그릇에 부딪힌 소리였다.

"무슨 소리지?" 해럴드가 외쳤다. "거기 누구야?"

그녀는 그에게 더 바짝 매달렸지만, 그는 그녀를 떼어냈다. 순간, 방 안이 무너져 내리는 듯한 충격이 울려 퍼졌다. 식료품 저장실 문이 휙 열리는 소리, 옥신각신 실랑이가 벌어지는 소리, 철제 팬이 부딪히는 소리가 잇따랐다. 절박한 광기에 휩싸인 그녀는 부엌으로 달려가 가스등을 켰다. 남편의 팔이 천천히 게드니의 목에서 풀렸고, 게드니는 자리에 꼼짝없이 서 있었다. 처음엔 놀람이, 이어 고통이 그의 얼굴에 천천히 떠올랐다.

"이런 젠장!" 해럴드가 믿을 수 없다는 듯 말했다. 그리고 다시 한번 외쳤다. "이런 젠장!"

그는 다시 게드니에게 달려들 듯 몸을 돌렸다가 멈추었다. 긴장으로 굳었던 근육이 눈에 띄게 풀리더니, 쓴웃음을 짧게 터뜨렸다.

"당신들… 사람들이 대체…" 에빌린이 해럴드를 껴안고 필사적으로 애원하는 눈빛을 보냈지만, 그는 그녀를 밀쳐내고 멍한 얼굴로 부엌 의자에 주저앉았다. 얼굴은 도자기처럼 하얇게 질려 있었다. "에빌린… 당신 지금껏 나에게 이런 짓을 해왔어. 이 못된 여자 같으니! 이 못된 여자!"

처음이었다. 그녀는 그가 이토록 안쓰럽게 느껴진 적도, 지금 이 순간만큼 깊이 사랑한 적도 없었다.

"그녀 잘못이 아닙니다." 게드니가 다소 겸연쩍게 말했다. "제가 멋대로 찾아온 겁니다." 하지만 파이퍼는 고개를 저었다. 올려다보는 그의 표정은, 심한 충격에 사고가 일시적으로 멎기라도 한 듯 얼빠진 기색이 역력했다. 그 눈빛이 너무도 불쌍해서, 에빌린의 마음속 깊은 곳에서 한 번도 울려본 적 없는 감정이 건드려졌다. 동시에 그녀 안에서 거센 분노가 치밀어 올랐다. 눈꺼풀이 타들어 가는 듯 뜨거워졌다. 그녀는 격하게 발을 구르며, 마치 무기라도 찾으려는 듯 식탁 위를 허둥지둥 손으로 더듬었다. 그러고는 이성을 잃은 채 게드니에게 달려들었다.

"나가!" 그녀가 소리쳤다. 검은 눈동자가 분노로 활활 타올랐고, 작은 주먹은 그의 뻗은 팔을 무력하게 내리쳤다. "다 당신 때문이야! 이 집에서 나가! 당장! 나가! 나가!"

2

서른다섯이 된 해럴드 파이퍼의 부인에 대해 사람들의 평가는 엇갈렸다. 여자들은 여전히 미인이라 했고, 남자들은 이제 더는 예쁘지 않다고 말했다. 아마도 그 이유는, 한때 여성들이 두려워하고 남성들이 매혹되던 그녀의 아름다움 속 어떤 기운이 이제는 사라졌기 때문일 것이다. 그녀의 눈은 여전히 크고 짙으며, 슬픔에 젖어있었지만, 이제는 신비로움이 사라지고 없었다. 그 슬픔은 더 이상 영원할 것 같은 것이 아니라, 그저 인간적인 슬픔이었다. 놀라거나 불쾌할 때면, 그녀는 눈썹을 찌푸리고 몇 번이고 눈을 깜빡이는 버릇이 생겼다. 입술도 변해 있었다. 붉은 기운은 옅어졌고, 예전에는 미소를 지을 때 입꼬리가 살짝 아래로 내려가 눈빛에 슬픔을 더해주던, 어딘가 비웃는 듯하면서도 아름다웠던 그 입술은 이제 완전히 잃었다. 이제는 웃을 때면 입꼬리가 위로 올라갔다. 자신의 아름다움에 도취되어 있던 시절, 에빌린은 그런 미소를 즐겼고, 일부러 더 도드라지게 지어 보이기도 했다. 하지만 더 이상 그렇게 하지 않자, 그 미소는 점차 사라졌고, 그녀를 감싸던 마지막 신비마저 함께 사라졌다.

에빌린이 그 미소를 더 이상 일부러 도드라지게 짓지 않게 된 것은, 프레디 게드니 사건이 있고 한 달도 지나지 않아서부터였다. 겉으로 보기엔 모든 것이 예전과 크게 다르지 않았다. 하지만 남편을 얼마나 깊이 사랑하는지 깨달았던 그 짧은 몇 분 동안, 에빌린은 자신이 남편에게 결코 지울 수 없는 상처를 남겼다는 사실을 뼈저리게 느꼈다. 그 한 달 동안, 그녀는 아프도록 깊은 침묵과 거센 비난, 원망 속에서 버텼다. 남편에게 애원하며 조용하고 애틋한 애정을 쏟았지만, 돌아오는 것은 쓴웃음뿐이었다. 그러다 마침내 그녀도 서서히 침묵 속으로 빠져들었고, 두 사람 사이에는 흐릿하지만 결코 뚫을 수 없는 장벽이 세워졌다. 그녀 안에 솟구친 사랑은 어린 아들 도널드에게로 향했다. 처음으로 에빌린은 아이가 자기 삶의 일부라는 사실을, 거의 경이로울 만큼 또렷하게 깨달았다.

이듬해, 서로에게 남은 의무와 일상적인 관심사들이 겹겹이 쌓이고, 과거의 한 자락에서 흘러든 희미한 감정이 두 사람을 다시 조금씩 가깝게 만들었다. 그러나 다소 애처롭고 초라한 열정의 물결이 지나가고 나서, 에빌린은 자신의 인생에서 가장 중요한 기회가 이미 지나가버렸다는 사실을 깨달았다. 이제 남은 것은 아무것도 없었다. 그녀는 남편과 자신 모두에게 다시 삶의 활력과 사랑을 불어넣을 수도 있었겠지만, 오랜 침묵의 시간은 천천히 애정의 샘을 마르게 했고, 그 물을 다시 마시고 싶은 갈망마저 죽어버렸다.

에빌린은 처음으로 여자 친구들과 어울리기 시작했고, 예전에 읽었던 책들을 다시 집어 들었으며, 사랑하는 두 아이를 지켜보며 바느질을 하기 시작했다. 이제 그녀는 사소한 일들에도 마음이 쓰였다. 저녁 식탁에 음식 부스러기라도 보이면 대화에 집중하기가 어려웠다. 그렇게 그녀는 점점 중년의 문턱에 들어서고 있었다.

서른다섯 번째 생일은 유난히 바빴다. 그날 저녁 갑자기 손님을 맞기로 했기 때문이다. 늦은 오후, 침실 창가에 서 있던 그녀는 문득 자신이 몹시 지쳐 있다는 걸 깨달았다. 십 년 전이라면 그냥 누워서 곧장 잠들었겠지만, 지금은 뭔가를 계속 지켜봐야만 할 것 같았다.

아래층에서는 하녀들이 청소를 하고 있었고, 장식품들이 바닥 여기저기에 흩어져 있었다. 직접 응대해야 하는 식료품 배달부들도 곧 도착할 참이었다. 그리고 열네 살 도널드에게 쓸 편지도 있었다. 아들은 그해 처음으로 집을 떠나 기숙학교에 들어가 있었다.

그래도 에빌린은 눕기로 거의 마음을 굳혔다. 그런데 그때 아래층에서 어린 줄리의 익숙한 신호음이 들려왔다. 그녀는 입술을 꾹 다물고, 눈썹을 찌푸리며 몇 차례 눈을 깜빡였다.

"줄리!" 그녀가 불렀다.

"아아아앙!" 줄리의 애처로운 소리가 길게 이어졌다. 이어 허드렛일을 돕는 두 번째 하녀 힐다의 목소리가 계단 아래에서 들려왔다.

"조금 베였어요, 파이퍼 부인."

에빌린은 재빨리 재봉 바구니로 달려가 찢어진 손수건을 찾아 들고 급히 아래층으로 내려갔다. 잠시 뒤, 그녀는 우는 줄리를 품에 안고 상처를 살펴보았다. 아이의 옷에 남은 건 희미하고 하찮은 흔적뿐이었다.

"엄지 손 가라 아악…" 줄리가 말했다. "아파 아아…"

"이 유리그릇 때문이에요, 이거요." 힐다가 미안한 듯 말했다. "제가 그릇장을 닦으려고 바닥에 내려놨는데, 줄리가 와서 만지다가 긁혔어요."

에빌린은 하녀를 향해 눈살을 찌푸렸고, 줄리를 무릎 위에 단호하게 돌려 앉히더니 손수건을 찢기 시작했다. "어디 보자."

줄리가 손가락을 내밀자, 에빌린은 재빨리 손을 뻗었다.

"다 됐다!"

줄리는 손수건으로 감싼 엄지손가락을 의심스러운 눈으로 바라보다가, 손가락을 살짝 구부려 보았다. 눈물로 얼룩진 얼굴에는 어느새 흐뭇하고 흥미로운 표정이 떠올랐다. 줄리는 훌쩍이며 다시 한번 손가락을 까딱거렸다.

"사랑하는 우리 공주님!" 에빌린이 줄리에게 입을 맞췄다. 하지만 방을 나서기 전, 힐다를 향해 다시 한번 눈살을 찌푸렸다. 부주의하기는! 요즘 하녀들은 다 그런 식이었다. 일 잘하는 아일랜드 하녀를 구할 수 있다면 얼마나 좋을까. 하지만 이제는 불가능한 일이었다. 스웨덴 하녀들은 도무지…

오후 다섯 시, 해럴드가 집에 도착했다. 그는 그녀의 방으로 올라오더니, 어딘가 억지로 명랑한 척하며 서른다섯 번째 생일을 맞은 그녀에게 서른다섯 번의 키스를 하겠다고 장난스럽게 말했다. 에빌린은 그 장난을 받아주지 않았다.

"당신 술 마셨잖아요." 그녀가 딱딱하게 말했다. 그리고 덧붙이듯 말했다. "조금. 내가 술 냄새를 얼마나 싫어하는지 알잖아요."

"에비." 그가 잠시 뜸을 들인 뒤, 창가에 놓인 의자에 앉으며 말했다. "이제 당신한테 말할 수 있을 것 같아. 당신도 대충 눈치챘겠지만, 요즘 회사가 잘 안 풀리고 있어."

창가에 서서 머리를 빗고 있던 그녀는 그 말을 듣자 돌아서서 그를 바라보았다.

"그게 무슨 말이에요? 시내에 철물 도매상이 하나 더 생겨도 끄떡없을 거라면서요?" 그녀의 목소리에는 불안한 기색이 묻어났다.

"그랬지." 해럴드가 의미심장하게 말했다. "하지만 그 클라렌스 어헌이라는 사람, 꽤 영리하더군. 당신이 그 사람을 저녁 식사에 초대했다고 했을 때, 정말 깜짝 놀랐어."

"에비." 그가 무릎을 한 번 더 탁 치며 말을 이었다. "1월 1일부터 '클라렌스 어헌 회사'는 '어헌-파이퍼 회사'로 이름이 바뀌고, '파이퍼 형제 회사'는 더 이상 존재하지 않게 돼."

에빌린은 깜짝 놀랐다. 남편의 이름이 뒤에 오는 것이 왠지 불쾌하게 느껴졌다. 하지만 정작 그는 한껏 의기양양해 보였다.

"무슨 말인지 잘 모르겠어요, 해럴드."

"에비, 어헌이 마르크스랑 손잡으려 했어. 그 둘이 합쳤더라면 우리 쪽은 그냥 작은 업체로 전락했을 거야. 자잘한 주문이나 받으면서 겨우 버티고, 위험 감수가 따르는 일엔 아예 나서지도 못했겠지. 결국 제일 중요한 건 자본이야, 에비. 어헌이 마르크스랑 손잡았더라면 그쪽이 시장을 다 차지했을 거야. 지금은 어헌이 파이퍼랑 손잡고 그렇게 하려는 거지." 그는 말을 멈추고 기침을 했다. 위스키 냄새가 에빌린의 콧속으로 스며들었다. "에비, 솔직히 난 어헌 부인이 이 일에 관여했을 거라고 생각해. 꽤 야망이 큰 여자라더군. 이 동네에서 마르크스가 별 도움이 안 된다는 걸 알아차렸겠지."

"그 여자… 천한 사람이에요?" 에빌린이 물었다.

"한 번도 본 적은 없지만, 아무래도 그럴 것 같단 생각이 들어. 클라렌스 어헌이 컨트리클럽 가입 신청한 지 벌써 다섯 달이 지났는데, 아직도 승인이 안 났거든." 그는 경멸스럽다는 듯 손을 휘저었다. "오늘 점심에 어헌이랑 거의 마무리를 지었어. 그래서 오늘 밤 그 사람과 부인을 초대하면 좋을 것 같았지. 총 아홉 명이야. 대부분 우리 가족들이고. 아무래도 나한텐 큰일이니까. 앞으로 그 부부와 자주 얼굴을 보게 될 거야, 에비."

"그래요." 에빌린이 생각에 잠긴 듯 대답했다. "아무래도 그렇겠죠."

사람들과 어울려야 하는 일은 에빌린에게 큰 걱정거리가 아니었다. 하지만 '파이퍼 형제 회사'가 '어헌-파이퍼 회사'로 이름이 바뀐다는 사실에는 적잖이 충격을 받았다. 지금 수준에서 한 단계 내려가는 기분이었다.

삼십 분쯤 뒤, 저녁 모임을 준비하며 옷을 갈아입기 시작할 무렵, 아래층에서 남편의 목소리가 들려왔다.

"에비, 내려와 봐!"

그녀는 복도로 나가 계단 난간 너머로 소리쳤다.

"왜요?"

"저녁 모임 전에 펀치를 좀 만들려고 하는데, 도와줘."

에빌린은 서둘러 드레스의 후크를 다시 채우고는 계단을 내려갔다. 해럴드는 다이닝룸 식탁 위에 펀치 만드는 데 필요한 재료들을 모아놓고 있었다. 에빌린은 그릇장으로 가서 그릇 하나를 들어 옮겼다.

"아니야." 그가 제지했다. "큰 그릇을 쓰자고. 어헌 부부랑 우리, 밀턴까지 다섯이지. 톰이랑 제시까지 합치면 일곱, 당신 동생에 조 앰블러까지 하면 아홉이야. 펀치 만들어놓으면 얼마나 빨리 없어지는지 당신도 알잖아."

"이 그릇 쓸 거예요." 그녀가 단호하게 말했다. "이 정도면 충분히 많아요. 당신도 톰이 어떤지 알잖아요."

톰 로우리, 해럴드의 사촌인 제시의 남편 톰 로우리는 무슨 음료든 한 번 마시기 시작하면 끝장을 보는 성미였다.

해럴드는 고개를 저었다.

"바보 같은 소리 하지 마. 저건 겨우 3리터밖에 안 들어가. 사람 수가 아홉이나 되고, 하인들도 좀 마실 텐데. 그리고 이건 독한 펀치도 아니잖아. 펀치는 넉넉해야 분위기도 밝아지는 거야, 에비. 다 마시지 않아도 되잖아."

"난 작은 그릇으로 하자고 했어요."

그는 다시 한번 고집스럽게 고개를 저었다.

"안 돼. 좀 이성적으로 생각해 봐."

"이성적으로 생각하고 있어요." 그녀가 딱 잘라 말했다. "난 내 집에서 술 취한 남자들 보고 싶지 않아요."

"누가 당신이 그런 걸 좋아한다고 했어?"

"그럼 작은 그릇 써요."

"에비, 잠깐만…"

그가 작은 그릇을 다시 제자리에 갖다 두려 하자, 그녀가 곧바로 손을 얹어 눌렀다. 잠깐 실랑이가 벌어졌고, 그는 짜증 섞인 투덜거림과 함께 그릇을 잡고 있던 손을 번쩍 들어 그녀 손에서 휙 빼내어 그릇장으로 가져갔다. 그녀는 그에게 경멸스러운 표정을 지어 보이려 했지만, 그는 그저 웃고 있을 뿐이었다. 에빌린은 패배를 인정하는 듯 더는 신경 쓰지 않겠다는 태도로 방을 나가버렸다.

3

저녁 7시 30분, 에빌린은 생기가 도는 얼굴에 모발 광택제를 바른 듯 윤이 나는 올림머리로 계단을 내려왔다. 어헌 부인은 붉은 머리칼에 엠파이어 풍 드레스를 입은, 자그마한 체구의 여인이었다. 약간의 긴장을 감추려는 듯 수다스럽게 에빌린에게 인사를 건넸다. 에빌린은 첫눈에 그녀가 마음에 들지 않았지만, 남편 쪽은 제법 괜찮다는 인상을 받았다. 클래런스 어헌은 예리한 푸른 눈동자에 사람들의 호감을 끄는 천부적인 재능이 있었다. 그 재능만으로도 사교적으로 성공할 수도 있었겠지만, 너무 이른 나이에 결혼하는 뻔한 실수를 저지르고 말았다.

"파이퍼 부인을 뵙게 되어 반갑습니다." 그가 담백하게 인사를 건넸다. "앞으로 부군과 저는 자주 보게 될 것 같네요."

에빌린은 고개를 살짝 숙이며 우아하게 미소를 짓고, 나머지 이들에게도 인사를 건넸다. 해럴드의 조용하고 소극적인 남동생 밀턴 파이퍼, 톰과 제시 로우리 부부, 자신의 미혼 여동생 아이린, 그리고 아이린의 오랜 연인이자 확고한 독신주의자인 조 앰블러가 그 자리에 있었다.

해럴드가 앞장서서 모두를 식탁으로 이끌었다.

"오늘은 펀치의 밤입니다." 그가 들뜬 목소리로 자랑스럽게 말했다. 에빌린은 남편이 자기가 만든 펀치를 이미 맛보았다는 걸 눈치챘다.

"그래서 오늘은 칵테일은 없고 펀치만 있습니다. 제 아내의 결작이죠, 어헌 부인. 원하시면 레시피도 알려드릴 수 있습니다. 하지만 이번에는⋯" 그는 아내의 시선을 느끼고 말을 멈췄다. "아내가 몸이 안 좋아서 이번에는 제가 만들었습니다. 자, 한잔합시다!"

저녁 식사 내내 펀치가 제공되었고, 에빌린은 어헌 밀턴 파이퍼, 그리고 모든 여자들이 하녀에게 고개를 저으며 사양하는 걸 보고, 자기 생각이 옳았음을 깨달았다. 펀치는 아직 절반이나 남아 있었다. 식사가 끝난 뒤 바로 해럴드에게 한마디 하려고 했지만, 여자들이 식탁에서 일어나자마자 어헌 부인이 그녀를 붙잡고 말을 걸었다. 어느새 에빌린은 이 도시 저 도시며 맞춤 옷 이야기에 예의상 흥미 있는 척하며 대화를 나누고 있었다.

"우린 여기저기 참 많이 옮겨 다녔어요." 어헌 부인이 붉은 머리를 세차게 끄덕이며 잡담을 이어갔다. "이렇게 한 도시에 오래 머문 건 이번이 처음이에요. 하지만 이번엔 꼭 정착했으면 좋겠어요. 난 이 동네가 마음에 들어요. 부인도 그렇죠?"

"글쎄요, 전 줄곧 이 동네에서 살아왔으니까요. 그러니까, 당연히⋯"

"아, 그러네요." 어헌 부인이 웃으며 말했다. "클래런스가 항상 그랬죠. 자기는 어느 날 집에 돌아와 '우리 내일 시카고로 이사 갈 거야. 짐 싸.'라고 말해도 받아줄 아내가 필요하다고요. 그래서 저도 어디 정착해서 살겠다는 기대는 아예 안 하게 됐죠." 그녀가 다시 작게 웃었고, 에빌린은 그 웃음이 어디까지나 사교적인 미소라는 생각이 들었다.

"남편분이 참 유능하신 것 같아요."

"그럼요." 어헌 부인이 열성적으로 말했다. "클래런스는 머리가 좋아요. 아이디어도 많고 열정도 넘치죠. 목표를 세우면 반드시 이루는 사람이에요."

에빌린은 고개를 끄덕였지만, 마음 한구석에서는 남자들이 아직도 다이닝룸에서 펀치를 마시고 있을지 궁금해하고 있었다. 어헌 부인의 인생 이야기는 툭툭 끊기면서도 끝없이 이어졌지만, 에빌린은 제대로 듣고 있지 않았다. 여럿이 피우는 시가 냄새가 방 안으로 퍼져 들어오기 시작했다. 에빌린은 문득 이 집이 그리 크지 않다는 생각을 했다. 이렇게 모임이라도 있는 저녁이면 서재 안이 연기로 자욱해져서 다음 날에는 커튼에 밴 퀴퀴한 냄새를 빼느라 몇 시간이고 창문을 열어두어야 했다. 어쩌면 이번 동업을 계기로… 에빌린은 새로운 집에 대한 상상을 펼치기 시작했다.

그때 어헌 부인의 목소리가 어렴풋이 들려왔다.

"그 레시피 정말 받고 싶어요. 적어두신 게 있다면…"

그때 다이닝룸에서 의자 끄는 소리가 들리더니, 남자들이 느긋하게 거실로 들어왔다. 에빌린은 단번에 최악의 예감이 적중했음을 알아차렸다. 해럴드의 얼굴은 붉게 달아올라 있었고, 말끝이 흐려져 제대로 알아듣기 어려웠다. 톰 로우리는 비틀거리며 걸어와 소파에 앉으려다 자칫 아이린의 무릎 위에 주저앉을 뻔했다. 그는 자리에 앉아 멍하니 눈을 깜빡이며 사람들을 바라보았다. 에빌린도 모르게 그를 따라 눈을 깜빡이고 있었지만, 조금도 재미있지는 않았다. 조 앰블러는 시가를 입에 문 채 흐뭇한 표정으로 미소 짓고 있었다. 멀쩡해 보이는 건 어헌과 밀턴 파이퍼뿐이었다.

"어헌, 여기 참 괜찮은 동네예요." 앰블러가 말했다. "곧 알게 될 겁니다."

"이미 그렇게 느꼈습니다." 어헌이 유쾌하게 대답했다.

"더 마음에 들 거요, 어헌." 해럴드가 고개를 끄덕이며 말했다. "나도… 한마디… 거들자면 말이지."

그는 열을 올려가며 이 도시를 한껏 찬양하기 시작했다. 에빌린은 혹시 자기처럼 다른 이들에게도 이 이야기가 지루하게 느껴지지 않을까 불편한 마음이 들었지만, 그런 것 같지는 않았다. 모두가 귀를 기울이며 열심히 듣고 있었다. 에빌린은 대화에 생긴 첫 틈을 놓치지 않고 끼어들었다.

"그전엔 어디서 사셨어요, 어헌 씨?" 그녀가 관심 있는 듯 물었다. 하지만 곧바로, 어헌 부인이 이미 어디에 살았는지 이야기해 줬다는 걸 떠올렸다. 하지만 상관없었다. 지금은 해럴드가 말을 멈추는 게 더 중요했다. 그는 술만 마시면 정말 한심해졌다. 그런데도 그는 다시 기세등등하게 끼어들었다.

"내 말 잘 듣게나, 어헌. 먼저 이 언덕 위에 집부터 장만하게. 스턴네 집이나 리지웨이네 집처럼 말이야. 사람들이 '저게 어헌네 집이야' 할 수 있도록 말이지. 그래야 든든하고 믿음직스러운 인상을 주거든."

에빌린의 얼굴이 붉어졌다. 말도 안 되는 소리였다. 그래도 어헌은 이상하게 여기지 않는 듯, 진지하게 고개만 끄덕였다.

"집을 좀 알아보셨…" 그녀가 조심스럽게 묻기 시작했지만, 해럴드의 커다란 목소리가 다시 울려 퍼져 그녀의 말은 묻혀버렸다.

"집부터 구해, 그게 시작이야. 그다음엔 사람들을 알아가는 거고. 여긴 처음엔 외지인들에게 조금 배타적인 동네야, 하지만 오래가지 않아. 일단 알게 되면 말이지. 당신들 같은 사람들은…" 그는 손을 크게 휘저으며 어헌 부부를 가리켰다. "괜찮아. 여긴 다들 친절하다니까. 처음 그 장… 장… 장벽만 넘기면 돼. 그래, 장벽.”

해럴드는 침을 삼키고, ‘장벽’이라는 말을 우쭐한 듯 또렷하게 한 번 더 반복했다.

에빌린은 남편의 동생에게 도와달라는 듯 애처로운 눈길을 보냈지만, 밀턴이 끼어들 틈도 없이 톰 로우리의 굵은 목소리가 웅얼거리며 흘러나왔다. 불 꺼진 시가를 단단히 문 채 말하고 있어서 알아듣기가 힘들었다.

“크르릅…끄르…”

“뭐라고?” 해럴드가 진지하게 되물었다.

톰은 체념한 듯 힘들게 시가를 입에서 뺐다. 시가의 일부만 빼고 나머지는 훗 소리와 함께 불어 날려버렸다. 그 조각은 힘없이 날아가 어헌 부인의 무릎 위에 떨어졌다.

“실례했습니다.” 그는 중얼거리며, 그대로 주우러 가려는 듯 멍하니 일어섰다. 하지만 밀턴이 그의 외투를 붙잡아 제때 제자리로 주저앉혔다. 어헌 부인은 한 번도 내려다보지 않고 우아하게 치맛자락에서 담배 찌꺼기를 털어 바닥에 떨어뜨렸다.

“아, 내가 바로 전에 말하던 건 말이야…” 톰이 다시 굵은 목소리로 말을 이었다. 그는 어헌 부인을 향해 사과하듯 손을 흔들었다. “내가 말하려던 건, 난 컨트리클럽 문제의 진실에 대해 들었단 말이었어.”

밀턴이 몸을 기울여 그에게 뭐라고 속삭였다.

“날 그냥 내버려둬. 내가 지금 무슨 말 하는지 나도 다 알고 있다고.” 그가 짜증 난다는 듯 툴툴거렸다. “솔직히 다들 그 얘기 들으러 온 거잖아.”

당황한 에빌린은 무슨 말이라도 하려 했지만, 입에서 말이 나오지 않았다. 동생 아이린의 싸늘한 표정이 눈에 들어왔고, 어헌 부인의 얼굴은 확연히 붉게 달아올랐다. 어헌은 시곗줄을 내려다보며 만지작거리고 있었다.

“누가 자네를 못 들어오게 막았는지도 들었어. 그 사람이라고 자네보다 나은 건 하나도 없지. 내가 다 해결해 줄 수 있어. 진작 그랬을 텐데, 자네를 몰랐으니까. 해럴드 말로는 자네가 컨트리클럽 일로 마음 상했다던데…”

밀턴 파이퍼가 갑자기 어색하게 자리에서 일어섰다. 순식간에 모두가 긴장해서 따라 일어섰고, 밀턴은 일찍 가봐야겠다며 서둘러 인사를 건넸다. 어헌 부부는 잔뜩 집중해서 그 이야기를 듣고 있었지만, 어헌 부인은 침을 꿀꺽 삼키더니 애써 미소를 지으며 제시 쪽으로 돌아섰다. 에빌린은 톰이 비틀거리며 앞으로 나가 어헌의 어깨에 손을 얹는 모습을 지켜보았다. 그때 그녀의 뒤쪽에서 다급한 목소리가 들려왔다. 돌아보니 하녀 힐다가 서 있었다.

"파이퍼 부인, 죄송해요. 줄리가 손에 염증이 난 것 같아요. 손이 퉁퉁 부었고, 얼굴도 뜨겁고 계속 앓는 소리를 해요…"

"줄리가?" 에빌린이 날카롭게 되물었다. 파티는 순식간에 뒷전이 되었다. 그녀는 재빨리 돌아서 어헌 부인을 눈으로 찾고 그쪽으로 성큼 다가갔다.

"실례합니다, 부인…" 순간 이름이 떠오르지 않았지만, 멈추지 않고 말을 이었다. "딸아이가 아파서요. 봐서 나중에 다시 내려올게요." 그녀는 그렇게 말하고 재빨리 계단을 올라갔다. 머릿속에는 시가 연기가 자욱한 방 한가운데서 점점 언쟁으로 번져가는 듯한 소란스러운 대화가 어지럽게 맴돌았다.

아이 방의 전등을 켜자, 줄리는 열에 들떠 뒤척이며 이상한 소리를 내고 있었다. 에빌린은 아이의 뺨에 손을 대보았다. 화끈거릴 만큼 뜨거웠다. 그녀는 놀라 외마디 소리를 내지르며, 이불 속으로 팔을 넣어 아이의 손을 찾았다. 하녀의 말이 맞았다. 엄지손가락 전체가 붓고, 손목까지 부기가 퍼져 있었으며, 가운데엔 벌겋게 염증이 생긴 작은 상처가 있었다. 패혈증이야! 에빌린은 머릿속으로 공포에 질려 외쳤다. 베인 상처에 감았던 붕대가 풀려 뭔가가 들어간 것이다. 줄리가 손을 다친 건 오후 세 시였고, 지금은 밤 열한 시에 가까웠다. 여덟 시간. 패혈증이 이렇게 빨리 진행될 리는 없었다. 에빌린은 곧장 전화기로 달려갔다.

길 건너편에 사는 닥터 마틴은 외출 중이었다. 가족 주치의인 닥터 포크는 전화를 받지 않았다. 에빌린은 필사적으로 방법을 떠올리다, 절박한 마음에 목 전문의에게까지 전화를 걸었다. 그가 다른 의사 두 명의 전화번호를 찾아주는 동안, 에빌린은 초조하게 입술을 꽉 깨물고 있었다. 영원처럼 느껴지는 그 순간, 아래층에서는 여전히 큰 목소리가 들려오는 것 같았지만, 그녀는 이미 전혀 다른 세상에 들어가 있는 듯했다. 십오 분 만에야 한 의사와 연락이 닿았다. 그는 잠에서 깨어 전화를 받는 것이 몹시 못마땅한 듯, 퉁명스럽고 짜증 섞인 말투였다. 에빌린은 다시 아이 방으로 달려가 손을 살펴보았다. 부기가 더 심해졌다는 것을 한눈에 알 수 있었다.

"오, 하느님!" 그녀는 침대 옆에 무릎을 꿇고 앉아 줄리의 머리칼을 계속 쓸어 넘겼다. 뜨거운 물을 가져와야겠다는 막연한 생각에 자리에서 일어섰지만, 드레스의 레이스가 침대 난간에 걸려 앞으로 넘어지며 두 손과 무릎을 짚고 쓰러졌다. 에빌린은 황급히 몸을 일으켜 레이스를 미친 듯이 잡아당겼다. 침대가 흔들리며 줄리가 신음했다. 그녀는 좀 더 조심스럽게, 그러나 여전히 급한 손짓으로 치마 앞자락을 더듬다가 패니어 전체를 확 찢어냈다. 그러고는 곧장 방을 뛰쳐나갔다.

복도로 나가자 한 사람의 크고 집요한 목소리가 들려왔다. 하지만 그녀가 계단 위에 다다르자 그 목소리는 뚝 끊겼고, 바깥문이 쾅 닫히는 소리가 들렸다.

음악실이 눈에 들어왔다. 그곳에는 해럴드와 밀턴만 남아 있었다. 해럴드는 의자에 기대선 채 얼굴이 창백했고, 셔츠 깃은 풀어진 채 힘없이 중얼거리듯 입술만 움직이고 있었다.

"무슨 일이에요?"

밀턴이 불안한 눈빛으로 에빌린을 바라보았다.

"조금 문제가 있었어요…"

그때 해럴드가 그녀를 보고 애써 몸을 바로 세우며 말을 꺼냈다.

"내 사촌을… 내 집에서 모욕했어. 그 천박한 졸부 놈이… 내 사촌을 모욕했다고…"

"톰이 어헌하고 말다툼을 했고, 해럴드가 끼어들었어요." 밀턴이 설명했다.

"세상에, 밀턴." 에빌린이 외쳤다. "그걸 가만히 보고만 있었어요?"

"말렸어요! 당연히 내가…"

"줄리가 아파요." 그녀가 말을 끊었다. "무언가에 감염된 것 같아요. 해럴드를 데려가서 침대에 눕혀요.”

그제야 해럴드가 고개를 들었다.

“줄리가… 아프다고?”

에빌린은 아무런 대꾸도 없이 그를 휙 지나쳐 다이닝룸을 가로질렀다. 식탁 위에 녹은 얼음 물만 담긴 채 그대로 놓여 있는 커다란 펀치볼이 눈에 들어왔고, 그 순간 갑작스러운 공포가 온몸을 덮쳤다. 바로 그때, 현관 계단에서 발소리가 들렸다. 밀턴이 해럴드를 부축해 올라가고 있었고, 이어 웅얼거리는 소리가 났다. “줄리는 괜찮아.”

“그이가 아이 방에 들어가지 못하게 해요!” 에빌린이 소리쳤다.

그 이후의 시간은 어떻게 흘렀는지도 모를, 그야말로 악몽이었다. 의사는 자정이 되기 전에 도착했고, 삼십 분도 지나지 않아 상처를 절개했다. 그는 새벽 두 시에 떠나면서 에빌린에게 간호사 두 명의 전화번호를 주며, 여섯 시 반에 다시 오겠다고 약속했다. 패혈증이었다.

새벽 네 시, 에빌린은 힐다를 아이 방에 남겨두고 자기 방으로 갔다. 몸서리치며 이브닝드레스를 벗어 구석으로 걷어차 버리고 실내복으로 갈아입었다. 그리고 힐다가 커피를 내리러 간 사이, 다시 아이 방으로 돌아갔다.

정오가 되어서야 그녀는 비로소 해럴드의 방에 들어갈 마음이 들었다. 막상 문을 열었을 때, 그는 이미 깨어 있었고, 고통스러운 눈빛으로 천장을 멍하니 바라보고 있었다. 고개를 돌려 그녀를 바라보는 그의 눈은 퀭하게 충혈되어 있었다. 한동안 그녀는 그가 너무 미워서 아무 말도 나오지 않았다. 침대에서 쉰 목소리가 들려왔다.

"지금 몇 시야?"

"정오예요."

"내가 멍청한 짓을…"

"그건 중요하지 않아요." 그녀가 날카롭게 말했다. "줄리는 패혈증에 걸렸어요. 의사들이…" 그녀는 목이 메어 말을 잇지 못했다. "손을 절단해야 할 수도 있다고 해요."

"뭐라고?"

"그 펀치볼에 베었어요."

"어젯밤에?"

"아, 그게 뭐가 중요해요?" 그녀가 울부짖듯 외쳤다. "줄리가 패혈증이라니까요! 무슨 말인지 못 알아들어요?"

그는 어리둥절한 눈으로 그녀를 바라보더니, 침대에서 상체를 일으켜 앉았다.

"옷 입을게." 그가 말했다.

분노가 서서히 가라앉고, 깊은 피로감과 남편을 향한 안쓰러움이 물밀듯이 그녀를 덮쳤다. 결국, 이 사건은 오직 그녀에게만 닥친 비극이 아니었다.

"그래요." 그녀가 맥없이 대답했다. "그게 좋겠어요."

4

에빌린의 아름다움은 서른 초반까지는 망설이듯 머물러 있었지만, 그 직후 갑자기 결심을 굳힌 듯 완전히 그녀를 떠나버렸다. 얼굴에 희미하게 자리 잡고 있던 주름은 어느새 뚜렷해졌고, 다리와 엉덩이, 팔에는 살이 급격히 붙기 시작했다. 미간을 찌푸리던 버릇은 이제 얼굴에 굳어져 버려, 책을 읽을 때나 말을 할 때는 물론, 잠든 동안에도 그 표정이 그대로 남아 있었다. 그녀는 마흔여섯이었다.

가세가 점점 기우는 집안에서 흔히 볼 수 있듯, 그녀와 해럴드 사이에도 무미건조한 적대감이 자리 잡게 되었다. 평소 아무 일 없을 때, 그들은 낡고 부서진 의자를 대하듯 서로를 묵묵히 견뎠다. 해럴드가 아프면 에빌린은 약간 걱정했고, 좌절감에 빠진 남자와 함께 살아가며 점점 지쳐가는 우울함 속에서도 나름대로 밝은 척 노력했다.

그날 저녁, 가족과 함께한 브리지 카드놀이를 마치고 그녀는 안도의 한숨을 내쉬었다. 이날은 평소보다 실수가 더 많았지만, 신경 쓰지 않았다. 아이린이 보병 부대가 특히 위험하다는 말을 꺼낸 것이 문제였다. 도널드에게서 편지가 오지 않은 지 벌써 삼 주째였다. 종종 있는 일이었지만, 그럴 때마다 어김없이 불안해졌다. 당연히 클럽이 몇 장 나왔는지도 기억하지 못했다.

해럴드는 위층으로 올라갔고, 그녀는 바깥공기를 쐬기 위해 현관으로 나섰다. 인도와 잔디밭 위로 환한 달빛이 쏟아졌다. 그녀는 하품과 웃음이 뒤섞인 숨을 내쉬며, 젊은 시절 달빛 아래에서 나눈 연애를 떠올렸다. 한때는 그 순간의 연애가 인생의 전부였다는 사실이, 지금 생각하면 놀라울 따름이었다. 이제 그녀의 인생은 온통 문제뿐이었다.

우선 줄리의 문제가 있었다. 줄리는 열세 살이었고, 최근 들어 자신의 기형에 점점 더 예민해져 방 안에 틀어박혀 책만 읽으려 했다. 몇 해 전, 학교에 다녀야 한다는 사실에 크게 겁을 먹었던 탓에, 에빌린은 차마 딸을 학교에 보내지 못했다. 줄리는 그렇게 어머니의 그늘 아래에서 자라났다. 의수를 달았지만, 안쓰럽게도 전혀 사용하려 하지 않고 늘 주머니에 손을 넣고 있었다. 영영 팔을 쓰지 않게 될까 걱정이 되어, 에빌린은 최근 줄리에게 의수를 사용하는 법을 배우게 했다. 하지만 수업이 끝난 뒤에는, 어머니가 시켜서 마지못해 한두 번 움직이는 때를 제외하면, 그 작은 손은 어김없이 다시 드레스 주머니로 숨어버렸다. 한동안은 드레스에 일부러 주머니를 달지 않았지만, 줄리는 한 달 내내 풀이 죽은 얼굴로 집안을 떠돌았고, 에빌린은 마음이 약해져 다시는 그런 시도를 하지 않았다.

도널드의 문제는 처음부터 성격이 달랐다. 그녀는 도널드를 곁에 두려고 애썼지만, 그것은 언제나 헛된 시도였다. 마치 줄리에게는 자신에게 너무 의지하지 않도록 가르치려 했던 것처럼, 도널드 역시 그녀의 뜻대로 되지 않았다. 최근 들어 도널드의 문제는 아예 그녀 손에서 완전히 벗어나 버렸다. 그가 속한 부대가 석 달 전 해외로 파병되었다.

그녀는 다시 하품을 했다. 인생은 젊은 사람들의 몫이었다. 자신의 젊은 시절은 얼마나 행복했던가. 조랑말 비주, 그리고 열여덟 살 때 어머니와 함께 다녀온 유럽 여행이 떠올랐다.

"참 복잡하네." 그녀는 달을 향해 소리 내어 단호하게 말하고, 집 안으로 들어가 문을 닫으려 했다. 그때 서재 쪽에서 소리가 들려, 깜짝 놀라 움찔했다.

중년을 넘긴 하녀 마사였다. 이제 이 집에는 하녀가 한 명

뿐이었다.

"마사!" 에빌린이 놀라서 불렀다.

마사는 황급히 몸을 돌렸다.

"어머, 위층에 계신 줄 알았어요. 저는 그냥…"

"무슨 일 있어?"

마사는 잠시 머뭇거렸다.

"아뇨, 그게…" 그녀는 안절부절못하며 서 있었다. "편지 때문이에요, 파이퍼 부인. 어디에 뒀는지 기억이 안 나서…"

"편지라고? 자기한테 온 편지야?" 에빌린이 물었다.

"아뇨, 부인께 온 거예요. 오늘 오후, 마지막 우편으로 왔어요. 우체부가 저한테 줬는데, 그때 뒷문 초인종이 울렸거든요. 손에 들고 있었는데 어디에 꽂아두고는 잊어버렸어요. 그래서 지금 몰래 들어와서 찾으려고 했죠."

"무슨 편진데? 도널드한테서 온 거야?"

"아뇨, 광고였던 것 같기도 하고, 사업 관련 편지였을 수도 있어요. 길고 좁은 봉투였는데…"

두 사람은 함께 음악실을 뒤지기 시작했다. 쟁반 위와 벽난로 선반을 살펴보고, 이어 서재로 가서 책장 위를 손으로 더듬어가며 찾아보았다. 그러다 마사는 절망한 듯 멈춰 섰다.

"어디에 뒀는지 도무지 모르겠어요. 편지를 받아 들고 부엌으로 바로 갔거든요. 다이닝룸으로 갔던 것 같기도 하고.”

마사는 기대에 찬 얼굴로 다이닝룸 쪽으로 갔지만, 그 순간 등 뒤에서 놀라 숨을 삼키는 소리가 들려 휙 뒤돌아보았다. 에빌린은 안락의자에 털썩 주저앉아 있었고, 미간을 세게 찌푸린 채 분노에 찬 눈빛으로 허공을 응시하고 있었다.

“어디 아프세요?”

한동안 아무 대답도 없었다. 에빌린은 꼼짝도 않고 앉아 있었고, 마사는 그녀의 가슴이 빠르게 오르내리는 모습을 바라보고 있었다.

“어디 편찮으세요?” 마사가 다시 조심스럽게 물었다.

“아니야.” 에빌린이 천천히 말했다. “하지만 편지가 어디 있는지 알겠어. 알겠으니까 그만 가봐, 마사.”

마사는 어리둥절한 표정으로 물러났다. 에빌린은 여전히 그 자리에 앉아 있었고, 눈가만이 미세하게 움찔거리다 멈추기를 반복했다. 그녀는 편지가 어디 있는지 알고 있었다. 마치 자기가 직접 그곳에 둔 것처럼, 너무나 분명하게. 그리고 그 편지의 내용도 단 한 치의 의심 없이, 너무도 확실하게 느낄 수 있었다. 그 편지는 광고 전단처럼 길고 좁았지만, 상단 모서리에는 큼지막하게 ‘전쟁성’, 그 아래에는 작은 글씨로 ‘공무’라고 쓰여 있었다. 그녀는 그 편지가 식탁 위의 커다란 편치볼 안에 들어 있다는 걸 알고 있었다. 겉면에는 펜으로 적힌 자신의 이름이 있고, 그 안에는 그녀 영혼의 죽음이 담겨 있었다. 비틀거리며 일어난 에빌린은 서재 책장들을 더듬으며 다이닝룸 쪽으로 걸어갔다. 문간을 넘은 뒤 전등 스위치를 찾아 켰다.

거기에 그릇이 있었다. 전등 빛을 받아 검은 테두리를 두른 진홍색 사각형들과 파란 테두리로 둘러싸인 노란 사각형들이 그릇에서 반사되었다. 그것은 묵직하고, 번쩍이고, 기이하고, 의기양양하게 불길한 기운을 내뿜었다. 에빌린은 한 걸음 앞으로 내디뎠다가 다시 멈췄다. 한 걸음만 더 내디디면, 펀치볼의 맨 윗부분 너머로 안쪽이 보일 터였다. 한 걸음만 더 내디디면, 흰색의 가장자리가 시야에 들어올 터였다. 결국 그녀는 한 걸음 더 다가갔고, 손이 거칠고 차가운 표면에 닿았다. 잠시 뒤, 그녀는 편지를 찢어 열고 있었다. 단단하게 접힌 부분을 더듬어 종이를 눈앞에 펼쳐 들었다. 종이에 찍힌 타자기 글씨가 번뜩이며 튀어나와 그녀를 강하게 내리쳤다. 곧 종이는 새처럼 퍼덕이며 바닥으로 떨어졌다. 방금 전까지만 해도 윙윙거리고 웅성대던 듯했던 집이 갑자기 고요해졌다. 열린 현관문 틈으로 바람이 자동차 소음을 실어 들여왔다. 위층에서는 희미한 소리가 들렸다. 이어 책장 뒤쪽 파이프에서 삐걱거리는 소리가 났다. 남편이 수도꼭지를 잠그는 중이었다.

순간 에빌린은, 이 시간이 결국 도널드를 위한 시간이 아니라는 생각이 들었다. 도널드의 죽음조차도, 이 차갑고 악의적이면서 아름다운 그릇 —오래전에, 이제는 얼굴조차 잊어버린 한 남자가 증오를 품고 건넸던 그 선물 —과 그녀 사이에 오랫동안 이어져 온, 때로는 격렬하게 고조되고, 때로는 무기력하게 이어진 은밀한 싸움의 표식에 불과했다. 그 그릇은 수년 동안 그래왔듯 거대하고 음울하게 짓누르는 침묵 속에서 그녀의 집 한복판에 놓여 있었다. 천 개의 눈에서 얼음 같은 빛줄기를 뿜고, 왜곡된 반짝임들이 뒤엉켜 하나로 섞였으며, 결코 늙지도, 변하지도 않았다.

에빌린은 식탁 가장자리에 걸터앉아, 매혹된 듯 그 그릇을 바라보았다. 이제 그것은 미소를 짓는 듯 보였다. 아주 잔인한 미소였다. 마치 이렇게 말하는 것 같았다.

'봤지, 이번엔 굳이 너를 직접 해치지 않아도 됐어. 그럴 필요조차 없었지. 네 아들을 데려간 게 나라는 걸 너는 알고 있잖아. 내가 얼마나 차갑고, 냉혹하고, 아름다운지 네가 잘 알지. 예전에 네가 바로 그렇게 차갑고, 냉혹하고, 아름다웠으니까.'

펀치볼이 갑자기 뒤집히는 듯하더니 부풀어 오르기 시작

해, 방 안과 집 안 전체를 뒤덮는 거대한 장막이 되었다. 반짝이며 떨렸다. 벽들은 서서히 녹아 안개처럼 사라졌고, 에빌린은 그릇이 계속 바깥으로, 더 멀리, 끝없이 커지며 퍼져나가는 모습을 바라보았다. 그것은 먼 지평선과 태양과 달, 별들을 가로막았고, 그 너머는 번진 잉크 얼룩처럼 희미하게 비칠 뿐이었다. 그리고 그 아래로 사람들이 걸어 다녔다. 그들에게 닿는 빛은 굴절되고 뒤틀려, 그림자가 빛처럼, 빛이 그림자처럼 보였다. 결국 세상의 온갖 화려한 장관이, 그 뒤집힌 그릇의 반짝이는 하늘 아래에서 모두 뒤틀리고 일그러진 채로 바뀌어 버렸다.

그때 멀리서, 낮고 맑은 종소리처럼 울리는 목소리가 들려왔다. 그 목소리는 그릇의 중심에서 시작해, 거대한 곡면을 따라 땅으로 내려가더니, 다시 성급하게 튀어 올라 그녀를 향해 다가왔다.

"보았지, 나는 운명이야!" 그것이 외쳤다. "네 보잘것없는 계획보다 훨씬 강하지. 나는 세상의 섭리이고, 너의 자잘한 꿈들과는 달라. 나는 시간의 흐름이고, 아름다움의 끝이며, 채워지지 않은 욕망이야. 결정적인 순간을 만들어내는 우연과 무심함, 사소한 순간들은 모두 내 것이지. 나는 어떤 규칙도 증명하지 않는 예외이고, 네 통제가 미치는 한계이며, 인생이라는 요리에 들어 있는 양념이야.”

　그 울리는 소리가 멈추고, 메아리는 넓은 땅 위로 흘러가 세상의 경계를 이루는 그릇의 가장자리까지 닿았다가, 다시 그 거대한 곡면을 타고 위로 올라가 중심으로 되돌아왔다. 거기서 잠시 윙윙거리다가 소리가 곧 사라졌다. 그러자 거대한 벽들이 천천히 그녀를 향해 내려오기 시작했다. 점점 작아지며 가까워졌고, 마치 그녀를 짓눌러버릴 듯 다가왔다. 에빌린은 두 손을 꽉 움켜쥐고, 차가운 유리가 닿을 순간의 충격을 기다렸다. 그때, 그릇이 갑자기 비틀리듯 뒤집히더니, 어느새 그릇장 위에 놓여 있었다. 유리 표면에서 반사되는 빛이 어지럽게 흩어지고 겹쳐지면서 알 수 없는 광채를 내뿜고 있었다.

　차가운 바람이 다시 현관문을 통해 들이쳤고, 에빌린은 필사적이고 광적인 기세로 두 팔을 뻗어 그 그릇을 끌어안았다. 서둘러야 했다. 힘을 내야 했다. 그녀는 팔에 아프도록 힘을 주었다. 부드러운 살 아래 얇은 근육들이 팽팽하게 당겨졌다. 그렇게 온 힘을 다해 그릇을 들어 올렸다. 무리를 한 탓에 터진 드레스 등 쪽으로 차가운 바람이 스며들었다. 그 감각이 느껴지자 그녀는 반사적으로 몸을 그쪽으로 돌렸고, 상당한 무게에 비틀거리며 서재를 지나 현관 쪽으로 걸어갔다. 서둘러야 했다. 힘을 내야 했다. 두 팔은 점점 뻐근해지고, 무릎은 자

꾸 힘이 빠졌지만, 차가운 유리의 감촉은 묘하게 기분이 좋
았다.

그녀는 비틀거리며 현관문을 지나 돌계단 쪽으로 갔다. 계
단 위에서 남은 힘을 모두 짜내듯 몸을 반쯤 틀었다. 곧장 그
릇을 손에서 놓으려 했지만, 감각을 잃은 손가락이 거친 표면
에 달라붙어 떨어지지 않았다. 그 순간, 그녀는 미끄러졌고,
균형을 잃은 채 절망 어린 외침과 함께 앞으로 고꾸라졌다. 여
전히 유리그릇을 품에 안은 채… 돌계단 아래로…

길 건너편 집에 불이 켜졌고, 요란한 소리가 거리 끝자락까
지 들렸다. 지나가던 사람들이 무슨 일인가 싶어 놀라 달려왔
고, 위층에서는 지쳐 있던 남자가 잠결에 눈을 떴으며, 어린
소녀는 악몽에 시달리듯 훌쩍였다.

달빛이 비치는 인도 여기저기에, 고요한 검은 형체를 중심
으로 수백 개의 유리 조각과 파편들이 흩어져 있었다. 그 조각
들은 푸른빛, 검은 테두리를 두른 노란빛, 노란빛, 그리고 검
은 테두리를 두른 진홍빛으로 반짝이고 있었다.

옮긴이 정지현

스무 살 때 두툼한 신디사이저 사용설명서를 번역한 것을 계기로 번역의 매력과 재미에 빠졌다. 대학 졸업 후 출판번역 에이전시 베네트랜스 전속 번역가로 활동 중이며 현재 미국에 거주하면서 책을 번역한다. 옮긴 책으로는 《서툰 시절》, 《노인과 바다》, 《콜 미 바이 유어 네임》, 《강변의 조문객》 등이 있다.

사랑에 관한 짧은 이야기

초판 1쇄 발행   2025년 12월 18일

지은이   F. 스콧 피츠제럴드
옮긴이   정지현

책임편집   나란
콘텐츠 그룹   배상현 박화인 기소미
디자인   안단테

펴낸이   전승환
펴낸곳   책읽어주는남자
신고번호   제2024-000099호
이메일   meomum@thebookman.co.kr

ISBN   979-11-24038-16-1 04800